월식도의 마물

"GESSHOKU-TO NO MAMONO" written by Wright Staff Co., Ltd.
Copyright © 2007, Wright Staff Co., Ltd.
All rights reserved.
First published in Japan by Rironsha Corporation, Tokyo.
This Korean edition published by arrangement with Rironsha Corporation, Tokyo
in care of Tuttle-Mori Agency, Inc., Tokyo through Yu Ri Jang Literary Agency, Seoul.

이 책의 한국어판 저작권은 유리장 에이전시를 통한 저작권자와의 독점계약으로 들녘에 있습니다.
저작권법에 의해 한국 내에서 보호를 받는 저작물이므로 무단 전재와 무단 복제를 금합니다.

월식도의 마물
ⓒ 들녘 2010

초판 1쇄 발행일 2010년 8월 13일

지은이 다나카 요시키
옮긴이 김윤수
펴낸이 이정원
책임편집 곽성규
펴낸곳 도서출판 들녘
등록일자 1987년 12월 12일
등록번호 10-156
주소 경기도 파주시 교하읍 문발리 파주출판단지 513-9
전화(마케팅) 031-955-7374(편집) 031-955-7381
팩시밀리 031-955-7393
홈페이지 www.ddd21.co.kr
블로그 http://blog.naver.com/buchheim

ISBN 978-89-7527-909-6 (04830)
    978-89-7527-900-3 (세트)

값은 뒤표지에 있습니다.
잘못된 책은 구입하신 곳에서 바꿔드립니다.

차례

제1장 빙산에 갇힌 수수께끼의 범선   9
       살아 돌아온 병사와 조카의 재회

제2장 고민 많은 두 문호   51
       대시인의 낭독이 준 충격

제3장 북쪽으로 여행을 떠나는 네 사람   91
       거리에서 재주를 부리는 문호들

제4장 월식도 영주의 등장   131
       북쪽 끝에서 전해지는 기담

제 5장 클레이모어 항에 도착하다   171
       해변에서 가진 숙녀와의 문답

제 6장 월식도에 상륙하다   211
       수수께끼는 또 다른 수수께끼를 부르고

제 7장 혁혁한 공을 세운 빗자루 이야기   251
       안뜰에서 벌어진 격렬한 공방전

제 8장 섬을 떠도는 공포   295
       벽에 걸린 기념품

       후기

       지도 | 관계연표
       참고문헌 목록

등장인물

에드먼드 니담
이야기의 화자. 31세. 뮤저 양서 클럽의 직원. 온화한 성격이지만 크림 전쟁에서 기병으로 참전하여 격전에서 살아남은 용사.

메이플 콘웨이
니담의 조카딸. 17세로 밝고 야무진 성격. 저널리스트를 지망하며, 니담 삼촌과 함께 뮤저 양서 클럽에서 일한다.

한스 크리스티안 안데르센
덴마크의 동화작가. 52세. 내성적이며 울보에 선량하지만, 자기중심적인 언동이 주변 사람들을 고생시킨다는 사실을 모른다. 유난히 키와 발이 크다

크리스톨 고든
고든 대령의 아들로 검의 달인. 잘 생겼지만, 자존심이 강하다.

찰스 디킨스
영국의 작가. 45세. 호탕하고 너그러운 성격으로 남을 잘 돌봐준다.
저널리스트와 배우로도 재능을 발휘하고 있다.

리처드 폴 고든 대령
북 스코틀랜드 제일의 대지주로 월식도의 주인. 악명 높은 폭군.

케네스 조지 맥밀란
〈북방통신〉의 애버딘 지국장.

메리 베이커
방랑벽이 있는 활달한 노부인. 40년 전에 영국 전체를 떠들썩하게
만든 '카라부 공주 사건'의 장본인.

제 1 장

빙산에 갇힌 수수께끼의 범선
살아 돌아온 병사와 조카의 재회

I

파도가 잔잔해지면서 안개가 짙어졌다.

포경선 세인트클레어 호는 영국의 북방해역을 서에서 동으로 향하고 있었다. 더 정확히는 스코틀랜드 지방의 앞바다, 헤브리디스 제도라고 불리는 일대다.

붉은 수염을 기른 선장은 갑판 위에 서서 얼굴을 찌푸리고 하얀 숨을 뱉어냈다. 두툼한 스웨터를 입고 있어도 한기가 느껴지는 모양이다.

"6월인데, 날씨가 왜 요 모양인지. 정말 이번 항해는 우울한 일뿐이야."

귀항하는 날까지 잡은 거라곤 별로 크지도 않은 고래 두 마리가 전부다. 투자자들이 쏟아낼 잔소리를 생각하자, 선장은 마음이 무거워졌다.

현재 시각 오후 10시. 하지에 가까운 계절이지만 영국 북방 해상에서는 태양이 완전히 저물지 않는다. 안개가 엷어지면 하얀 은화 같은 태양이 북서쪽 수평선상에 절반쯤 보일 것이다. 햇빛이 강하지는 않더라도 없는 것보다는 낫다. 섬들 사이에는 암초와 여울이 많고, 해류도 복잡해서 안개가 짙으면 난파할 우려가 있다. 선장의 아버지도 그로 인해 세상을 떴다.

항해사가 다가오자 선장은 근처에 있는 안개 낀 섬을 가리키며 물었다.

"저 섬 이름이 뭐였나?"

"아마 월식도일 겁니다."

"아 참, 그렇지. 불빛도 없고 정말이지 보이는 섬까지 우울하군."

월식도.

기독교가 영국에 전해지기 이전, 즉 천 년 이상이나 전의 일인데, 픽트족인지, 드루이드교인지, 정체 모를 고대인이 이 섬에 신전을 세웠다고 한다. 월식이 일어날 때마다 제를 올리며 산 제물을 바쳤다고도 하는데 자세한 내용은 아무도 모른다. 무심코 무인도라고 생각하기 쉽지만 백여 명의 주민들이 물고기를 잡으며 근근이 살아가고 있다.

"다시 엄청 추워지는 걸."

"저쪽에서 안개와 냉기가 흘러오고 있습니다."

항해사는 북서 방향을 가리켰다. 선장이 고개를 돌리자, 회색의 짙은 안개 덩어리가 망령들처럼 소용돌이를 치며 바다 위를 이동하고 있었다. 선장의 마음은 한층 무거워졌다.

"저쪽에 무슨 냉기를 발하는 거라도 있나?"

"빙산일까요?"

"무슨 그런 말도 안 되는 소리를. 지금은 6월일세."

선장은 다시 한 번 커다랗게 재채기를 했다. 귀항하면 바로 다음 출어 계획을 세워야 한다. 이대로는 투자자들이 절대로 그냥 넘어가지 않을 것이다. 출자금을 갚으라고 다그치며 배를 팔아서라도 내놓으라고 할 가능성도 얼마든지 있다. 다음 출어에서 그들을 만족시킬 성과를 올리지 못하면 선장은 사랑하는 배를 잃게 된다.

갑자기 선장의 머리 위에서 큰 소리가 울려 퍼졌다.

"우측으로 빙산이다!"

돛대 위에서 망을 보던 선원이 지른 소리다.

선장과 항해사는 서로 쳐다보았다. 잠시 후, 선장은 돛대 위에 있는 선원에게 고함을 쳤다.

"이 멍청한 자식아! 지금 무슨 빙산이 여기까지 흘러온다는 거냐!"

이미 갑판 위에서는 선원들이 술렁이고 있었다.

"빙산이다!"

"아니, 범선이다. 범선이 보인다!"

세인트클레어 호는 120톤밖에 안 되는 작은 배다. 그 왼쪽 뱃전에 선원들이 모여서 저마다 소리를 질렀다. 선장이 혀를 찼다.

"누구 말이 맞는 거냐. 자세히 봐라. 도대체 빙산과 범선도 구분 못하다니, 그걸 눈이라고 달고 다니는 거냐!"

"모두 맞습니다, 선장님."

항해사의 말이 묘하게 낮아서 선장은 속으로 움츠러들었다. 때마침 불어오는 바람은 한층 강한 냉기를 몰고 왔다. 몸이 절로 떨렸고 선장은 앞을 응시했다. 안개가 소용돌이치며 흘러가자 믿을 수 없는 광경이 눈에 들어왔다.

"세상에 이럴 수가……."

가까스로 선장은 목소리를 쥐어짰다.

"어떻게 이런 일이, 말도 안 돼."

그러고는 아무 말 없이 선장은 뱃전 난간을 붙잡고 서 있었다.

이제 막 떠오른 달빛을 받으며 새하얗게 빛나는 거대한 벽이 세인트클레어 호로 다가왔다. 바다에 떠있는 얼음 섬. 분명히 빙산이다. 동시에 투명한 얼음벽 너머로 범선의 모습이 보였다. 돛대 세 개에는 돛이 달렸고, 세인트클레어 호의 네 배 정도 되는 커다란 배다. 그것을 얼음이 통째로 감싸고 있다!

"얼음 안에 범선이 갇혀 있습니다, 선장님."

항해사가 속삭이는 소리에 선장은 그저 고개만 끄떡였다. "나도 알고 있네"라고 말하고 싶었지만 목소리가 나오지 않았다.

어느새 세인트클레어 호는 빙산의 왼쪽으로 나란히 달리고 있었다. 뱃머리에 부서지는 파도는 그야말로 빙산 조각처럼 차갑게 반짝였다.

"호, 혹시, 에레부스 호나 테러 호가 아닐까요. 그 유명한."

가장 나이 많은 선원의 목소리였다. 모두들 쥐죽은 듯 조용해졌다. 누군가가 "설마" 하며 조그맣게 속삭였다. 하지만 다른 사람들은 목소리를 삼키고 공포에 찬 시선으로 빙산과 범선을 바라봤다.

에레부스 호와 테러 호.

12년 전, 서력 1845년에 북극 탐험을 떠난 채 행방불명이 된 두 척의 군함이름이다. 존 프랭클린 해군 대령 이하 129명을 태우고 화려하게 그린하이스 항구에서 출범하여, 그린란드의 서쪽 해협에서 북극해로 진입하고…… 그 뒤로 소식이 끊겼다.

'프랭클린 탐험대, 행방불명!'

이 소식은 영국 전체를 술렁이게 했다. 1847년에 제1차 수색대를 북극으로 파견하였고, 그 이후에도 수색을 계속하였다. 하지만 프랭클린 대령 일행을 발견하지도 구출하지도 못했다.

프랭클린 탐험대가 북극의 눈과 얼음 속에서 전멸했으리라는 사실은 이제 의심의 여지가 없다. 당시 에레부스 호와 테러 호의 이름은 영국인이라면 어린 아이도 알고 있었다.

"아닐세."

선장이 신음소리를 냈다.

"저건 요즘 범선이 아닐세. 백년…… 아니, 이백년, 삼백년이나 옛날 형태야."

변덕스러운 안개가 다시 자욱하게 몰려와서 선장을 초조하게 만들었다.

"빙산에 더 접근하라!"

"더 이상은 무리입니다. 배 밑바닥이 파손되면 완전 끝입니다!"

빙산은 전체의 90%가 바다 속에 있다. 바다 위에 떠 있는 부분은 극히 일부로 더구나 그 빙산이 대형 범선을 통째로 한 척 가두고 있다. 그렇다면 바다 속 보이지 않는 부분은 얼마나 거대할까. 선원들은 상상하고는 온몸을 떨었다. 만약 부딪혀서 배 밑바닥에 구멍이라도 생기면 작은 포경선 따위는 전혀 버티지 못하고 침몰할 것이다.

"하는 수 없군. 그러면 빙산을 우회하게. 주변을 돌면서 크기라도 확인할 테니."

세인트클레어 호는 오른쪽으로 키를 꺾고, 천천히 빙산의 뒤쪽으로 방향을 틀었다. 안개가 달빛을 받으며 빙산을 휘감은 광경은 이루 말로 표현할 수 없을 정도로 아름다웠다.

바다 윗부분만 해도 빙산의 크기는 높이가 10피트, 둘레는 1,500피트로 추정되었다. 30분에 걸쳐서 세인트클레어 호는 그럭저럭 빙산을 한 바퀴 돌았다. 열심히 빙산 속의 범선을 관찰하던 항해사가 망원경에서 눈을 뗐다.

"선장님, 저건 옛날 스페인 배가 아닐까요?"

"확실한가?"

"어릴 때 그림책에서 스페인 무적함대의 배를 본 적이 있는데…… 아무래노 비슷한 거 같아서요."

"무책임한 소리 말게. 무적함대가 어떻게 지금 이런 곳에 있겠나? 더구나……."

더 이상 말을 어떻게 이을지 몰라서 선장은 입을 다물었다. 여하튼 세인트클레어 호의 선원들 그 누구도 섣부른 결론을 낼 수 없었다. 누군가가 빙산을 가리키며 크게 소리쳤다.

"저대로 가다간 섬에 부딪히겠어."

빙산은 천천히, 하지만 분명히 월식도를 향하고 있었다. 해류를 타고 있다기보다 마치 자신의 의지로 움직이는 것 같았다.

이윽고 빙산은 움직임을 멈추었다. 월식도의 절벽과는 아직 많이 떨어져있는 것 같았지만, 빙산의 바다 속 부분이 분명 바닥에 닿았을 것이다.

선장은 바지 주머니에서 회중시계를 꺼냈다. 시간은 어느덧 11시를 향해 달려가고 있었다.

"아무튼 더니스로 귀항한다. 이 사실을 보고하고, 나머지는 관청에 맡기면 되네. 바다 일이니까 해군에서 어떻게든 할 걸세."

"알겠습니다."

"더니스까지는 얼마나 걸리나?"

"밤새워 가면 아침 5시에는 도착할 거 같습니다."

"알겠네, 서두르게."

세인트클레어 호는 빙산과 수수께끼의 범선, 그리고 월식도를 그 자리에 남겨둔 채 돛에 바람을 한껏 안고는 영국 본토로 질주해갔다.

Ⅱ

사건은 이렇게 시작되었다. 서력 1857년 6월의 일이다. 당시 영국은 빅토리아 여왕이 즉위한지 정확히 20년, '태양이 지지 않는 대영제국'으로 한창 융성하고 있었다. 적어도 나를 비롯한 많은 영국인들은 그렇게 믿고 있었다.

이 글을 쓰고 있는 나는 에드먼드 니담이라고 한다. 1826년에 런던에서 태어났다. 1857년 서른한 살 때, 이 사건에 휘말렸다. 그리고 현재, 1907년에 이 글을 쓰고 있다. 여든한 살의 노인이 된 내가 기억과 기록을 바탕으로 정확히 50년 전의 사건을 종이에 재현하려고 하고 있다.

영국 전체를 떠들썩하게 했던 괴사건이었지만 진상을 아는 사람은 얼마 없다. 본래 몇 사람 안 되었지만, 지금은 나와 조카딸 메이플만이 살아 있고, 다른 사람들은 모두 저 세상 사람이 되었다. 그래서 내가 사건의 전모를 밝힌다고 해도 피해를 입을 사람은 없을 것이다.

나는 굳이 명성을 얻고 싶은 것이 아니다. 조용히 침묵한 채로 무덤으로 들어가도 되지만, 예순일곱이 된 조카딸 메이플이 나에게 글로 남기라고 권했다. 그렇다기보다 반은 부추겼다고 할 수 있다.

"삼촌이 안 쓰시면, 그 이상한 사건의 뒷면에 무슨 일이 있었는지 영원히 알지 못하게 돼요. 잊어버리기 전에 펜을 잡으셔야 해요."

그 말에 나는 작은 서재의 낡은 책상 앞에 앉게 되었다.

1857년, 이 세상에는 많은 것들이 존재하지 않았다. 독일과 이탈리아도 아직 통일 전이었고, 전등, 전화, 자동차, 비행기, 국제적십자, 노벨상, 다윈의 진화론, 광견병 예방주사, 그리고 인상파 그림도 이 세상에는 없었다. 지난 50년 동안 세상은 크게 변했다. 앞으로 50년 동안 더 많이 변할 것이다. 바라건대, 더 좋은 방향으로 변했으면 좋으련만······.

아니, 미래를 말하기 전에 과거로 돌아가 보자.

나 자신의 인생을 정리하여 장황하게 말해서 무엇하겠냐만 최소한은 밝혀야하지 않을까 싶다. 나는 기숙학교를 졸업한 뒤, 런던대학에 소속된 킹스 칼리지에 진학했다. 하지만 아버지의 죽음으로 학비를 감당할 수 없게 되었고, 중퇴하고 작은 출판사에서 잡지기자로 일했다. 그러던 중 1853년에 크림 전쟁이 발발하였고, 이듬해 기병으로 출정했다.

1815년, 나폴레옹 1세가 워털루 전투에서 패하고 세인트헬레나 섬으로 유배를 간 이후, 유럽은 평화로웠다. 혁명과 폭동은 있었지만 국가 간의 전쟁은 오랫동안 일어나지 않았다. 그런데 러시아와 오스만투르크가 흑해의 패권을 차지하기 위해 전쟁을 일으켰고, 유럽 열강들은 투르크 편을 들었다.

　1814년에는 영국과 러시아가 동맹을 맺고 프랑스와 싸웠다. 그런데 약 40년 뒤에는 영국과 프랑스가 연합하여 러시아와 싸우게 되었으니 시대는 변하는 법이다.

　크림 전쟁은 흑해연안의 크림 반도를 둘러싸고 일어난 전쟁인데, 나는 떠올리기도 싫을 정도로 갖은 고생을 했다. 많은 전우가 죽었고, 나 역시 부상을 입어 야전병원으로 실려 갔다. 그곳에서 나이팅게일 여사의 간호를 받는 동안에 전쟁이 끝났다. 그렇다. 지금은 전 세계에서 모르는 사람이 없을 정도로 유명한 플로렌스 나이팅게일이다. 당시는 30대 중반으로 '사랑과 평화의 천사'라기보다는 활달하고 착실한 누나 같은 인상이었다.

　크림 전쟁의 역사적인 의미에 대해서 많은 사람들이 그럴듯하게 서술하였다. 하지만 이 전쟁으로 가장 큰 명성을 얻는 사람은 장군도, 제독도 아니라 바로 나이팅게일 여사였다. 그 사실을 증명하듯이 병사들에게는 비참하고 어리석기만한 전쟁이었다.

크림 전쟁은 1856년 3월에 끝이 났다. 러시아가 양보하여 파리조약을 맺었다. 병사들은 부상을 입고 지친 몸을 이끌며 자신들의 조국으로 속속들이 돌아갔다.

여러 가지 사정으로 내가 조국 땅을 밟은 것은 1856년 7월의 일이다. 일 년하고도 십 개월만의 귀국이었다.

영국 도버에 입항하는 배는 나를 비롯하여 귀환병으로 초만원이었다. 그들은 대부분 병들거나 부상당한 병사들이었다. 전쟁이 끝나도 부상과 질병 때문에 야전병원을 나가지 못했고, 결국 귀국이 늦어졌다.

50년 이상 지났지만, 생각하면 분노가 치밀어 오른다. 전쟁이 일어난 크림 지역의 위생 상태는 콜레라와 이질이 만연하는 이루 말로 표현할 수 없을 정도로 열악했다. 약품은커녕, 식량도 부족하고 적군과 아군 모두 전사자보다 병사자가 더 많을 정도였다. 나도 지독하게 고생을 했지만 죽지 않고 살아서 돌아온 것만으로도 행운이다.

배가 해안에 닿기 전이었지만 부두에서 북적거리는 사람들의 모습이 보였다. 여성들과 노인들의 모습이 주를 이루었지만 아이들도 끼어 있었다. 남편이나 아들, 아버지나 애인의 귀환을 마중 나온 사람들이었다. 배 위의 상황은 머리에 붕대를 감은 사람, 한쪽 다리를 잃고 목발로 몸을 지탱하는 사람, 실명하여 전우에게 의지하는 사람 등으로 북적거려 야전병원이 그대로 이동한 듯한 광경이었다. 그들은 뱃전의 난간으로 몰려들어 군중 속에서 자신들이 아는 얼굴을 찾았다. 그런데 얼마 안 있어 모두 한꺼번에 웃음을 터뜨렸다.

"이봐, 네드라는 녀석 그쪽에 없냐? 엄청 요란하게 마중 나왔는데 그래!"

나는 발돋움을 하고 귀환병들의 머리 위로 부두를 바라봤다. 왜 웃는지는 바로 알 수 있었다. 마중 나온 군중들 머리 위로 플래카드가 높이 솟아 있었다.

그 플래카드는 눈에 띄지 않을 수가 없었다. 일단 무지막지하게 컸다. 가로가 5피트, 세로가 3피트는 되었다. 그리고 빨간 색으로 쓴 글씨도 무척 컸다.

어서 오세요!
네드 삼촌!

가슴이 움찔했다. 내 이름은 에드먼드로 애칭은 네드다. 저 플래카드의 주인은 나를 환영하고 있는 걸까. 아니다. 네드라는 이름은 그다지 드문 이름이 아니다. 다른 사람을 마중 나온 것일 수 있다.

그렇게 생각하면서도 내 마음속은 기대감으로 부풀었다.

선상에서 밧줄을 던지고 배가 부두에 닿자 발판이 내려졌다. 귀환병들은 앞 다투어 발판을 울리며 건너갔다. 나도 사람들에게 이리저리 밀리며 영국 땅을 밟았다. 감동의 여운에 잠길 틈도 없이 떠밀리면서 그 플래카드로 다가갔다.

사람들 머리 위에서 플래카드는 사방으로 흔들렸다. 저 정도 크기면 들고 있는 사람도 분명 상당히 무거울 것이다. 내 주변에서는 "존!", "베티!"라며 서로를 부르는 목소리가 어지럽게 날렸고, 사람들은 서로 부둥켜안았다. 눈물과 웃음이 서로 뒤엉켰다. 하지만 나와 플래카드 사이를 몇 명의 사람들이 가로막고 있어, 누가 플래카드를 들고 서 있는지 볼 수 없었다.

"좀 지나갈게요, 지나갈게요!"

젊은 여자의 목소리와 함께 플래카드가 크게 흔들리며 앞에 선 노인의 머리를 찧었다. 중산모자가 날아가고 반질반질한 대머리가 7월의 햇살에 반짝였다. 노인은 화가 나서 한 손을 머리에 얹은 채 돌아보며 야단을 쳤다.

"조심해요, 위험하잖소!"

"죄송해요, 정말 죄송해요. 하지만 저를 지나가게 해 주지 않으면 더 위험해져요!"

플래카드가 또다시 기울어지자 사람들은 당황하여 양쪽으로 물러났다. 이렇게 해서 나는 간신히 플래카드의 주인을 만나게 되었다.

플래카드를 오른쪽 어깨에 메고, 위험한 발걸음으로 나타난 사람은 열대여섯 쯤 되는 소녀였다. 밝은 초록색 보닛 모자를 쓰고 그에 어울리는 초록색 여름옷을 입고 있었다. 모자는 반쯤 벗겨져서 밝은 갈색 머리가 드러나 보였다. 이마에는 땀방울이 반짝였다. 두 눈은 머리보다 짙은 갈색으로 뺨은 옅은 장밋빛이었다. 미소녀라 할 수 있는 생김새였지만, 그보다 여름 햇살이 결정을 이룬 것처럼 생기가 흘러넘쳤다.

대여섯 걸음 사이를 두고 소녀는 나를 바라봤다. 크게 뜬 눈을 살며시 가늘게 뜨더니 다시 크게 떴다. 분명 지난 기억과 현재의 내 모습을 맞춰보는 것이리라. 소녀는 크게 숨을 들이쉬었다가 내쉬더니 결심한 듯이 물어보았다.

"네드 삼촌? 아니지, 에드먼드 니담 씨 맞죠?"

나도 오랜 기억을 되짚으며 믿기지 않는다는 듯이 내뱉었다.

"혹시 너는 메이플이니? 그 조그맣던 메이플?"

메마른 소리가 울려 퍼졌다. 플래카드가 돌바닥 위에 떨어지며 낸 소리였다. 그곳에 누군가가 서 있었다면 발등을 찧어서 상당히 아팠을 것이다.

"역시 네드 삼촌이네! 마르고 지저분하고 초췌해보이긴 해도, 그래도 진짜 네드 삼촌이야!"

울며 웃는 듯한 표정을 짓더니, 소녀는 두 팔을 벌리며 나에게 달려들었다. 체력이 바닥난 나는 잠시 비틀거렸지만 다행히 버티딜 수 있는 기력은 남아 있었다.

"어서 오세요, 삼촌, 어서 오세요!"

나는 소녀를 안으며 최대한 침착한 목소리로 대답하려고 노력했다.

"그래, 메이플······."

이렇게 나는 성장한 조카와 재회를 했다. 이 세상에 유일하게 남은 내 혈육을 만난 것이다.

Ⅲ

나와 메이플이 재회를 한 뒤 가장 먼저 한 일은 플래카드를 처리하는 일이었다. 메이플은 가까운 싸구려 호텔에서 조리용 스토브의 불쏘시개로 쓰려던 판자를 빌려왔다고 한다.

호텔의 요리사는 마음씨 좋아 보이는 초로의 여성이었다.

"삼촌이 살아 돌아오셔서 잘 됐구나."

감사 인사를 하는 메이플에게 미소를 지으며 말을 건넸다.

"아무튼 살아 돌아온 것만으로도 대단하시네."

요리사는 나를 찬찬히 바라보았다. 하지만 아무래도 더 이상 칭찬할 말이 없는 듯 했다.

그리고 우리는 서둘러 도버 역으로 향했다. 내가 조국의 땅을 밟은 것은 정오가 지나서였다. 그런데 메이플은 이미 오후 1시 30분에 출발하는 런던 브리지 행 표를 구입해 둔 상태였다.

메이플은 아침 7시 열차로 런던 브리지 역을 출발해서 11시에 도버 역에 도착했고, 바로 돌아가는 표를 구입했다고 한다.

"귀환병들과 마중 나온 사람들 때문에 매표소가 엄청 혼잡할 거 같아서요. 어차피 필요하니까 미리 사둔 거예요."

총명한 조카딸 덕에 나는 매표소에 줄을 서는 번거로움 없이 3등 칸 좌석에 앉을 수 있었다. 사고나 고장만 없다면 3, 4시간이면 런던 브리지 역에 도착한다. 그러면 해가 지기 전에 유유히 우리 집에 돌아갈 수 있다.

열차가 출발하자, 바로 메이플이 바구니를 무릎 위에 놓고 뚜껑을 열었다.

"점심 들어요, 삼촌."

나는 생각했다. 만약 우리 군 사령관이 메이플의 반만이라도 유능했다면 병사들은 굶주림과 추위로 고통을 겪지 않았을 것이다. 바구니 안은 차가운 햄과 오이 샌드위치, 그리고 병에 든 오렌지 주스가 들어 있었다. 샌드위치는 당연히 메이플이 손수 만든 것이었다. 이렇게 맛있는 점심을 도대체 얼마만에 먹어보는 건가.

"증조할머니가 돌아가신 건 아시죠, 삼촌?"

"그래, 야전병원에서 편지를 받았어. 커스틴 변호사한테."

메이플의 증조할머니는 내 할머니를 말한다. 1855년에 여든 다섯으로 돌아가셨다. 고령이었으니까 자연사는 어쩔 수 없는 일이다. 하지만 그 소식을 들었을 때에는, 임종을 지키지도 못한 채 낯선 지역의 야전병원에서 초라한 침대에 누워 있는 내 자신이 견딜 수 없었다.

커스틴 변호사의 편지에는 할머니의 소식 외에도 중요한 사실이 적혀 있었다. 할머니에게 약간의 유산이 있었던 것이다.

할머니의 유산은 지금 우리가 타고 있는 철도 덕분이다. 1840년대, 영국 전역에서 철도를 건설하였고, 철도회사에 대한 투자가 일대 열풍을 일으켰다. 지주와 자본가들은 물론, 평범한 노동자들과 하녀들까지 철도회사의 주식을 사 모았다. 그리고 95%의 사람들이 손해를 입었고, 5%의 사람만 이익을 남겼다.

할머니는 운 좋게도 5%에 들었다. 비싼 가격에 주식을 팔아서 모두 저금을 했다. 그리고 원금에 이자를 더했고, 할머니가 돌아가신 후 연금 형태로 유족들이 받을 수 있게 해 둔 것이다.

"나는 평생의 운을 다 써 버렸어. 이제 다시는 주식 같은 건 안 사. 나도 필요 이상의 돈은 필요 없고. 손자들이 조금이라도 편하게 살 수 있으면 돼. 일 년만 빨리 주가가 올랐다면 에드먼드가 학교를 그만두지 않았을 텐데."

연금은 80파운드. 변호사 사무실에서 절차가 끝나면 받을 수 있다.

1770년에 태어난 할머니는 장수를 했지만, 자식들을 앞세웠다. 할머니가 돌아가셨을 때 유족이라고는 손자인 나와 증손녀인 메이플뿐이었다.

　메이플의 엄마는 내 누나를 말하는데, 1849년에 대유행한 콜레라로 교사인 남편 더글라스 콘웨이와 함께 세상을 떠났다. 작은 누나는 광산기사인 남편과 호주로 건너갔는데, 금광을 발견하기 전에 모두 풍토병으로 사망했다. 호주에서 매장을 했으니, 성묘도 갈 수 없다.

　엄마가 돌아가셨을 때 메이플은 아홉 살이었다. 할머니는 메이플을 여자 기숙학교로 보내셨다. 할머니의 지시로 내가 메이플을 데리고 학교로 갔다. 학교와 교장인 노부인 모두 느낌이 좋았기 때문에 안심한 기억이 있다. 눈물을 참으며 내 뺨에 키스를 하고 학교 안으로 뛰어 들어간 '조그마한 메이플'의 뒷모습도……

　문득 나는 중대한 사실을 깨달았다.

　"메이플, 너, 학교는 어떻게 했니? 오늘 쉬는 날이니?"

　열차의 창밖으로 녹음이 우거진 영국 전원의 풍경이 천천히 흘러갔다. 기관차가 내뿜는 연기로 밖이 보이지 않게 되었을 때 메이플이 대답했다.

　"학교는 그만뒀어요."

　"그만 뒀다고! 왜?"

"왜냐하면, 뭐 하러 학비를 내면서 감옥에 있어요."

"감옥이라니…… 물론 세상에는 안 좋은 학교도 있지만, 메이플이 다닌 곳은 아니었잖니?"

"네, 괜찮은 감옥이었어요. 하지만 수업은 지루하고, 반 친구들은 사교계와 무도회만 동경해서 이야기도 전혀 안통해요. 도서관 책들도 너무 빈약하고……. 증조할머니가 돌아가신 다음에 계획을 세웠어요. 그래서 학기가 끝날 무렵에 뛰쳐나왔죠. 런던으로 돌아가서 일을 찾고, 네드 삼촌이 돌아오시는 걸 기다리기로 했거든요."

메이플은 내가 돌아오리라는 걸 믿고 있었다. 나는 마지막 샌드위치를 마저 먹었다.

"학교 얘기는 천천히 하기로 하고, 아 참, 내 정신 좀 봐라. 처음에 물어봤어야 했는데, 내가 오늘 도버에 도착한다는 걸 어떻게 알았니? 연락도 안 했는데."

메이플 눈이 휘둥그레졌다. 텅 빈 바구니를 발밑에 내려놓더니, 주머니에서 종이를 한 장 꺼냈다.

"이 전보, 삼촌이 보내신 거 아니에요?"

"전보……?"

"칼레에서 왔어요, 어제."

나는 종이를 받아서 펼쳐보았다.

1856년 당시, 전화는 이 땅에 없었지만, 전보라는 것은 존재했다. 1851년에 런던에서는 만국박람회가 열리고, 수정궁이 세워졌다. 거기에 맞춰서 영불해협의 바닥에 전선이 개설되어 국제전보를 보낼 수 있게 되었다.

전보 내용은 간단했다. '내일 배로 도버에 도착.' 이게 전부였다.

나는 칼레에서 헤어진 전우를 떠올렸다. 일 년이 넘게 생사를 함께한 녀석인데, 칼레에서 배에 타기 직전에 녀석은 귀국하지 않겠다는 말을 꺼냈다.

그는 나처럼 평범한 시민이 아니었다. 크림 전쟁에 자원한 것도 영국에 있으면 다소 곤란한 사정이 있었기 때문이다.

"돌아가도 마중 나올 가족이 있는 것도 아니고, 나는 2, 3년 더 외국이나 돌아다니려네."

"돈은 있는 거냐?"

걱정하는 나에게 전우는 싱긋 웃으면서 얼굴을 어루만졌다.

"이렇게 잘 생겼잖아. 먹여 살려줄 여자는 파리만 해도 대여섯은 있다고."

얼굴은 그렇다 쳐도 성격이 저러니, 어떠한 어려움에 처하더라도 자력으로 이겨낼 능력은 있을 것이다. 그런 생각을 하며, 나는 그 전우와 헤어졌는데…….

만약을 위해서 전보를 보관해두기로 하고, 주머니에 집어넣었다. 화제를 바꾸기로 했다. 메이플은 학교를 그만두고 무엇을 하고 싶은가로 말이다.

메이플은 브론테 자매가 쓴 『제인 에어』와 『폭풍의 언덕』을 읽고 감명을 받아서, 책과 관련된 일을 하고 싶다고 말했다.

"작가가 돼서 브론테 자매 같은 작품을 쓰고 싶은 거니?"

내 물음에 메이플은 고개를 저었다.

"즐겨 읽고 앞으로도 계속 읽을 거지만, 제가 쓰고 싶은 건 아니에요. 저요, 신분이 다른 사랑에는 아무런 흥미가 없어요. 사회 문제라든가, 최대한 넓은 세상을 바라보고 싶어요."

"아하, 그러면 저널리스트를 말하는 거니?"

"네, 삼촌 같은 일이요."

나를 똑바로 바라보며 메일플은 딱 잘라 말했다. 아무래도 메이플은 나를 과대평가 하는 모양이다. 나는 범죄나 사건, 스캔들을 쫓아서 이리저리 뛰어다녔을 뿐, 젊은 여성들이 동경 할 정도로 훌륭한 일을 하고 있다는 자신은 없었다.

거의 7시가 다 되어서 런던 북부의 작은 집에 도착했다. 현관문에서 이제 쉰을 넘은 하녀 마샤가 뛰어나왔다.

"어머나, 네드 도련님, 무사히 돌아오셔서, 어머나……."

지금 이 상황이 대귀족이나 대부호의 저택이었다면 하녀도 한 명으로는 어림없다. 우두머리 하녀 밑으로 요리사, 시녀, 가정교사, 유모, 그리고 보모가 있어서 여러 일들을 모두 분담한다. 하지만 마샤는 혼자서 모든 일들을 했다. 요리, 청소, 세탁, 그리고 바느질까지 뭐든지 해줬다.

우리 니담 가는 중산층이긴 하지만 부유하다고는 할 수 없다. 그 무렵, 부부와 아이 둘, 그리고 하녀라는 다섯 식구가 생활하려면 연수입이 200파운드는 되어야 했다. 사실 내 아버지가 건재하셨을 때에는 그럭저럭 그 수준을 유지했지만, 젊은 내가 일을 시작했을 무렵에는 상당히 어려웠다. 그래도 마샤는 이보다 더 쌀 수 없을 정도로 낮은 월급으로 열심히 일을 했다. 그녀는 주사가 심한 남편이 폭력을 휘두르며 집에서 쫓아내자, 실업자와 고아들을 위한 '구빈원'에 가야하는 상황에 처했다. 그때 내 할머니가 도움을 주었기에 마샤는 은혜를 입었다고 생각했다.

이렇게 해서 나는 집으로 돌아왔다.

Ⅳ

집에 돌아온 후 시간이 빠르게 흘러갔다.

할머니 성묘를 다녀오고, 커스틴 변호사의 사무실도 방문했다. 참전증명서와 질병, 부상에 관한 증명서, 그리고 현지 제대 증명서를 가지고 국방부에 군인 연금을 신청하러 가기도 했다. 그러다보니 열흘 정도가 순식간에 지나가버렸다.

7월도 중반을 넘긴 어느 날, 나는 넓지 않은 침실의 침대 위에서 눈을 떴다. 때는 어느덧 런던 최고 계절로 접어들고 있었다. 겨울의 노르스름하니 불쾌한 안개도 사라지고, 하늘은 맑고 가로수는 푸르렀다. 아래층에서는 메이플의 노랫소리가 들려왔다.

**맥스웰튼의 들판에 새벽 이슬 내려와
아름다운 애니로리 그대는 맹세하네
"영원히 당신을 사랑합니다"
사랑스러운 애니로리 나는 영원히 기억하리
꿈속에 보이는 그대의 미소
영원히 기억하리 애니로리 지금 그대 곁으로**

노래를 마친 메이플이 밖으로 나온 나를 알아차렸다.
"어머, 삼촌, 안녕히 주무셨어요?"
"그래, 잘 잤니? 메이플, 「애니 로리」좋아하니?"
"네, 삼촌. 혹시 이 노래 싫어하세요?"
참으로 예민한 아이다. 내 표정에서 뭔가를 느꼈나 보다.
"싫어하진 않아. 좋은 노래지. 단지 정말 유행하고 있구나 싶어서."
「애니 로리」는 1838년에 발표된 가곡이다. 그런데 최근에야 폭발적으로 유행했다. 크림 전쟁에 참전한 병사들도 열렬히 애창했다. 나도 원래 이 노래를 좋아한다. 하지만 땅 위에 늘어선 수백 명이나 되는 전사자들의 위로, 스코틀랜드 군악대가 연주하는 백파이프의 선율을 타고 이 곡이 흘러나오는 광경을 얼마나 많이 보았던가. 그래서 반사적으로 표정이 어두워진다. 노래에 죄는 없지만.

식탁에 접시와 포크를 놓으면서 메이플이 물었다.

"오늘은 나가시는 거죠, 삼촌?"

"그래, 이젠 구직활동을 해야지. 언제까지나 놀고먹을 수 있는 팔자가 아니니까."

"저도 일 할게요."

"그래, 언젠가는."

나는 아직 메이플의 장래에 대한 확고한 방침이 없었다. 무엇보다 먼저 나 자신이 생활 기반을 잡아야 했다. 메이플이 좋은 일자리를 찾든, 다시 학교를 다니든 간에 내가 제대로 취직을 한 다음에 생각할 문제였다.

1857년 당시, 런던 인구는 약 350만 명 정도였다고 한다. 당연히 세계 최대의 도시다.

영국 전체의 인구는 1785년에는 900만 명에 달했고, 빅토리아 여왕이 즉위한 1837년에는 1400만 명에 달했다. 그 20년 뒤에는 2,400만 명이었다. 오로지 산업혁명 덕분에, 다시 말해 영국은 '상공업으로 먹고 살 수 있는 나라'가 되었다.

하지만 부(富)가 모든 사람들에게 평등하게 나눠진 것은 아니었다. 냉정하게 말해서, 역대 영국 정부는 가난한 사람들을 구제하기 위해서 다른 나라 정부보다는 조금 더 노력하고 궁리했다고 생각한다. 하지만 가난에 허덕이는 사람들은 점점 늘어만 갔다.

열 살짜리 아이가 탄광에서 하루에 14시간이나 일을 한다. 그러다가 피곤에 지쳐서 졸기라도 하면 한 겨울일지라도 머리에 찬 물을 한 바가지 뒤집어쓴다. 쉬는 날은 없고, 급료는 일주일에 2실링, 즉 10분의 1파운드밖에 안 된다. 아주 흔한 이야기였다. 런던에 사는 열다섯 살 이하의 아이들 중에서도 학교를 다니는 아이는 절반밖에 안됐다. 나머지 절반은 일을 하고, 또 그 반수는 굶어 죽기 직전이라고 했다.

자본주의 세상은 정말로 불공평하다. 하지만 불공평한 사실에 분개하기 전에, 거듭 말하지만 나 자신부터 일자리를 찾아야했다.

나는 귀국하면 크림 전쟁 전에 근무하던 출판사에 복직할 참이었다. 그런데 돌아와 보니, 회사는 완전히 문을 닫고 사장도 이 세상 사람이 아니었다. 다만 사장은 나와 다른 직원들을 걱정해서 생전에 미리 손을 써두었다. 나는 조의를 표하러 사장의 홀로 된 부인을 방문했고, 사장이 남겨 둔 로버트 뮤저 씨에게 보내는 소개장을 건네받았다.

그날 나는 옷을 차려 입고, 소개장을 들고 뮤저 씨를 방문했다. 메이플이 꼭 따라가고 싶다고 해서 나는 메이플의 옷맵시를 단정하게 한 다음에 함께 갔다.

로버트 뮤저 씨의 회사는 뉴옥스포드 거리에 있었다. 우리 집에서 걸어서 20분으로, 대영박물관과도 가깝다. 뮤저 씨의 회사는 완성된 지 얼마 되지 않은 근사한 3층짜리 석조 건물이었다. 사실 이곳은 책대여점이다.

우리는 안으로 들어갔다. 높은 천장에는 샹들리에가 반짝이고, 무도장처럼 넓은 열람실의 벽은 책장으로 가득 차 있었다. 벽 위쪽으로는 빅토리아 여왕 부부의 초상화며 풍경화 등이 걸려 있었다. 백여 명의 손님들은 모두 잘 차려 입은 신사, 숙녀로 읽고 싶은 책을 열심히 찾고 있었다. 책을 읽기 위한 탁자와 긴 의자도 고급이었다.

당시, 회원은 5만 명, 장서 수는 150만 권. 영국뿐 아니라, 유럽 최대의 회원제 책대여점 '뮤저 양서 클럽'에 나는 처음으로 발을 들여놓은 것이다.

"우와, 굉장해, 책밖에 안 보여!"

메이플이 두 눈을 반짝이며 책장 앞을 왔다 갔다 하면서 감탄했다.

당시, 영국 남성의 70%, 여성의 60%가 일단 글자를 읽고 쓸 수 있었다. 초등교육이 보급되었기 때문이다. 글을 읽게 되면 책을 읽고 싶어진다. 하지만 당시에는 책값이 상당히 비쌌기 때문에 다달이 몇 권씩 살 수도 없었다. 그래서 많은 사람들이 믿을 수 있는 책대여점에서 책을 빌려 읽었다.

  뮤저 양서 클럽의 연회비는 기니금화 한 닢이었다. 즉, 1파운드 1실링이다. 20실링이 1파운드이기에 바꾸어 말하면 21실링이다. 다른 시대, 다른 나라 사람들을 위해서 설명을 하면, 이렇게 어중간한 금액의 금화가 발행된 데에는 다 이유가 있었다. 당시 영국에서는 1파운드의 물건을 샀을 때에는 1실링 정도 팁을 주는 것이 상식이었다. 그럴 때 1기니금화를 주면 일일이 팁을 위해서 잔돈을 준비할 필요가 없었다.

  뮤저 양서 클럽의 회원은 5만 명이기에 연회비의 총액은 52,500파운드라는 계산이 나온다.

  일 년에 1기니의 회비를 지불할 수 있는 사람은 그다지 많지 않다. 뮤저 양서 클럽은 가난한 노동자들을 상대로 하는 비회원제 책대여점이 아니라, 중산층 이상을 손님으로 하는 문화산업의 큰손이었다.

  로버트 뮤저 씨는 책대여점 이외에도 여러 사업을 했다. 남은 책과 오래된 책을 팔았고, 작은 신문과 잡지를 몇 종류 발행했을 뿐만 아니라, 인쇄공장과 제본공장도 소유하고 있었다. 또한 한 번에 수백 권이나 되는 책을 구매했기에 출판사와 작가에게는 아주 고마운 존재였다. 그의 회사 응접실에는 유명한 문화인이 자주 드나든다고 했다. 로버트 뮤저 씨는 자산가이면서 런던의 명사였다.

저택의 집사 같은 복장으로 카운터 옆에 한 사내가 서 있었다. 그가 안내 담당이었다. 나는 그에게 뮤저 씨를 찾아왔다면서 소개장을 건넸다. 10분 후, 3층 사장실로 안내 되었다.

V

로버트 뮤저 씨는 딱 쉰 살이었다. 적당히 살이 찌고, 적당히 벗겨진 머리는 하얗게 셌으며, 검은 테의 안경을 쓰고 있었다. 얼굴은 윤기가 돌았고, 파란 ㅎ눈은 활력이 넘쳐서 전체적으로 젊어 보였다.

사장실은 넓고 훌륭해 보이긴 했지만, 잘 드러나지 않았다. 벽, 바닥, 책상, 그리고 소파까지 책과 서류에 파묻혀 있었기 때문이다. 완성된 지 얼마 안 되었다는데, 어떻게 그 짧은 시간에 이렇게까지 어지를 수 있는 걸까.

"앉아요, 앉아. 거기 아가씨도 앉아요."

뮤저 씨는 소파에서 무거워 보이는 책을 열권쯤 바닥에 옮긴 다음, 우리에게 자리를 권했다. 나는 앉기 전에 인사를 했다.

"에드먼드 니담이라고 합니다. 이쪽은 제 조카 메이플 콘웨이인데, 귀사를 견학하고 싶다고 해서 같이 왔습니다. 함께 있어도 되겠습니까?"

"그래요. 그럼 본론으로 들어가 볼까."

뮤저 씨도 자리에 앉았다. 의지가 작은 건지, 본인이 큰 건지, 약간 비좁아 보였다.

"니담 씨, 만약 우리 회사에 와준다면, 연봉은 100파운드로 했으면 하는데, 어떤가?"

나는 전에 다니던 출판사에서 그런대로 평가가 좋아서 연봉 120파운드를 받았다. 요구를 할 처지는 아니지만, 뮤저 씨의 표정에는 협상의 여지가 느껴졌다.

"솔직히 말씀 드리면, 조금 더 받았으면 합니다만."

"당신 입장에서는 물론 그렇겠지. 하지만 내 입장에서는 일손이 부족한 것도 아니라서 말이지."

뮤저 씨의 말에 메이플이 반응했다. 갑자기 정색을 하더니 고집 센 소년 같은 표정을 지었다.

"저기, 말씀 중에 죄송하지만……."

소파에서 몸을 내밀 듯이 하며 메이플이 입을 열었다.

"일손이라는 게 숫자가 다는 아니라고 생각하는데요. 인재가 있느냐, 없느냐 문제 아닌가요? 네드 삼촌은 읽고 쓰는 건 물론, 조사와 취재도……."

"메이플, 가만있어라."

"하지만, 삼촌······."

"이건 어른들 일 얘기다. 애가 끼어들 문제가 아니야. 입을 다물던지, 그럴 수 없다면 아래층 가게에서 기다려라."

약간 엄하게 말하자, 메이플은 뺨이 붉어지더니 고개를 조용히 끄덕였다.

"네, 얌전히 있을 게요."

나는 메이플을 타이를 정도로 훌륭한 사람이 못된다. 하지만 아이가 어른들 일에 참견하는 것만큼 실례가 되며 미움받는 일도 드물다. 나는 다른 사람이 메이플을 보고 '건방진 녀석'이라는 생각하지 않기를 바랐다.

뮤저 씨는 나와 조카의 대화를 흥미롭게 지켜보고 있었다. 그 표정이 미묘하게 변했다. 입을 다문 메이플이 무언가를 발견한 것처럼 시선이 한 곳에 고정되어 있었기 때문이다. 그녀의 시선은 뮤저 씨의 책상에서 삐져나와 있는 원고를 향해 있었다. 메이플은 그 글자를 읽고 있었다. 5초쯤 지나서 뮤저 씨는 더 이상 못 참겠다는 듯이 물었다.

"아가씨, 아가씨는 이 문장을 읽을 수 있나?"

"네, 물론이죠. 라틴어나 그리스어도 아니고, 현대 영어잖아요."

메에플이 의아하다는 듯이 대답하자, 뮤저 씨는 의자에서 일어났다. 원고를 낚아채더니 메이플의 얼굴 앞에 내밀었다.

"그럼 읽어보려무나."

메이플이 나를 쳐다보았다. 나는 고개를 끄떡였다. 그녀는 뮤저 씨가 시키는 대로 깨끗한 발음으로 열 줄쯤 읽었다. 뮤저 씨는 흥분한 곰처럼 신음소리를 냈다.

"대단해, 정말 대단해. 새커리 씨가 휘갈긴 원고를 그대로 읽을 수 있다니! 아가씨, 이걸 또박또박 정서할 수 있겠나?"

"네."

"그러면 이 종이에 써 보거라."

메이플의 갈색 눈동자가 번쩍 빛났다. 나의 총명한 조카는 찬스의 꼬리를 잡은 사실을 깨달은 것이다. 펜과 종이를 받아들고 발음 못지않은 깨끗한 글씨를 종이에 써내려갔다. 다시 뮤저 씨가 신음소리를 냈다.

"오오, 정말 훌륭하군. 아가씨, 우리 회사에서 삼촌과 함께 일하지 않겠나? 일 년에 20파운드 줄 테니."

"일 년에 10파운드면 충분해요."

"아니야, 그건 너무 싸서 안 되네."

"그 대신 삼촌은 120파운드로 해 주세요."

내가 입을 채 열기도 전에 뮤저 씨는 손뼉을 치며 웃었다.

"이 아가씨는 상당한 협상가구만. 그래, 좋았어, 좋아. 어차피 협상하기에 따라서 그 정도로 할 생각이었으니까."

역시 그랬구나, 이 늙은 너구리 같으니.

"그리고 하나 더요."

"뭐지? 아가씨."

"여기 회원증을 현물급여로 받고 싶어요."

"책을 좋아하나?"

"책 없이는 못 살아요."

뮤저 씨를 매우 기분 좋게 하는 말이었다. 뮤저 씨는 마치 꿀을 핥은 곰처럼 흥분했다.

"음, 정말 마음에 들어. 뭐든 아가씨 말대로 해 주지. 니담 씨, 당신 직함은 프로듀서고, 기획, 편집, 취재, 집필, 조사 등 뭐든지 해야 하네. 다음 주 월요일부터 출근하게."

그리고 몇 가지 조건을 더 이야기하고, 지극히 간단한 계약서에 서명을 했다. 나와 메이플은 뮤저 양서 클럽에서 나왔고, 처음에는 아무 말도 하지 않았다. 5분쯤 걸어서 대영박물관 근처에 왔을 때 메이플이 가만히 말했다.

"삼촌, 죄송해요."

"사과할 일이라도 한 거니?"

"여러 가지 주제넘은 짓을 해서요……. 화 안 나셨어요?"

"안 났어. 뮤저 씨가 메이플을 어엿한 한 사람으로 인정을 해줬잖니. 삼촌도 기쁘단다."

실제로 뮤저 씨는 뛰어난 통찰력을 지닌 사람이었다. 그 뒤로 메이플은 뮤저 양서 클럽에 얼마나 많은 공헌을 하였던가. 신인 여성작가를 여럿 키우고, 많은 여성 독자들을 확보하며…… 하지만 그건 1856년의 일이 아니다.

집으로 돌아가는 길에 나는 제과점에 들러서 메이플에게 초콜릿을 사 주었다.

그까짓 초콜릿이라고 하지 않기를 바란다. 본래 음료수였던 초콜릿을 굳혀서 먹을 수 있게 된 지 얼마 되지 않았을 때다. 상점에 모습을 드러낸 것이 1849년, 바로 우리 영국의 버밍엄에서 말이다. 초콜릿은 당시 고급에 속했고 '쇼콜라 델리슈 드 망제'라는 프랑스 이름이 붙어있었다. 예나 지금이나 멋스러운 분위기를 연출하려면 프랑스어가 제격이다.

"이렇게 비싼 걸, 괜찮아요?"

"그럼, 축하하는 거잖니. 취직 축하한다, 메이플."

"고마워요, 너무 기뻐요!"

집으로 걸어가면서 나와 메이플은 한 가지 약속을 했다. 새로운 직장에서는 서로 "니담 씨", "콘웨이 양"이라고 부르자는 약속이다. 사회인, 직장인으로 선을 그어야 한다. 특히 이제 막 고용된 상황에서는 말이다.

"하지만 우리 둘만 있을 때에는 삼촌이라고 불러도 되죠?"

메이플이 진지한 표정으로 물어왔다. 나는 웃으며 고개를 끄떡였고 하늘을 올려다봤다. 멀리 크림까지 이어지는 하늘이다. 드디어 귀환병이 아니라, 일반인의 생활이 시작된다.

마샤가 우리 집의 충실한 하녀라는 사실은 이미 언급했는데, 그녀의 연봉은 8파운드로 석 달마다 2파운드씩 지급됐다. 즉, 1월, 4월, 7월, 10월의 네 번에 걸쳐서 준다. 마침 7월이었다. 집에 도착하자마자 나는 마샤를 불러서 3파운드를 주며 말했다.

"마샤, 이제 일 년에 12파운드로 올릴 게요. 얼마 안 되지만, 노후 자금에 보태도록 해요."

마샤는 아무 말도 하지 않았다. 그저 앞치마로 눈물을 닦으면서 고개를 숙일 뿐이었다.

Ⅵ

나는, 아니, 나와 메이플은 '뮤저 양서 클럽'에서 일하기 시작했다. 나는 일주일에 엿새, 메이플은 닷새 일했다. 아침 식사 후, 마샤의 배웅을 받으며, 20분 정도 걸어서 출근을 했다. 걸어가면서 메이플과 나누는 대화는 소소하지만 빼놓을 수 없는 즐거움이었다.

메이플은 악필 작가들의 원고를 정서하고, 중역들에게 차나 커피를 타 주었다. 그리고 가게에 나가서 여성 손님들을 응대했다. 안 보인다 싶으면 서고에서 옛날 책에 정신없이 빠져 있었다.

내가 하는 일은 점점 범위가 넓어졌다. 뮤저 사장이 내 적성을 확인할 필요도 있었기 때문이다.

어떠한 책을 살 것인가, 어떠한 책을 손님에게 빌려 줄 것인가, 어떠한 작가와 출판사를 상대할 것인가, 어디에 지점을 낼 것인가. 나는 사장의 질문에 대답하고, 함께 생각하며 조사하고, 협상하기 위해서 이리저리 돌아다녔다. 5만 명의 회원들에게 배포하기 위한 회보도 만들었다. 이미 활약하는 작가들에게 회보의 원고를 의뢰했다. 장래성이 보이는 신인작가를 발굴하기 위해서 여러 잡지를 읽었다. 또한 책장에 책을 진열하고, 가게 앞에 포스터를 붙였다. 포스터의 디자인도 생각했다.

가게 안에서는 회사에서 제공한 유니폼을 입었다. 연미복 옷자락을 짧게 한 '코티'라는 옷에 나비넥타이까지 맸다. 작업할 때에는 물론 윗도리를 벗었다. 메이플은 가정교사 풍의 라벤더 색 원피스에 하얀 앞치마, 그리고 부츠를 신고서 빠른 걸음으로 가게 안을 돌아다니다가 내 모습을 발견하면 반갑게 손을 흔들었다.

이렇게 1857년이 되자, 내 생활은 완전히 안정되었다. 아니, 그런 것처럼 보였다. 나와 메이플의 월급에 할머니 유산에서 받는 연금, 그리고 군인 연금을 합치면 연수입이 250파운드를 넘었다. 저축도 하면서 그럭저럭 여유 있는 생활을 할 수 있게 됐다. 직함도 '프로듀서'라고 하면 왠지 잘난 것 같아서 기분도 좋았고, 언젠가는 총지배인도 될 것 같은 기분이었다.

"모든 게 좋아, 이대로만 가라."

어느 날, 거울에 비친 검은 머리의 사내를 향해 나는 중얼거렸다.

"이제 전쟁이고 모험이고 다신 겪고 싶지 않아. 지난 2, 3년 동안 열 사람 몫은 겪었으니까. 이 세상은 평화와 안정이 제일이야. 모험 같은 건 지옥에나 떨어져라!"

잊히지도 않는 1857년 6월 25일. 하지를 막 지나고 런던은 다시 최상의 계절을 맞이하고 있었다. 이제 귀국한지도 거의 일 년이 다 되어간다.

뮤저 양서 클럽으로 출근하는 길에 신문을 샀다. 가끔은 잘난 척 〈타임즈〉를 사기도 하지만, 대개는 조금 더 서민적인 걸 산다. 그날 가판대에 놓인 신문 몇 개에는 유난히 커다란 활자가 나풀거렸다.

「한 여름의 괴사건!
천재지변의 징조인가!?
북부 스코틀랜드의 해안에 등장한 거대한 빙산!
그 안에 보이는 스페인 함대!」

"신종 괴담인가, 이건."

어이가 없어서 나는 신문을 다시 들여다보았다. 신문에도 여러 종류가 있다. 그 중 타블로이드판 신문은 반 페니(즉 1파운드의 480분의 1)의 싼 가격에 "재미있으면 그만"이라는 방침을 가지고, 있는 사실 없는 사실 할 것 없이 모조리 기사로 다루었다. '살인 고릴라가 미녀를 습격!', '심야에 마차를 모는 해골남', '국회의사당에 등장한 사람의 얼굴을 한 박쥐' 같은 제목의 기사에 무시무시한 삽화가 첨부되어 있었다. 솔직히 나나 메이플도 그러한 이야기를 싫어하지는 않았다. 어차피 겨우 반 페니였기에, 가끔 구입해서 읽고 한 차례 웃은 다음 휴지통에 휙 버리면 그만이다.

점심시간에 읽을 요량으로 가방에 넣어서 출근을 했는데, 뮤저 사장의 갑작스런 호출이 떨어졌다.

"니담 씨, 찰스 디킨스 씨를 아나?"

"네, 물론 알고 있습니다."

영어를 읽고 쓸 줄 아는 사람 중에서 디킨스 씨를 모르는 사람이 있을까. 그는 새커리 씨와 어깨를 나란히 하는 영국 최고의 문호가 아닌가.

1857년 당시, 찰스 디킨스는 마흔다섯 살에 이미 『올리버 트위스트』, 『데이비드 코퍼필드』, 『황폐한 집』, 『크리스마스 캐롤』 등의 걸작을 세상에 내놓은 상태였다. 소설뿐 아니라,

저널리스트로서 기사와 논문도 쓰고 자신의 잡지사도 경영했다. 재능과 지위, 명성, 그리고 부까지 겸비한 유명 인사였다. 뮤저 씨의 지인이기도 했지만, 아직 나는 만날 기회가 없었다. 파카라는 20년 근속의 베테랑 직원이 디킨스의 담당이었기 때문이다.

"그런데 그 디킨스 씨한테 무슨 일이라도?"

"지금 디킨스 씨 저택에 한스 크리스티안 안데르센 씨가 묵고 있다네."

"안데르센? 아아, 아마 스웨덴의 동화작가죠."

"덴마크일세."

"죄송합니다, 덴마크네요."

부끄럽게도, 당시 안데르센에 대한 내 인식은 그 정도였다. 이미 그는 『즉흥시인』을 발표했고, 동화집을 몇 권 냈다. 거기에는 「인어공주」, 「벌거벗은 임금님」, 「미운 오리 새끼」, 「성냥팔이 소녀」, 「빨간 구두 아가씨」, 「눈의 여왕」 등이 수록되어 있다. 널리 읽히고 있었지만, 영국인들은 안데르센을 "어차피 애들이나 보는 동화 작가잖아"라는 정도로만 평가했다.

"특명이라고 한다면 좀 거창하지만 말일세, 디킨스 씨의 집에 가서 디킨스 씨와 안데르센 씨의 시중을 들어줬으면 하네. 소개장은 여기 있으니까, 지금 가 주겠나?"

"네, 알겠습니다. 하지만 파커 씨한테 무슨 일이라고 있습니까?"

"그게, 어제 밤에 연락이 왔는데, 영업용 마차에 치어서 발목이 부러졌다는구먼. 한 달쯤은 걸을 수 없는 모양이네. 그래서 자네에게 대리를 부탁하는 걸세."

이렇게 해서 나는 디킨스와 안데르센이라는 세계의 양대 문호와 인연을 맺게 되었다. 성가신 일은 생기지 않았으면 좋겠다는 생각을 했다. 하지만 나는 전혀 상상하지 못했다. 나와 메이플이 그동안 그 어떤 고딕소설(18세기 후반부터 19세기 초엽에 걸쳐 영국에서 유행한 소설. 중세의 고딕 양식으로 된 성을 배경으로 유령, 살인 따위의 기괴한 사건을 주로 다루면서 신비감과 공포감을 나타냈다-옮긴이)에서도 다루지 않은 괴사건에 휘말리며 생명의 위협을 느끼게 되리라고는…….

제 2 장
고민 많은 두 문호
대시인의 낭독이 준 충격

I

 1857년 6월, 동화로 유명한 덴마크의 작가 한스 크리스티안 안데르센은 십년 만에 영국을 방문하여, 역시 문호로 알려진 찰스 디킨스의 집에 머물렀다. 이 때 안데르센은 쉰두 살, 디킨스는 마흔다섯 살이었다.
 디킨스의 저택은 런던에서 동쪽으로 대략 25마일 떨어진, 켄트 주의 로체스터 교외에 있었다. 디킨스의 고향과 가깝고 교통편도 좋은 곳이다.
 "그래서 뭐, 처음에는 모든 게 좋았는데 말일세."
 뮤저 사장의 말이 약간 석연찮은 말투였기에 나는 물어봤다.
 "무슨 일이 있었습니까?"
 "아니, 별일 아닐세."
 "그러면 뭐가 문제죠?"
 내 물음에 뮤저 사장은 벽에 걸린 달력으로 시선을 옮겼다.
 "안데르센이 디킨스 집에서 지내기 시작한 게 6월 11일이라네."
 "오늘로 딱 2주네요."
 "디킨스는 안데르센이 일주일쯤 있다가 돌아갈 거라고 생각했었네."
 5초쯤 침묵이 흘렀다. 한 차례 헛기침을 한 다음에 나는 다시 물었다.

"안데르센에 대해서 잘은 모르지만, 무신경한 분인가요?"
"아니, 그렇게 말하면 미안하지. 안데르센은, 뭐랄까……."

뮤저 사장은 팔짱을 끼고 허공을 노려보면서 적당한 표현을 찾는 모습이었다. 이윽고 팔을 풀고는 어깨를 움츠렸다.

"선입견은 안 갖는 게 좋겠네. 아무튼 디킨스 집에 가 주게. 메이플, 아니, 콘웨이 양과 함께 말일세."

황급히 준비를 마치고 오전 10시에 회사를 나서게 되었다. 나와 메이플 콘웨이는 템스 강을 건너서 런던 브리지 역으로 향했다.

"그건 그렇고 뮤저 사장이 너를 지명한 건 왜일까? 메이플."
"보모래요."
"보모? 아아, 디킨스 씨 집에는 아마 애들이 열 명이나 있다고 했어. 그 상대를 하라는 건가."

나는 고개를 갸우뚱했지만, 메이플이 같이 가는 건 즐거운 일이었기에 더 이상 깊이 생각하지 않았다.

런던 브리지 역에서 점심으로 먹을 샌드위치를 사서 도버 방면으로 가는 열차를 타고 약 한 시간 반을 달렸다. 그리고 영국에 돌아왔을 때와는 반대 방향의 철도를 따라 로체스터에 도착했다. 갯즈힐 플레이스는 역에서 2마일정도 떨어져 있다고 하기에 마차를 불러서 강을 따라 푸른 전원지대를 달렸다.

낮은 언덕이 드문드문 있고 전망이 좋은 평야가 이어졌다.

한가롭고 아름다운 전원이지만 이정표 같은 것은 눈에 띄지 않았다. 교차로를 지날 즈음, 지팡이를 짚고는 있어도 건강해 보이는 노부인을 발견했다. 나는 마차를 내려서 모자를 벗으며 말을 걸었다.

"실례합니다만. 갯즈힐 플레이스로 가는데 이쪽이 맞습니까?"

그러자 노부인은 안경을 고쳐 쓰면서 나를 위에서 아래로 쭉 훑어봤다.

"디킨스 선생님 댁에 가는 거예요?"

"네."

"방향은 이쪽이 맞긴 한데, 당신들 가까이 가지 않는 게 좋을 거예요."

"그건 왜죠?"

"뭔가 이상한 남자가 디킨스 선생님 댁 앞에서 잔디 위를 구르며 큰 소리로 울고 있대요. 어쩐지 기분도 나쁘고, 가까이 안 가는 게 좋을 거 같은데."

고마운 충고였지만 일이기 때문에 가까이 안 갈 수가 없다. 나는 노부인에게 감사의 인사를 하고 다시 마차에 올라탔다.

내가 노부인의 충고에 대해 이야기했더니, 메이플은 불안해하기보다 오히려 유쾌한 것 같았다. 3분 쯤 더 달리자, '갯즈힐 플레이스'라고 적힌 푯말 너머로 나무들과 훌륭한 저택이 나타났다. 건물은 언덕 위에 위치해 있고, 앞에는 잔디가 펼쳐져 있었다.

"아, 정말이네, 있다, 있어."

메이플이 하는 말을 들을 필요도 없었다. 나는 아름다운 초록빛 잔디와 그 위에 엎드려서 큰 소리로 울고 있는 남자의 모습을 발견했다.

남자는 프록코트를 입고 있었지만 모자는 쓰고 있지 않았다. 검어 보이는 머리는 전혀 손질을 하지 않은 것 같았다. 마차가 멈춘 것도 모르는지 고개를 숙이고 큰 소리로 흐느끼고 있었다.

"덩치도 큰 남자가 저게 무슨 꼴인지. 그리고 디킨스 씨 댁에 폐가 되잖아. 울려면 다른 데 가서 울라고 해야겠어."

혀를 차며 마차 문을 열려는데, 메이플이 내 팔을 잡았다.

"삼촌, 저 사람······."

"뭐, 메이플, 설마 아는 사람인 건 아니지?"

메이플이 목소리를 낮춰서 대답했다.

"저 사람, 혹시, 안데르센 선생님 아닐까요?"

"뭐! 설마······."

마침 남자가 고개를 들었다. 눈물과 콧물로 범벅이 된 중년남자의 얼굴이 드러났다. 별로 보고 싶지 않았지만, 자세히 바라보자, 안데르센처럼 보이는 것 같았다. 회사를 나오면서 초상화를 확인했었다.

우리는 마차에서 내려 마부에게 요금과 팁을 건넸다. 멀어지는 마차를 뒤로 하고, 잔디 쪽으로 다가갔다.

"혹시, 저기, 갑자기 죄송합니다만······."

계속 울고 있는 남자에게 다가가서 잔디에 무릎을 꿇고 말을 걸었다. 남자가 윗몸을 일으켰다.

"혹시 한스 크리스티안 안데르센 선생님 되십니까?"

메이플이 웅크리고 앉아 살며시 손수건을 내밀었다. 남자는 거리낌 없이 손수건을 받아서 양쪽 눈가를 닦더니, 서툰 영어로 대답했다.

"그, 그래요. 나는 안데르센이에요. 그런데 당신은 누구죠? 여기 왜 왔어요?"

문호치고는 아이 같은 말투라고 생각했지만, 본인이 안데르센이라고 하는 이상, 믿을 수밖에 없었다.

"실례했습니다. 저는 런던의 뮤저 양서 클럽 직원으로 에드먼드 니담이라고 합니다. 사장님 지시로 디킨스 선생님 댁을 방문했습니다. 일어나시겠습니까?"

"으, 응……."

나는 안데르센을 부축했다. 안데르센은 힘없이 일어나더니, 메이플의 손수건으로 커다란 소리를 내며 코를 풀었다. 울어서 빨갛게 된 눈으로 메이플을 봤다. 메이플도 일어나서 공손하게 인사를 했다.

"이 아가씨는?"

"메이플 콘웨이라고 합니다. 에드먼드 니담의 동료입니다."

"흠, 그렇군요. 이렇게 젊고 귀여운 아가씨가 일을 하나 봐요."

안데르센은 키가 상당히 컸다. 단, 훌륭한 체격이라고는 말하기 어렵다. 몹시 말라서 마치 영양실조에 걸린 병사 같았다. 팔다리는 길고, 앙상하니 뼈만 남은 손은 컸고, 신발 크기 역시 놀라울 정도로 커다랬다.

"괜찮으세요? 안데르센 선생님."

"네, 뭐, 몸은 그런대로…… 하지만, 마음이."

안데르센은 얼굴도 길고 앙상했다. 코는 높으면서 필요 이상으로 컸고, 반대로 눈은 작아서 졸려 보였다. 솔직히 미남과는 도무지 거리가 먼 얼굴이었다. 위대한 재능을 가진 인물로도 보이지 않았다. 물론 사람을 겉만 보고 판단하는 것은 어리석은 일이다. 생전에 그는 유럽에서만 유명했지만, 사후에 그의 명성은 전 세계로 퍼졌으니까.

"괜찮으시면, 무슨 일이신지 말씀해 주시겠습니까?"

우리는 안데르센을 가운데 두고, 디킨스 저택의 현관으로 향했다. 내 질문에 안데르센이 흥분을 한 것 같았다.

"그게, 정말 어떻게 그럴 수가 있어요. 당신들도 좀 들어봐요!"

최근에 안데르센은 「살아야 하는가, 죽어야 하는가」라는 제목으로 작품을 썼다. 동화가 아니라 어른들 소설인데, 〈애서니엄〉이라는 잡지에 서평이 실렸다. '몸서리쳐지는 실패작'이라는 엄청난 혹평이었다. 그 일로 안데르센은 심하게 상처를 받은 것이다. 당시에도 〈애서니엄〉은 문화인이나 지식인들이 애독하는 잡지로 유명했다.

"정말 이 세상에는 형편없는 사람들이 있다는 생각 안 들어요? 흠, 글도 제대로 읽지 못하면서, 잘난 척 하긴!"

"그런 서평은 신경 쓰실 필요 없습니다, 안데르센 선생님."

"그럼요, 저도 그렇게 생각해요."

"당신들은 그렇게 말하지만, 작가가 얼마나 고생하는지 알지도 못하는 작자들이 잘난 척 기사를 쓰다니, 용서 못해요!"

디킨스의 집은 광대한 온실을 두 개나 갖춘 위엄 있는 3층짜리 저택이었다. 현관문까지는 돌계단을 예닐곱 개나 올라가야 했다. 안데르센은 내가 부축하고 메이플이 노커(현관문에 달린, 문을 두드리는 고리쇠-옮긴이)를 두드렸다.

Ⅱ

디킨스의 사생활에 대해 쓰는 건 삼가고 싶지만, 일단 설명을 해야만 상황을 이해할 수 있다. 그날 나와 조카 메이플은 지극히 곤란한 처지에 놓였다.

디킨스 부부는 사이가 좋지 않아서 그야말로 이혼 직전이었다. 자녀가 열 명이나 되는데도 말이다. 디킨스의 부인인 캐서린은 결코 나쁜 사람은 아니었지만, 문학에 별로 관심이 없었다. 집안일도 좋아하지 않았다. 막상 디킨스와 결혼을 하고 나자, 서로 '아무래도 뭔가 달라'라고 느끼기 시작했다. 그리고 서로 다가가기보다는 오히려 거리를 두게 되면서 결국 회복할 수 없는 지경에 이르렀다.

캐서린의 여동생 조지나는 언니네 집에 같이 살면서 언니를 대신하여 집안일을 모두 전담하고 있었다. 그런데 그녀는 언니보다 디킨스 편이었다. 언니가 이혼을 한 뒤에도 디킨스 집에 머무르면서 아이들의 엄마 역할을 대신했다. 그래서 당시 디킨스 집에는 세 남녀 사이에 싸늘한 공기가 감돌았다.

나와 메이플은 디킨스 부인에게 인사를 하고, 부인이 시키는 대로 안데르센을 온실의 쾌적해 보이는 소파에 눕혔다. 디킨스 부인의 위로에 안데르센은 또 울기 시작했고, 메이플의 손수건으로 얼굴을 닦았다.

그리고 잠시 뒤 현관 쪽에서 아이들이 떠드는 소리에 섞여 한 남자의 목소리가 우렁차게 울렸다.

"뭐, 앤더슨 씨가 울고 있다고? 무슨 일인데! 혹평을 들었다고? 에잇, 별 것도 아니구먼. 앤더슨 씨는 어디 있나?"

디킨스의 목소리였다. 직접 만난 적은 없지만 목소리는 강연회 등에서 들은 적이 있다. 아무래도 디킨스는 안데르센을 '앤더슨 씨'라고 부르고 있는 모양이었다.

발소리를 울리며 저택 주인이 온실로 뛰어 들어왔다.

"앤더슨 씨! 서평 따윈 신경 쓸 거 없어요!"

디킨스가 소리쳤다. 아니, 그는 안데르센을 위로하기 위해서 약간 목소리를 크게 했을 뿐이다. 하지만 본래 목소리가 큰데다가 무대 배우 같은 동작으로 지팡이를 휘둘러서 마치 화가 나서 고함을 치는 것처럼 보였다.

"어떻게 신경을 안 써요. 나는 이제 안 돼. 파멸이야. 끝이야. 그렇게 심한 말을 듣고 어떻게 다시 일어서요."

"신경 쓸 거 없다니까요! 나는 24년 동안 내 책 서평 같은 건 읽은 적이 없소!"

처음 듣는 이야기였다.

"잘 들어요, 앤더슨 씨, 당신의 이름과 작품은 불멸이오. 백 년이 지나고 이백 년이 지나도 문학이 존재하는 한 당신의 이름은 남을 거요. 하지만 서평은 일주일만 지나면 모든 사람의 기억 속에서 사라져요. 모래사장에 막대기로 쓴 글자와 같은 것이죠. 파도가 한 번만 밀려와도 금세 사라져버립니다."

디킨스는 지팡이를 휘두르면서 다시 발을 굴렀다.

"알겠어요? 앤더슨 씨. 당신이야말로 불멸이오. 자신을 믿으세요. 아니, 자신이 얼마나 위대한지 녀석들에게 보여주는 거요!"

안데르센은 당연히 감격했다. 단지 그 자리에 있기만 했던 나도 감명을 받을 정도였으니까. 그는 순식간에 두 눈 가득 눈물이 그렁그렁해져 소파에서 일어나더니 기다란 팔을 벌렸다.

"아아, 디킨스 씨, 고마워요. 나를 이해해 주는 사람은 이 세상에 당신밖에 없어요!"

안데르센은 디킨스를 안으려고 했지만 디킨스는 얼른 몸을 돌려 나를 향해 고함을 쳤다.

"그런데 댁은 뉘시오, 젊은이? 여기서 뭘 하는 거요?"

나는 디킨스에게 뮤저 사장의 편지를 주고, 나와 메이플을 소개했다. 디킨스는 왼쪽 옆구리에 끼고 있던 신문 다발을 작은 탁자 위에 던졌다.

"흠, 뮤저에서 온 직원이군. 회보에 기행문을 쓰는 대신에 시중 들어줄 사람을 부탁했는데 이렇게 매력적인 아가씨도 함께 올 줄이야. 양서 클럽 회보 일도 관여하고 있소?"

"네, 편집 일도 하고 있습니다."

"편집이 아니오, 운영이라고 하시오."

무엇 때문인지 디킨스는 '편집'이라는 말을 싫어해서 '운영'이라는 표현을 사용했다.

디킨스는 보통 키였지만 멋진 수염을 기르고 있었고, 당당한 풍채였다. 자신감과 활력도 넘치고 있었다. 그런 점 때문인지 안데르센보다 나이가 많아보였다. 그들과 접하면서 알게 된 사실인데, 안데르센은 일곱 살이나 어린 디킨스에게 완전히 의지하고 있어서 무언가를 시키면 기꺼이 시키는 대로 했다.

안데르센은 기다란 팔로 공기만 안은 채, 하는 일 없이 멀뚱멀뚱 서있었다. 디킨스는 그런 것은 전혀 개의치 않고 말을 이었다.

"니담 씨, 먼저 당신이 해줬으면 하는 건 스코틀랜드행 수속이오."

"열차와 호텔 말씀이시군요."

"그래요. 동행해 주겠소?"

"디킨스 선생님을 모실 수 있다면 영광입니다. 그런데 언제 출발하실 건지요?"

디킨스는 오른손 손가락으로 나비넥타이를 만지작거리면서 잠시 생각했다.

"7월 1일에는 반드시 애버딘에 있어야 하오. 거꾸로 계산해서 일정을 세워보시오. 출발 예정만 세우면 되니까."

"알겠습니다. 하지만 7월 1일에 무슨 일정이 있으십니까?"

"폭스 호가 출항하는 걸 전송할 거요. 그럼 부탁하오. 나는 서재에 있을 테니."

디킨스가 나가자, 안데르센이 허둥거리며 그 뒤를 쫓아갔다.

온실의 작은 탁자 위에는 신문이 여러 개 어지럽게 놓여 있었다. 메이플은 그것을 가지런히 정리해놓으려고 했다. 그런데 신문을 집어 들던 메이플이 나를 쳐다보았다. 무슨 말을 하고 싶어 하는 표정이었다.

"왜 그러니, 메이플?"

"이것 좀 보세요, 삼촌."

눈짓으로 주고받은 대화였다. 여러 신문들의 지면에는 야단스러운 제목이 너울거리고 있었다.

'스코틀랜드 북측 해안, 월식도의 괴사건!'

'빙산에 갇힌 범선의 정체는!'

'포경선의 선장이 말하는 초자연적인 경이로움!'

'월식도의 영주 고든 대령 침묵으로 일관!'

'아일랜드와 스코틀랜드의 전설에 남은 스페인 무적함대의 말로.'

'천재지변의 징조인가, 신의 경고인가?'

나는 그만 웃음이 터져 나왔다.

"우와, 디킨스 선생님도 이런 걸 상당히 좋아하시나보네. 하지만 그보다 메이플, 일 좀 도와주겠니?"

메이플이 자신의 작은 가방에서 그레이트 노던 철도 안내서를 꺼냈다. 나는 바로 그 책자를 넘기며 계획을 세웠다. 그리고 10분 뒤에는 디킨스의 서재로 가서 대략적인 일정을 설명했다.

6월 29일 이른 아침에 런던을 출발하여 저녁까지 에든버러에 도착한다. 그곳에서 하룻밤을 보내고 다음날인 30일에 애버딘에 도착. 다시 하룻밤을 지내고, 7월 1일에 폭스 호의 출항을 전송한다. 첫날은 아침부터 밤까지 계속 열차를 타지만, 에든버러에 도착해서는 여유로운 여정이 된다.

"그 다음에는 어떻게 하시겠습니까?"

"음, 그건 지금 생각 할 필요 있겠소? 그때 상황에 따라서 어떻게 되겠지."

디킨스는 명쾌하게 대답하지 않았다. 집으로 돌아오면 당연히 부인과 얼굴을 마주해야 하는데, 그 점이 내키지 않아서 일 것이다. 하지만 내가 깊이 관여할 일이 아니었다.

디킨스가 말한 '폭스 호'는 배 이름이다. 프랭클린 북극 탐험대의 행방을 찾기 위해서 올해 18번째의 조사대가 이 배를 타기로 되어 있었다. 그렇다면 도대체 프랭클린 탐험대란 무엇인가.

나폴레옹 1세가 멸하고 전쟁이 끝나자 유럽은 평화로웠다. 당연히 군대는 축소되었고, 런던 거리에는 실업 군인이 넘쳐났다. 그들 역시 나처럼 먹고 살려면 일자리가 필요했고, 육군부와 해군부는 그들을 어떻게 처리해야 할지 골머리를 앓고 있었다.

19세기 영국에서는 유난히 해외탐험이 활발하게 이루어졌다. 많은 군인들이 북극이나 남극, 아프리카나 중앙아시아 등지로 떠났다. 영국 영토를 넓힌다든지, 새로운 아시아 항로를 발견한다든지, 그러기 위해서 정확한 지도를 만든다든지, 모두 여러 가지 목적이 있었기 때문이다. 하지만 가장 큰 이유는 실업 군인들에게 보수를 주고 무언가 목적을 갖게 하기 위해서였다.

"대영제국의 명예와 국익을 위해서, 또 과학의 발전을 위해서, 여러분만이 할 수 있는 일을 해 주었으면 합니다."

용기와 충성심 이외에는 아무 능력도 없는 군인들은 이런 말에 완전히 도취했다. 그리고 머나먼 곳으로 떠나갔다. 그 절반은 영원히 돌아오지 못했지만.

프랭클린 대령도 그러한 경우였다.

그는 1805년, 트라팔가 해전에서 넬슨 제독을 따라 용감하게 싸웠고, 프랑스 함대를 격파했다. 우리 영국이 자랑하는 바다의 용사였다. 하지만 1815년 이후, 비대해진 영국 해군은 인원과 예산을 축소하기에 이른다.

프랭클린 대령은 식민지의 총독을 맡기도 했지만, 북극 탐험에 여러 번 성과를 거두면서 더 유명해졌다. 1845년에는 벌써 예순의 나이였다. 그래도 인망이 두텁고 실적도 있는 인물이라 대장으로 선발되었고, 북극해에서 태평양으로 나가는 항로를 개척하는 여행을 떠나게 되었다.

탐험대는 3년 치 식량을 준비했다. 60톤이 넘는 밀가루, 14톤의 쇠고기, 14톤의 돼지고기, 통조림과 설탕, 그리고 괴혈병을 예방하기 위해 4,200리터의 레몬주스까지 배에 실었다. 만반의 준비를 갖추고 출발했는데…….

1847년이 되자, 사람들은 "프랭클린 대령은 어떻게 된 걸까" 하며 수군거리기 시작했다. 같은 해 6월, 최초로 수색대가 파견되었지만 2년 뒤에 빈손으로 돌아왔다. 그 후, 총 17번의 수색도 모두 헛되이 끝이 났다. 프랭클린 탐험대는 발견되지도 않았을 뿐더러 구출되지도 않았다.

1857년에는 해군부도 프랭클린 대령의 수색을 이미 포기한 상태였다. 문명사회와 연락도 끊긴 채, 12년이나 북극에서 살아있을 리가 없었고, 그동안 수색에 들인 수고와 비용도 무시할 수 없었다. 그리고 인도와 중국 방면에도 함대를 파견해야 했기에 북극은 관심 밖으로 밀려났다.

"프랭클린 부인도 이제 그만 단념했으면."

필시 해군부에서는 그렇게 생각했을 것이다. 하지만 부인은 사랑하는 남편의 구출을 포기하지 않았다. 그녀는 사람들의 기부로 3,000파운드를 모았고, 자신도 재산을 처분하여 18번째의 수색대를 보내기로 결정했다.

감격을 잘하는 디킨스는 지팡이를 휘두르며 소리를 질렀다.

"박정한 해군부가 프랭클린 대령을 포기해도 나는 포기하지 않을 거요! 자, 여러분, 우리 모두 힘을 합칩시다!"

디킨스는 후배 작가 윌키 콜린스에게 『얼어붙은 심해(The Frozen Deep)』라는 무대극의 시나리오를 쓰게 하였고, 자신도 동참해 극을 완성시켰다. 그리고 여왕폐하 앞에서 공연을 하여 입장료 수익을 프랭클린 부인에게 기부했다. 한 번에 그치지 않고 디킨스는 꽤 열심히 프랭클린 수색대를 위해 노력했다.

Ⅲ

6월 25일. 런던의 일러스트레이션 갤러리의 커다란 홀에서 작가와 시인들이 모여 저녁부터 자작 낭독회를 열기로 예정되어 있었다. 프랭클린 부인에게 협력하는 활동의 일환이다. 계관시인 알프레드 테니슨의 참가가 알려지면서 상당히 화제가 되었다.

오후 2시가 넘은 시각, 디킨스는 서둘러 런던으로 갈 채비를 했다. 나는 그의 귀에 가만히 속삭였다.

"디킨스 선생님, 안데르센 선생님께서 오래 계시게 되어서 불편하지 않으십니까?"

디킨스는 힐끔 나를 흘겼다.

"그런 걸 어떻게 내 입으로 말하겠소."

말하는 것과 뭐가 다른가.

한편, 메이플은 안데르센에게 차를 가져다주었다. 이런저런 말을 걸었고, 기분이 좋아진 동화작가에게서 여러 가지를 알아내고 있었다.

"디킨스 씨는 나한테 그랬어요. '오랫동안 우리 집에 머물러주세요'라고요. 그 친구가 기껏 그렇게 말을 하는데 일이주만 있다가 가면 실례잖아요. 나는 이 집에 최대한 오래 있을 거예요."

메이플과 나는 서로 정보를 교환하고 한숨을 쉬었다. 안데르센은 인사말을 그대로 받아들이는 사람인 것이다! 아무래도 이 사태는 한동안 지속될 것 같았다.

또 안데르센은 이런 말도 했다.

"디킨스 씨와 부인은 얼마나 사이가 좋은데요. 정말 부러워요. 나는 이 나이 먹도록 독신이잖아요."

안데르센은 빈정대거나 얄미운 소리를 하는 게 아니다. 진심으로 그렇게 믿고 있었다.

역으로 갈 마차가 도착했다. 디킨스, 안데르센, 나와 메이플은 모두 마차에 올라탔다. 그때 안데르센이 메이플에게 하는 말이 들렸다.

"이 마차는 내가 매일 아침 로체스터에 있는 이발소에 갈 때 이용하는 거예요."

"아침에 이발소에 가세요?"

"그래요, 콘웨이 양."

"그러니까, 매일 아침에요?"

"당연하죠. 수염은 매일 아침 깎아야 하잖아요. 외모는 깔끔해야 하니까."

안데르센은 스스로 면도를 하지 못했던 것이다.

이래저래 안데르센이라는 사람은 몸집만 커버린 어린아이 같았다. 1857년 당시, 안데르센은 이미 유럽 전체에 명성을 떨친 동화작가로 덴마크 왕실에서는 연금을 받고 스웨덴 왕실에서는 훈장을 받을 정도의 명사였다. 하지만 내면은 상처받기 쉽고 다른 사람의 호의를 그저 한없이 기뻐하는 아이의 모습 그대로였다.

마차를 내린 뒤, 메이플이 나에게 속삭였다.

"그런 분이니까, 안데르센 선생님은 그렇게 아름답고 깊이가 있는 동화를 쓰시는 거예요, 틀림없어요."

"그야 그렇겠지만."

"삼촌, 뮤저 사장님이 무슨 생각이셨는지 이제 알았어요. 제가 보모 역할을 해야 하는 사람은 안데르센 선생님이었던 거예요. 디킨스 선생님의 아이들이 아니라요. 그런 거 같죠?"

아무래도 메이플의 생각이 맞는 것 같았지만, 나는 대답하지 않았다. 솔직히 씁쓸하면서 또 어처구니없는 기분에 사로잡혀 있었기 때문이다. 디킨스는 다른 사람에게 심술을 부릴 사람은 아니지만, 어떠한 순간에 기분이 상하면 골치 아파진다. 거기에 안데르센의 보모 노릇까지 해야 하다니…….

앞날이 불 보듯 훤했지만, 일단 런던행 열차에서는 컴파트먼트를 확보했기에 나는 메이플에게 안데르센을 맡기고, 디킨스와 애버딘의 일정에 대해서 얘기할 수 있었다.

디킨스는 놀라울 정도로 재주가 많은 인물이었다. 작가로서도 저널리스트로서도 최고였다. 잡지사의 경영자로서도 성공했고, 무대배우와 마술사로서도 프로급이었다. 틀림없이 정치가가 되었더라도 성공했을 것이다.

한편, 안데르센은 작가가 아니라면 과연 무엇이 될 수 있을지 의문이 들었다. 메이플의 보살핌을 받는 그의 모습을 관찰하기만 해도 충분히 알 수 있다. 디킨스는 다른 사람을 돌봐주는 것을 좋아하지만, 안데르센은 무조건 다른 사람이 보살펴주며 감싸주는 것을 아주 좋아했다.

그래도 두 사람은 비슷한 면이 있었다. 두 사람 모두 가난한 집에서 태어나서 어릴 때부터 실컷 고생하고 대학에도 가지 못했다. 하지만 혼자 힘으로 문학을 습득하여 새로운 작품세계를 구축했다. 그리고 그들은 작품 안에서 약자에게 공감하고, 강자의 횡포를 야유하며 비웃었다. 단, 디킨스와 달리 안데르센은 현실사회에는 별로 관여하려고 하지 않았다.

디킨스는 『올리버 트위스트』에서 사회악을 통렬히 비판한 사람이다. 이 작품에는 다양한 범죄가 그려지며 온갖 형태의 범죄자가 등장한다.

디킨스는 경찰 배를 타고 템스 강 순찰을 따라나선 적이 있다. 템스 강은 많은 사람들과 물자를 운반하는 런던의 생명줄이면서, 동시에 밀수와 유괴, 장물매매, 또 도주와 추적 등 범죄극의 무대이기도 했다.

디킨스는 런던 경시청을 대표하는 형사들과 친분이 있었

다. 그래서 그들의 활약상을 취재하여 잡지 기사나 소설 소재로 활용하기도 했다. 경찰도 디킨스의 명성을 자신들의 선전에 이용하려고 했다. 물론 디킨스가 그저 이용당할 정도로 선량하지는 않았지만……

이윽고 전원 풍경에서 대도시 외곽의 주택지로 기차 밖 풍경이 바뀌었다. 열차 창문으로 런던 시가지가 나타났다. 디킨스가 크게 소리를 질렀다.

"자, 이제 거의 도착했군요. 즉시 마차를 잡아주시오. 늦었다간 테니슨에게 실례가 될 테고, 다른 명사들도 많이 올 거요. 니담 씨, 아니, 아가씨가 좋겠어. 앤더슨 씨가 내릴 준비를 하는 걸 도와주세요."

안데르센은 유난히 손발이 길어 동작이 어색한데다가 자꾸만 오른쪽과 왼쪽을 착각했다. 때문에 열차와 마차를 타고 내리는 일도 간단하지가 않았다. 이렇게 해서 오후 5시, 우리는 무사히 일러스트레이션 갤러리에 도착했다.

개회는 오후 6시, 폐회는 오후 8시 예정이었다.

디킨스는 바로 테니슨에게 인사를 하러 갔고, 나와 메이플은 안데르센을 귀빈석으로 데리고 갔다. 귀빈석은 칸이 몇 개로 나뉘어 있었다. 곳곳에서 정장 차림의 신사, 숙녀가 사교적인 대화를 나누고 있었다. 뮤저 양서 클럽의 주요 고객들도 몇 분 있었기에 나와 메이플은 바삐 인사를 하러 다녔다.

개회 시간이 다가와서 안데르센이 있는 귀빈석으로 돌아가려는데, 사람들이 소리 죽여 웃기 시작했다. 귀빈석 방향에서 젊은 신사가 한 명 걸어왔다. 그 사람은 나와 메이플이 아는 사람, 바로 작가 윌키 콜린스였다. 그런데 중산모자에 데이지 꽃이 꽂혀 있었다.

"콜린스 선생님, 잠시 실례합니다."

메이플이 웃는 얼굴로 다가가서 콜린스의 모자에서 데이지 꽃을 빼냈다. 콜린스는 그 꽃을 손을 뻗어서 받았다.

"아하, 사람들이 웃을 만하네요."

"누가 장난을 쳤나 봐요. 짚이시는 거라도?"

"음, 뭐, 짐작은 가지만…… 됐어요."

콜린스는 쓴 웃음을 지었다. 나와 메이플도 짐작이 갔다. 안데르센은 이런 어린애 같은 장난을 아주 좋아했다. 콜린스는 안데르센보다 훨씬 키가 작았기에 모자에 장난을 치는 것을 알아차리지 못했던 것이다.

윌키 콜린스는 후에 『월장석』, 『흰 옷 입은 여자』 등의 대작을 쓰고 영국 탐정소설의 원조라고 불리게 되지만, 이 무렵에는 아직 신인작가였다. 가끔 뮤저 양서 클럽을 찾아와서 자신의 책을 빌리는 사람들을 보면 기쁘다는 듯이 웃음을 지었다. 온화한 청년 신사로 디킨스를 진심으로 존경했고, 디킨스도 콜린스의 재능과 사람됨을 알아보고 어떻게든 이끌어주고 있었다.

"그러면 저는 오늘 다른 일이 있어서 먼저 실례할게요. 디킨스 선생님을 잘 부탁해요."

콜린스는 데이지 꽃을 주머니에 쑤셔 넣고는 돌아갔다.

IV

커다란 홀은 거의 만원이었다.

청중은 200명, 기부금도 하룻밤에 200파운드는 넘을 것으로 보여 디킨스는 기분이 좋았다. 안데르센은 좀 지루해 보였지만 얌전하게 굴었다. 안락의자 위에서 유난히 자세를 자주 바꾸는 것을 제외하고는.

윌리엄 메이크피스 새커리와 앤서니 트롤럽의 낭독은 아무 일 없이 무사히 끝이 났다. 디킨스의 낭독은 한층 뛰어났다. 낭랑한 목소리에 감정이 풍부하게 들어가 안데르센과 우리는 아낌없는 박수를 보냈다.

마지막에 알프레드 테니슨이 무대로 올랐다. 계관시인, 즉 여왕폐하가 영국 최고의 시인이라고 공인한 사람이다.

테니슨은 이때 마흔여덟을 눈앞에 두고 있었다. 머리와 수염은 검고 덥수룩했으며, 얼굴은 날카롭고 지성과 위엄이 넘쳐흘렀다. 외모에서 위대한 문학자라는 분위기가 우러나와서 솔직히 디킨스의 5배, 안데르센의 100배는 훌륭해 보였다.

디킨스가 소개를 했다.

"낭독할 시는 테니슨 씨의 최근 걸작 「경기병의 돌격(The Charge of the Light Brigade)」입니다. 바로 3년 전, 크림 전쟁 당시 발라클라바 대전 직후에 발표되어, 우리 영국의 용감한 기병들을 칭송한 작품으로 알려졌습니다. 그럼 큰 박수로 맞아주시기 부탁합니다!"

나는 움찔하여 무대를 바라봤다. 우레와 같은 박수가 잠잠해지자, 테니슨은 왼팔을 앞으로 뻗고 시를 적은 종이를 바라보면서 낭독하기 시작했다.

병사의 오른쪽에는 적의 대포
병사의 왼쪽에 적의 대포
병사의 앞에도 적의 대포……

운율도 잘 맞고 테니슨의 목소리도 낭랑했다. 회장 전체에 울려 퍼졌다. 동시에 내 몸이 작게 떨리기 시작했다.

일제 사격의 울림은 천둥소리인가
폭풍과 같은 탄환 속
무서움을 모르고 말을 달려……

내 호흡이 점점 거칠어졌다. 아마 얼굴색도 파랗게 질렸을 것이다.

최근 일 년 동안, 나는 영국에서 생활하며 평화에 익숙해졌다. 나는 그렇게 생각했다. 악몽에 시달린 적은 몇 차례 있긴 하지만, 다른 사람들 앞에서 흐트러진 모습을 보인 적은 없다. 그런데 테니슨의 한 마디 한 마디에 내 자신감은 무너지고, 현실의 벽이 붕괴됐다. 내 의식은 크림의 전쟁터로 돌아갔다.

오로지 죽음의 문턱으로
지옥의 문을 뚫고 나가기 위해
돌진한다 600명의 경기병!

"왜, 왜 그래요, 니담 씨!?"

안데르센의 걱정스러운 목소리.

"죄송합니다, 속이 좀 안 좋아져서……."

나는 무대를 뒤로 했다. 메이플이 소리를 낮춰 불렀다.

"삼촌!"

"거기 있어, 메이플, 날 내버려 둬."

귀빈석 문을 열고, 나는 어두컴컴한 복도로 나갔다. 다리가 후들거렸다. 벽을 짚으며 어떻게든 몸을 지탱했다. 구토가 나는 걸 나는 필사적으로 참으면서 벽을 쳤다. 호흡과 고통은 순식간에 더욱 거칠어지고 눈앞이 깜깜해졌다. 나는 벽을 짚은 채 힘없이 바닥으로 무너져 내렸다.

"도와줘……."

신음소리를 내며 나는 두 손으로 얼굴을 감쌌다.

바로 그때였다. 누군가가 뒤에서 내 왼쪽 어깨를 잡았다.

비틀거리면서 나는 달리고 있다. 크림 반도의 남단에서 가까운 곳, 발라클라바의 들판이다.

1854년 10월 25일. 이른 아침부터 안개를 뚫고 러시아 군의 공격이 시작됐다. 이에 영국, 프랑스, 터키 연합군이 일제히 반격했다. 포성과 연기가 들판을 뒤덮고, 피비린내와 화약 냄새가 바람을 타고 덤벼들었다.

"돌격! 돌격! 돌격!"

사벨을 휘두르며 절규하는 사관.

그리고 그 다음에 어떻게 되었을까.

나는 뛰고 있었다. 말이 총을 맞아서 나는 어쩔 수 없이 두 다리로 뛰어야 했다. 왼손에 든 권총에는 아직 총알이 남아 있어 버릴 수 없었다. 오른 손의 사벨도 놓지 않았다. 그 칼은 이가 빠지고 피범벅이었다. 다시 말해 나는 내 손으로 적병을 벤 것이다.

다리가 허공을 밟았고, 나는 생긴 지 얼마 안 된 구멍으로 굴러 떨어졌다. 포탄으로 생긴 구멍은 화약과 피비린내가 한층 강하게 진동했다. 헐떡이며 나는 몸을 일으켰고, 돌투성이 경사면을 기어 올라갔다.

말발굽 소리가 울렸고, 나는 뒤를 돌아보았다.

"우아아아아······!"

맹수가 울부짖는 것 같은 소리가 울려 퍼지며 러시아군의 코사크 기병이 돌진해왔다. 눈을 부릅뜨고 소리를 지르며, 머리 위로는 사벨을 휘두르면서 나를 향해 일직선으로.

내가 비명을 질렀을까. 잘 모르겠다. 왼손의 권총을 들어 정신없이 격철을 일으켜 세운 다음 방아쇠를 당겼다. 연속하여 두 번. 하지만 총성은 한 번뿐이었다.

나는 마지막 한 발을 쏜 것이다.

코사크 기병은 쓰러졌다. 아니, 사람을 태운 채 말이 쓰러지고 땅이 울렸다. 코사크 기병의 손에서 사벨이 날아올라 공중에서 회전했다. 사람과 말, 어느 쪽에 명중했는지는 모른다. 죽었는지 살았는지도 모른다. 확인할 여유 따윈 없었다.

총알이 없는 권총을 내던지고 사벨만 쥔 채, 나는 다시 뛰려고 했다. 그때 왼쪽에서 짙은 연기가 나를 덮쳤다. 코를 맞은 듯한 통증이 전해졌고, 소리도 없이 뜨거운 무언가가 밖으로 흘러나왔다.

"아아, 뭐지, 이게 뭐지……."

나는 신음 소리를 냈다.

내 얼굴 아래쪽부터 가슴까지 새빨갛게 물들어 있었다. 강렬한 화약 냄새로 코의 점막이 찢겨 코피가 터진 것이다. 그것을 닦는 내 왼손도 역시 빨갛게 젖었다.

내겐 뛸 기력도 사라지고 없었다. 화약 연기로 눈은 따갑고, 포성으로 귀는 얼얼해서 내가 어느 쪽으로 뛰는지조차 구분이 가지 않았다.

오른쪽에서 섬광과 굉음이 터져 나왔다.

폭발물이 터지면서 나는 공중으로 튀어 올랐다가 떨어졌다. 흙과 자갈이 억수같이 온몸을 두들겼고, 오른 쪽 허리와 다리에 날카로운 통증이 전해졌다. 포탄의 파편이 날아와서 나를 찌른 것이다. 다행히 옷을 뚫고 얕게 박혔을 뿐이었다. 나는 이를 악물고 파편을 빼내서 내던졌다.

갑자기 누군가가 내 왼쪽 어깨에 손을 얹었다. 그것도 마치 '탁' 하고 때리듯이 난폭하게.

나는 비틀거리며 간신히 일어나서 거칠게 휙 돌아봤다. 적군이라면 사벨로 베어버릴 요량이었다. 하지만 내 눈에는 아무도 보이지 않았다. 아무도 없는데 왼쪽 어깨에 덩그러니 손만 그대로 놓여 있었다.

나는 다시 왼쪽 어깨를 내려다보았다. 거기에는 여전히 손이 그대로 놓여 있었다. 하지만 누구의 손인지는 알 수 없었다. 영원히 알 수 없다. 그 손은 손목 위가 아예 없었기 때문이다. 포탄으로 날아간 누군가의 손! 그것이 수십 야드나 공중을 날아서 우연히 내 왼쪽 어깨에 떨어진 것이다.

나는 비명을 지르며 그 손을 털어냈다…….

V

"삼촌, 삼촌, 정신 좀 차리세요!"
"니담 씨, 진정해요. 어떻게 된 거요, 정신 차려요!"
나는 간신히 고개를 들었다. 식은땀이 뺨을 타고 흘러내렸다. 안개가 걷힌 듯이 시야가 열리며, 메이플과 디킨스의 얼굴이 보였다.
"삼촌, 괜찮으세요?"
"다행이야, 이제 정신을 차린 거 같소."
"도대체…… 어떻게 된 거죠?"
디킨스는 말없이 오른손을 들어 한곳을 가리켰다. 메이플의 부축으로 일어나면서 나는 디킨스가 가리키는 방향을 바라봤다. 짙은 초록색의 벨벳 소파에 연미복 차림의 사내가 쓰러져 있었고, 남녀 세 명이 옆에서 손수건으로 얼굴에 부채질을 해 주고 있었다. 아니, 안데르센이 아닌가!

"갑자기 나가서 앤더슨 씨가 걱정하며 뒤쫓았소. 그런데 당신이 웅크리고 앉아서 머리를 감싸고 있는 걸 보고는 뒤에서 어깨를 두드리며 '괜찮아요?'라며 말을 건넨 거요. 그 순간 당신이 앤더슨 씨의 손목을 잡고 힘껏 날려버렸지 뭔가!"

나는 망가진 가스등처럼 그 자리에 가만히 서 있었다. 메이플이 내 손을 잡았다.

"안심하세요, 삼촌. 다행히 안데르센 선생님은 아무데도 안 다치셨어요. 마침 소파 위에 떨어지셨거든요. 운이 좋으셨죠."

"양쪽 모두한테지."

디킨스가 위엄 있게 말하고 왼손으로 머리카락을 헝클었다.

"앤더슨 씨는 다치지 않았고, 니담 씨는 덴마크의 대작가에게 해를 입혔다는 말을 듣지 않게 되었어요. 다행인데, 니담 씨, 그래도 변명은 필요하오. 하마터면 유럽 문학사상 중죄인이 될 뻔 했으니까."

정말로 그때 안데르센이 크게 다쳤다면 틀림없이 그의 전기에는 영원히 내 오명이 기록되었을 것이다. 가슴이 철렁했다. 뮤저 양서 클럽의 직원으로서 있을 수 없는 실수였다. 아니, 치명적인 실수다!

나는 어색하게 안데르센에게 다가갔다.

"정말 죄송합니다, 안데르센 선생님."

내 목소리는 마치 다른 사람의 목소리 같았다.

"아아, 아니, 니담 씨, 신경 쓸 거 없어요. 안 다쳤잖아요. 그냥 좀 놀란 것뿐이에요. 도대체 왜 그런 거예요?"

안데르센은 소파에 고쳐 앉으며, 정말 이상하다는 듯이 나를 바라보았다. 나는 여전히 다른 사람 목소리 같은 소리로 대답했다.

"3년 전…… 저는 발라클라바의 전장에 있었습니다."

내 옆에서 디킨스가 크게 소리를 질렀다.

"그게 정말이오!"

"네, 그리고 카디건 장군의 경기병여단에 있었습니다. 기병5연대…… 우스운 일이죠. 기병들이 1,300명 정도는 있었는데, 콜레라와 이질로 반수가 픽픽 쓰러지고…… 제대로 말을 탈 수 있는 사람만 러시아 군의 포병 진지로 돌진했습니다."

"그러면 테니슨의 시에 써진 그대로구만. 당신은 발라클라바에서 러시아군의 포병 진지에 돌격한 600명의 기병 중 한 사람이었다는 건가?"

나는 고개를 끄떡였다. 정확히는 673명의 기병이었지만, 테니슨은 시의 리듬을 위해서 '600명의 기병'으로 표현했다. 러시아군의 포병 진지에 정면으로 돌격하고, 20분 뒤에 살아 돌아와 첫 점호에 대답한 사람은 겨우 195명이었다. 전원이 피투성이에 상처투성이였다. 우리는 테니슨의 시에 표현되었듯이 '무서움을 모르고 말을 달려', 무모함에 대한 대가를 받았다.

"죄송합니다, 안데르센 선생님. 잘 모셔야 하는데, 하마터면 다치시게 할 뻔 했습니다. 용서해 주시리라고는 생각하지 않습니다만, 진심으로 사죄드립니다."

나는 깊숙이 머리를 숙였다. 그런데 안데르센의 반응은 전혀 예상 밖이었다. 그는 일어나서 긴 팔을 뻗어서 나를 그러안았다.

"아아, 가여워라, 가여워. 당신은 정말로 힘든 일을 겪었네요."

안데르센의 작은 두 눈에서 눈물이 흘렀다. 커다란 코에서는 소리도 없이 물이 흘러나왔다. 그는 힘껏 나를 그러안고 뺨을 비볐다.

안데르센의 마음은 고귀하다. 안데르센의 눈물도 고귀하다. 하지만 안데르센의 콧물은 고귀하다는 생각이 들지 않아서 나는 최대한 실례가 되지 않도록 그의 몸을 살며시 밀어냈다.

디킨스가 조용히 말했다.

"아무도 당신을 탓하는 사람은 없을 거요, 니담 씨. 그런데 계속 나와 앤더슨 씨와 함께 해달라고 부탁해도 되겠소?"

나는 이미 자신감을 상실한 상태였다. 시 낭독으로 패닉 상태에 빠지고, 다른 사람에게 상처를 입힐 뻔했다. 영국의 평화로움에 적응했다고 생각했는데, 내 머리 깊은 곳은 아직도 전장에서 빠져나오지 못한 상태였다. 이러한 나에게 문호들의 시중을 들 자격이 있는 걸까.

디킨스의 스코틀랜드행 수속을 마치면, 나머지는 다른 동료에게 부탁해야겠다고 생각했다. 그런데 말을 꺼내기도 전에 나를 가만히 응시하던 메이플이 한 걸음 앞으로 나섰다.

"걱정 마십시오. 디킨스 선생님, 안데르센 선생님."

메이플은 단호하게 잘라 말했다.

"에드먼드 니담은 맡겨진 의무를 중간에 내팽개치는 그런 무책임한 사람이 아닙니다. 부디 안심하고 맡겨주십시오."

디킨스는 말없이 메이플을 바라봤다. 이어서 나를 바라보다가 다시 한 번 메이플을 쳐다보았다. 안데르센이 무슨 말을 하려고 하자 디킨스는 그의 팔을 잡았다. 그리고 나에게 고개를 한 번 끄떡이고는 발길을 돌려 그 자리를 떠났다. 안데르센은 얌전히 끌려갔다.

"걱정 마세요, 삼촌."

메이플은 양손으로 내 두 손을 붙잡고, 짙은 갈색 눈동자로 나를 올려다봤다.

"제가 삼촌을 지켜 드릴게요. 삼촌을 두 번 다시 전쟁터로 보내지 않을 거예요. 만약, 만약에 육군부에서 그런 짓을 하려고 하면, 저요, 육군부에 불을 질러버릴 거예요!"

"상당히 과격한 아가씨구만."

약간 잠긴 목소리가 들려왔다. 나와 메이플은 동시에 돌아봤다.

그곳에 쉰 살은 넘어 보이는 중년 신사가 서 있었다. 체구는 작고, 피부는 가무잡잡하며, 검은 머리는 헝클어져 있었다. 남자는 손으로 중산모자를 들어 가볍게 목례를 하고, 나에게 질문을 던졌다.

"당신이 크림 전쟁에서 돌아왔다고요?"

"그렇습니다."

내가 짧게 대답하자, 신사는 작게 한숨을 쉬었다.

"그건 영국 입장에서 볼 때 잘못된 전쟁은 아니었어요. 하지만 불필요한 전쟁이었죠. 러시아의 야망은 전쟁이 아니라, 외교로 저지되어야 했던 거요. 완고한 글래드스턴 의원도 내 말에 동의하지 않으신가?"

그가 눈길을 준 곳에 또 한 명의 신사가 있었다.

"디즈레일리 의원도 간혹 바른 말을 하는 구려. 단지, 아직 너무 물러요."

목소리가 깊숙이 울려 퍼졌다. 목소리의 주인 역시 당당하고 인품이나 외모 모두 뛰어나 보였다. 짙은 색 머리에는 백발이 섞였고, 눈썹은 두꺼웠으며, 얼굴에는 위엄이 있어 보였다. 하지만 두 눈은 따듯해 보였다.

"그건 불필요하기만 한 게 아니라, 어리석은 전쟁이었어요. 앞날이 창창한 젊은이들을 수만 명이나 죽음으로 몰아갔어요. 영국 정부의 무능함과 군부의 횡포는 엄하게 규탄해야 마땅하오."

이 때 나는 19세기의 영국, 아니, 전 세계를 대표하는 위대한 정치가들 앞에 있었다. 장차 보수당을 이끌 디즈레일리와 자유당의 글래드스턴!

50년이 지난 지금도 그때를 떠올리면 약간 긴장이 된다.

나는 오늘날까지 대체로 자유당을 지지해왔다. 전쟁은 이제 진절머리가 나고, 더 이상 식민지를 넓힐 필요도 못 느끼기 때문이다. 하지만 디즈레일리도 존경할만한 인물이었다. 그는 원래 작가로 뮤저 양서 클럽의 서가에도 그의 저서가 놓여있다. 연애묘사는 서툴지만, 사회소설은 상당히 인기가 있어서 대출하는 사람들이 많았다. 한편, 연설은 글래드스턴이 더 뛰어났다. 아니, 글래드스턴보다 감동적이며 설득력 있는 연설을 하는 사람은 없었다. 그리고 그는 직접 시나 소설을 쓰지는 않았지만, 테니슨의 친구였다.

"몸조리 잘 하세요."

장차 대영제국 총리가 될 두 사람이 어깨를 나란히 하며 사라지자, 나와 메이플은 얼굴을 마주보았다. 서로 입을 열려는데 다른 사람이 또 있다는 사실을 알아차렸다.

이번에는 테니슨이었다. 그는 말없이 몇 초 동안, 내 앞에 서 있었다. 그의 검은 두 눈은 무한한 재능과 우수를 머금은 심연으로 보였다. 이윽고 입을 열자, 장중하며 음악적인 목소리가 흘러나왔다.

"오오, 죽음이여, 죽음이여, 죽음이여, 너는 흘러가는 구름
이 땅에 불행은 너무나 많고
생을 사랑하는 행복한 영혼이여, 지나가는구나."

입을 다문 테니슨은 손에 들고 있는 모자를 쓰더니 별다른 인사말도 없이 돌아서 갔다. 그가 읊은 것이 그의 유명한 시 「이노니」의 한 구절이라는 사실을 깨달았을 때, 테니슨의 모습은 출구를 향하는 사람들 속에 뒤섞여 있었다. 문득 메이플이 계속 내 손을 잡고 있다는 걸 깨달았다.

이렇게 낭독회는 끝이 났다. 청중들이 돌아가고, 오후 9시가 되자 런던의 여름 하늘도 어둑어둑한 황혼녘으로 물들었다.

디킨스와 안데르센을 피카디리 광장 근처에 있는 호텔로 데려다주고 나자, 거의 10시가 다 된 시각이었다. 마침내 나와 메이플은 그날의 업무에서 해방되었다.

"우리도 마차로 돌아갈까, 메이플?"

"아뇨, 괜찮으시면 걸어가요. 저는 삼촌과 밤길을 걷는 게 좋아요."

"그렇구나. 그러면 아가씨, 이쪽으로 오시지요."

최대한 가스등이 있는 밝은 길을 골라서 나와 메이플은 집으로 향했다. 마차가 여러 대 돌바닥에 딱딱한 바퀴 소리를

울리며 우리 옆을 지나갔다.

아직 완전히 진정되지는 않았지만, 다행히 생각하며 걸을 수 있을 정도의 여유는 생겼다.

나는 시 낭독에 빠져 패닉 상태가 되었고, 조카의 도움으로 마침내 안정을 되찾는 한심한 사내다. 하지만 신뢰받고 맡겨진 일을 중간에 내던질 정도로 바닥은 아니다. 나는 결심했다. 디킨스의 스코틀랜드행에 동행하고 무사히 런던으로 돌아오자! 내가 일을 도중에 그만두면 메이플은 디킨스와 안데르센에게 거짓말을 한 셈이 된다. 적어도 최선을 다해야 나를 믿어준 조카의 얼굴을 똑바로 쳐다볼 수 있다.

집이 가까워졌을 무렵, 나는 줄곧 생각했던 일을 이야기했다.

"메이플…… 내가 쏜 그 코사크 기병에게는 아마 가족이 있었을 거야."

메이플은 말없이 열 걸음정도 걸어갔다. 그리고 내 팔을 잡았다.

"네드 삼촌도 가족이 있으시죠?"

"……"

"저와 마샤를 위해서 살아 돌아와 주셔서 고마워요."

나는 그저 고개만 끄떡였다. 입을 열면 눈물이 터질 것만 같았다. 정말이지, 나는 걸핏하면 눈물을 흘리는 안데르센을 비웃을 자격이 없다.

나는 소중한 수호천사와 나란히 가스등이 노랗게 비치는 길을 걸어갔다.

1857년 6월 25일은 나에게 절대 잊을 수 없는 날이 되었다. 사실, 그 날은 원치 않은 기괴한 모험으로 이어지는 첫날 밤이었다.

제3장

북쪽으로 여행을 떠나는 네 사람

거리에서 재주를 부리는 문호들

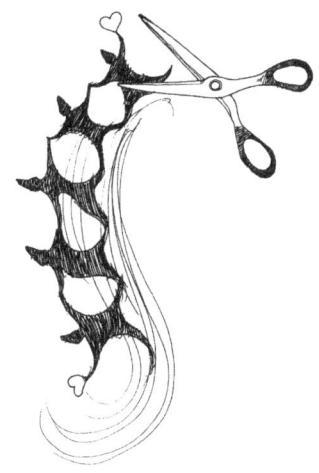

I

 6월 26일은 나와 메이플 모두에게 정신없이 바쁜 하루였다.
 이 계절에는 오전 3시를 지나면 날이 밝아온다. 하지만 그렇다고 그 시간에 호텔로 찾아갈 수는 없는 일이었다. 7시가 되기를 기다렸다가 혼자서 호텔로 갔다. 안데르센은 기분이 좋아보였다. 면도가 제대로 된 걸 보니, 호텔 내의 이발소를 다녀온 모양이었다.
 "호텔이 참 좋아요. 방도, 인테리어도 나무랄 데 없이 훌륭했어요. 단지, 직원들이 왠지 모두 묘하게 잘난 척 하는 태도였지만."
 디킨스의 기분은 안데르센의 절반에도 미치지 않았고, 지팡이 끝으로 바닥을 치면서 무언가 골똘히 생각하고 있었다.
 호텔 현관 앞에는 이륜마차와 사륜마차가 여러 대 서 있어서, 마음대로 골라 탈수 있는 상황이었다. 나는 디킨스와 안데르센의 가방을 나르고, 프런트에서 숙박료를 계산한 다음 가능한 품위가 있어 보이는 마부의 마차를 골랐다.
 "디킨스 선생님은 댁으로 가실 거죠? 안데르센 선생님은 어디로 모실까요?"
 디킨스는 교외에 있는 저택에 완전히 들어앉은 것이 아니었다. 작가, 저널리스트, 그리고 사회활동가로서도 눈코 뜰 새 없이 바쁘신 몸이다. 대영박물관 근처에도 집이 있는데 타비스톡 하우스라고 불렀다. 그곳을 런던 시내의 활동거점으로 삼고 있었다. 이 날은 『얼어붙은 심해(The Frozen Deep)』를 맨체스터에서 상연하는 문제로 디킨스의 집에서 윌키 콜린스와 연극 관계자들이 미팅을 가지기로 되어 있었다. 당연히 디킨스도 그 모임에 참석 예정이었다.

"앤더슨 씨, 오늘은 내가 좀 바쁩니다. 당신은 갯즈힐 플레이스로 가 있어요."

디킨스가 그 말을 한 순간, 안데르센의 표정이 순식간에 변했다. 얼굴빛이 창백해지고, 눈썹이 축 처졌으며, 작은 눈에는 눈물이 그렁그렁해졌다.

"나도 같이 가면 귀찮은 거예요, 디킨스 씨?"

물어보는 목소리도 떨렸다.

"그래요, 귀찮소!"

이렇게 소리를 지를 수 있다면 틀림없이 디킨스의 스트레스도 줄어들었을 것이다. 하지만 디킨스는 숨을 크게 들이마셨다가 뱉어낸 다음에 나에게 말을 걸었을 뿐이다.

"니담 씨, 나는 앤더슨 씨와 함께 다비스톡 하우스에 갈 테니, 오후에 호텔과 열차 예약이 어떻게 되었는지 와서 알려주시오."

"그러면 마차로 모시겠습니다."

"아니, 내 집이오. 바래다 줄 필요 없어요. 당신은 뮤저 양서 클럽에 가서 여행 준비를 마저 해 주겠소?"

그렇게 말을 하니, 선택의 여지도 없었고 시간도 아깝게 느껴졌다. 나는 서둘러 출근을 했다. 뮤저 양서 클럽에서는 9시 개점을 앞두고 직원들이 분주하게 뛰어다니고 있었다. 내 모습을 보고 뛰어온 메이플에게 사정을 이야기했더니, 크게 고개를 끄떡였다.

"그러면 바로 네 사람 분, 표와 숙소를 준비해야겠어요. 두 분 선생님들하고 삼촌과 저요."

"엇, 너도 가는 거니, 메이플?"

"네."

당연하다는 듯이 메이플은 고개를 끄떡였다.

"그야 디킨스 선생님 혼자면 몰라도 안데르센 선생님도 함께 스코틀랜드로 가시는 거잖아요. 저는 안데르센 선생님의 보모 역할을 해야 하는데, 임무는 제대로 해야죠."

'임무'라는 말에 나는 웃으려다가 곧장 표정을 바로잡았다. 스코틀랜드행은 어디까지나 일이다.

"뮤저 사장님께 의논 드려야겠구나. 경비도 더 들게 될 테니."

"사장님은 분명히 승낙하실 거예요."

메이플의 예언은 적중했다. 뮤저 사장은 즉시 네 사람 분의 경비를 수표로 준비를 해 주었다. 디킨스와 안데르센을 3등

칸에 태운다거나 싸구려 숙소에 묵게 할 수는 없었다. 열흘간의 경비는 무려 50파운드나 됐다.

수표를 나에게 건넨 다음 뮤저 사장은 위엄 있게 말했다.

"니담 씨, 겁주려는 건 아닌데 주의를 환기시켜야겠네. 디킨스와 안데르센, 이 두 사람에게 무슨 일이 생기면 자네는 문학자의 지옥에서 영원히 불구덩이에 빠져 지내게 될 걸세."

"네, 알고 있습니다."

이미 어젯밤, 나는 문학사에서 죄인이 될 뻔했다. 그런 경험은 한 번이면 충분하다. 디킨스와 안데르센을 위해서, 조카 메이플을 위해서, 그리고 나 자신을 위해서라도 이 여행을 평온하게 무사히 마쳐야만 한다.

나와 조카 메이플은 눈코 뜰 새 없이 바빠졌다. 에든버러행 열차가 출발하는 킹스크로스 역에 마차를 타고 달려서 열차표를 구입했다. 그리고 에든버러와 애버딘의 호텔을 예약하기 위해서 몇 군데 전보를 쳤다. 뮤저 양서 클럽 앞으로 답장을 부탁하고, 바로 회사에 돌아갔다. 나와 메이플이 없는 동안에 누가 일을 대신할지, 동료들과 의논을 하고, 지배인에게 허가를 받는 사이에 전보가 도착했다. 오후 2시, 디킨스의 집에 달려가서 상황을 보고했을 때에는 아직 점심도 먹지 못한 상황이었다.

"에든버러에서는 역에서 도보로 5분 거리에 있는 호텔을 예약했습니다. 하지만 애버딘은 아직 예약이 안 됐습니다. 죄송하지만, 조금 더 기다려 주시겠습니까?"

"아니, 이제 그건 됐소."

디킨스는 수염을 잡았다.

"호텔 예약을 못해도 애버딘에는 가야 해요. 가면 어떻게든 되기 마련이오. 런던에서 예약할 수 있는 호텔만이 호텔은 아니니까."

싸구려 숙소여도 상관없다는 뜻이다. 황공해하며 다시 회사에 돌아갔다. 메이플이 책상 위에 가져다 둔 피시 앤드 칩스와 커피로 점심을 때웠다. 저녁에 퇴근해서 마샤에게 열흘 정도 출장을 간다고 알렸다. 일정을 듣고 마샤는 눈이 휘둥그레졌다.

"에든버러까지 하루쯤이면 갈 수 있다고요? 세상 참 많이 변했네요. 새보다 빠르잖아요."

"너무 과장인 걸, 마샤."

"에든버러는 세상 끝이잖아요. 그런 데까지 가시다니 네드 도련님도 고생이 많으시네요."

마샤는 스코틀랜드 사람이 들으면 화낼 것 같은 소리를 진지하게 말했다.

내가 귀국한 뒤로 마샤의 입버릇은 "세상 참 많이 변했다"가 되었다. 나와 메이플이 함께 뮤저 양서 클럽에 취직했을 때, 나는 메이플에게 축하의 초콜릿을 사 주었다. 메이플이 그것을 똑같이 3등분해서 나와 마샤에게 나누어주었을 때에도 마샤는 크게 놀랐다.

"초콜릿을 마시지 않고 먹는다고요? 어머나 세상에나. 세상 참 많이 변했군요. 이제 얼마 안 있으면 맥주나 레몬주스도 판처럼 굳혀서 씹을 수 있게 되는 건 아닌지 모르겠네요."

마샤의 예측은 1907년이 되어도 아직 실현되지 않았지만, 런던과 에든버러의 사이는 더욱 가까워졌다. 마샤는 1882년 겨울에 메이플과 내가 지켜보는 가운데 숨을 거두었는데, 만년에는 입버릇처럼 말했다. 자신과 같은 고령자는 세상이 너무 많이 변해서 무서울 정도라고.

20세기가 되자, 나도 마샤의 심정이 많이 이해가 되었다. 밝은 전구 불빛 밑에서 전화기를 옆에 두고, 비행기니, 영화니, 자동차 경주니 하는 신문 기사를 보고 있으면, 공연히 무서워지긴 한다.

우리는 어디까지 가야 만족할 것인가.

II

6월 29일 아침.

디킨스와 안데르센, 메이플과 나, 이렇게 우리 네 사람은 킹스크로스 역에 모였다. 오전 6시 20분, 드디어 에든버러로 출발하는 급행열차를 타기 위해서다. 이미 날은 밝았지만, 공교롭게도 구름이 끼어서 런던 거리는 음울하고 어두컴컴했다. 그래도 이른 아침부터 여행을 떠나는 사람들로 역은 혼잡했다. 안데르센은 플랫폼을 걸어가는 동안에 적어도 다섯 번은 다른 사람에게 들이받히거나 밀렸다. 덩치가 큰데다가 한 눈을 팔면서 걸어 다녀 장애물 취급을 받았다.

이윽고 4인용 컴파트먼트에 들어가서 짐을 내려놓았다. 그 당시, 라기보다는 바로 최근, 19세기 말까지 일등칸이나 이등칸에는 차내 통로가 없었다. 대신에 플랫폼에서 직접 컴파트먼트로 올라가게 되어 있었다. 따라서 컴파트먼트에서 나와 열차 안을 이동할 수 없었다.

출발하기 전에 나와 메이플은 플랫폼을 뛰어다니면서 점심과 신문을 구입했다. 신문은 타임지에서 싸구려 타블로이드판까지 열 종류도 넘었다.

열차는 정각에 출발했다. 디킨스는 신문을 읽기 시작했고, 특히 런던 경시청에 관한 기사를 열심히 봤다.

런던 경시청이 직접 관여한 괴사건이라면, '살인마 잭'에 의한 연쇄살인이 가장 유명하다. 단, 이 사건은 1888년에 발생하였기에 디킨스는 이미 이 세상 사람이 아니었다.

살아있다면 분명히 많은 관심을 기울였을 것이다. 그리고 아마 경시총감 찰스 워렌 경의 무능함에 화를 내며 지팡이를 휘두르지 않았을까.

'살인마 잭'사건이 발생했을 때, 나와 메이플은 런던 경시청의 어설픈 수사행태에 어이없어했다. 오늘, 즉 1907년에 이르기까지 네 명의 여성을 잔혹하게 살해한 범인은 잡히지 않았다. 유감이지만, 분명 영원히 잡히지 않을 것이다. 단지 이 사건에 충격을 받은 런던 경시청이 개혁을 거듭한 끝에 세계 최고의 수사능력을 갖추게 되었을 뿐이다.

디킨스가 다 읽은 신문을 정리하던 메이플이 나를 쳐다보며 말했다.

"인도 대반란에 대해서 디즈레일리 의원이 한마디 했네요."

"그래? 뭐라고 했는데?"

메이플은 헛기침을 한 번 하더니, 엄숙하게 신문을 읽어나갔다.

"난폭하고 잔인한 행위를 똑같이 난폭하고 잔인하게 갚아서는 안 된다. 영원히 증오만 계속될 뿐이다. 또 동양인들에게 서양의 가치 기준을 강요해서는 안 된다. 동양인들의 상상

력과 양심에 호소해서 문제 해결을 도모해야 한다……."

"음, 정론이군. 하지만 사태가 이렇게까지 되면 무력으로 완전히 진압하지 않는 이상, 영국 여론이 진정되지 않을 텐데. 여하튼 힘으로라도 평화를 회복하고 그 다음에 상처를 치료하는 수밖에 없겠지……."

나는 우울해졌다. 영국 지배에 반발하는 인도 사람들의 반란은 5월에 시작하여 계속 확대되고 있었다. 더구나 점점 과격해져서 인도에 거주하는 영국 민간인들이 잇따라 살해됐다. 그것에 영국군이 보복성 잔혹 행위를 했고, 각국에서 비난이 쏟아졌다. 아직 군대에 있다면 나도 그 일에 가담했을지 모른다. 그런 생각을 하자, 소름이 끼쳤다.

"여왕폐하도 마음 아파하신대요."

"그야 그렇겠지."

현재 영국 왕실은 하노버 가로 독일의 하노버 공의 자손이다. 본래 독일 출신이다. 게다가 빅토리아 여왕의 남편 앨버트 공은 독일 작센 왕가 출신이다. 두 사람은 동갑으로 스물한 살에 결혼했다.

따라서 빅토리아 여왕은 가정에서는 독일어를 사용했다. 영국에서 크리스마스트리를 장식하게 된 것도 앨버트 공이 고향에서 들여온 풍습이다.

바로 그 해, 즉 1857년, 앨버트 공은 여왕의 부군(Prince

Consort)이라는 칭호를 영국의회에서 부여받는다. 그동안은 공식적인 직함 없이 단순히 '여왕의 남편'이라고만 불렸다. 독일을 싫어하는 정치가는 앨버트 공을 '그 독일인'이라고 불렀을 정도다. 정부가 앨버트 공에게 연금을 지불하게 되었을 때에도 "일하지 않는 젊은이에게 거금을 주는 건 교육상 좋지 않다"며 비아냥거리는 국회의원까지 있었다.

그러나 그렇기 때문에 나는 영국인이라는 사실을 자랑스럽게 생각한다. 상대방이 국왕이든, 여왕이든, 자기 좋을 대로 험담하거나 놀릴 수 있는 점이 영국의 좋은 점이다. 이것이 바로 문명이며, 후진국일수록 자국의 군주를 신성시하지 않을까.

무슨 일이든 절도와 예의는 필요하고, 나는 여왕 부부를 존경한다. 분별없이 험담을 할 생각은 없다. 단지 비판할 권리는 확보해두었으면 싶다.

열차는 아침부터 밤까지 잉글랜드의 동부 평야를 계속 달렸다. 헌팅던, 피터버로, 동카스터로 북상했다. 다행히 사고도 일어나지 않아 별로 늦어지지도 않았다.

이 여행을 하면서 소소한 문제가 여럿 발생하였고, 나와 메이플은 그 뒤처리를 하기 위해서 고생에 고생을 거듭했다. 하지만 여기서는 모두 생략하겠다. 일일이 기술하면 목적지에 도착하기까지 몇 백 페이지가 필요할지 모른다. 우리는 길고 긴 여름날의 하루를 열차 안에서 지내면서 트위드 강을 건너 스코틀랜드로 들어갔고, 마침내 에든버러에 도착했다.

에든버러는 옛날 스코틀랜드 왕국의 수도로, 웨이벌리 역의 남서쪽에 있는 거대한 바위산 위에는 시커먼 에든버러 성이 솟아 있다. 보고만 있어도 난공불락의 위용이 느껴지는 성이다.

참으로 매력적인 도시다. 하룻밤만 지내고 떠나기에는 아쉽지만, 우리 일행의 목적지는 이곳이 아니라 애버딘이다. 관광은 돌아가는 길에 천천히 하기로 하고, 우리는 오후 9시에 호텔에 들어가서 내일을 위해 편히 쉬었다. 다음날 6월 30일, 우리는 오전 10시에 애버딘 행 열차에 몸을 실었다.

열차는 스코틀랜드의 동해안을 따라 에든버러에서 애버딘으로 북상해 갔다. 오른쪽 차창으로 그야말로 절경이 펼쳐졌다. 개었다 흐렸다를 반복하는 날씨였지만, 여름 태양이 얼굴을 내밀면 북해 바다가 백만 개의 보석처럼 반짝였다. 태양이 얼굴을 숨겨도 구름 가장자리는 황금색으로 물들었다. 여름에서 가을에 걸친 스코틀랜드의 아름다운 하늘을 보지 못한 사람이라면 아무리 얘기해도 절대 알지 못할 것이다.

안데르센은 입을 벌린 채, 창밖 풍경에 넋을 잃고 있었다. 이탈리아의 풍경이 『즉흥시인』을 낳았듯이, 스코틀랜드의 풍경도 분명 새로운 명작을 탄생시킬 것이다. 나와 메이플은 그에게 방해가 되지 않도록 아무 말도 하지 않았다.

디킨스도 가끔 창밖 풍경에 눈길을 보냈지만, 대부분의 시간은 에든버러에서 구입한 산더미 같은 신문을 읽는데 허비했다. 그런데 갑자기 맹수의 울부짖음 같은 소리를 터트렸다.

"고든 대령! 흠, 그 악당 같으니!"

나와 메이플은 깜짝 놀라서 디킨스를 바라봤다. 그는 신문을 좌석에 내던지고 불쾌하다는 듯이 모자를 벗어 얼굴을 덮었다.

"한숨 자야겠소. 깨우지 말아요."

잠시 후 디킨스가 잠이 들자, 나와 메이플은 마치 약속이라도 한 듯이 그가 내던진 신문으로 시선을 모았다. 에든버러에서 발행되는 〈북방통신〉이라는 신문이었다. 나는 그것을 집어 들고는 메이플과 낮은 목소리로 대화를 나누었다.

"리처드 폴 고든 대령…… 월식도의 영주구나. 초상화도 실렸어. 그 빙산과 범선에 대한 기사야. 섬을 완전히 출입금지시켰대."

"삼촌, 고든 대령이라면 육군대령이에요? 해군대령이에요?"

"기사를 보면 어느 쪽도 아닌 거 같은데. 아무래도 깐깐한 사람인 것 같아."

귀족이라면 공작이나 백작이라는 작위를 가지고 있지만, 리처드 폴 고든은 귀족이 아니었다. 귀족은 아니지만 광대한 영지를 소유한 실력자로, 이러한 인물을 영국에서는 '젠트리(gentry)'라고 부른다. 그리고 그러한 인물을 공경하는 뜻으로 부를 때 단순히 '미스터'가 아니라 '대령'이라는 표현을 쓴다.
"그 사람, 왜 자기 섬을 출입금지 시켰을까요?"
"뭔가 켕기는 일이라도 있는 걸 거요."
 내뱉는 듯한 목소리는 디킨스였다.
"죄송합니다, 디킨스 선생님, 깨셨군요."
"아니, 괜찮아요. 이렇게 열차가 흔들려서야 어차피 잠이 올 리가 없소."
 디킨스는 약간 거칠게 모자를 새로 썼다.
"디킨스 선생님은 고든 대령이라는 사람을 아십니까?"
 조심스럽게 질문을 했다. 사실 대답은 이미 알고 있었다. 디킨스는 얼굴을 붉혔는데, 억누를 수 없는 분노 때문이었다.
"녀석은……"
"고든 대령 말씀이시죠?"
"녀석은 내가 아는 한, 가장 사악한 인간이라오."
 나와 메이플은 서로 쳐다보았다.
"사악, 이요?"
"그래요. 그 고든 대령 녀석과 비교하면 빌 사이크스는 성인이라고 불러도 될 정도요!"
"……정말 엄청나네요."

새삼스럽지만, 빌 사이크스는 디킨스가 만들어낸 악당 중의 악당이다. 『올리버 트위스트』의 등장인물로, 런던 암흑가를 페이긴과 함께 지배하며 살인, 유괴, 강도, 그리고 협박 등 온갖 범죄를 저지른다. 그 결과, 자업자득의 최후를 맞이한다.

고든 대령이 그 정도로 사악한 인물이라는 걸까.

나는 〈북방통신〉에 실린 초상화를 다시 한 번 봤다. 고든 대령은 오십대 중반 정도로 보였다. 귀족적이라고 할 정도로 훌륭한 생김새였다. 하지만 두껍고 진한 눈썹은 두 눈에 붙을 정도였고, 차갑게 이쪽을 노려보고 있는 것 같았다.

코고는 소리가 귀에 들어왔다. 고개를 돌리니, 안데르센이 창가에 얼굴을 반쯤 올리고 완전히 잠에 빠져 있었다.

Ⅲ

고든 대령에 대해서 디킨스는 더 이상 말하려고 하지 않았다. 약간 어색한 분위기가 되어 나는 화제를 바꾸기로 했다. 빙산에 갇힌 범선이 거의 3백 년 전의 무적함대 같다는 이야기로 말이다.

"그건 그렇고, 무적함대라는 건 칼레 앞바다의 대해전에서 전멸했다고 생각했습니다."

"패배한 건 맞아요. 하지만 전멸은 아니오."

디킨스가 한 이야기를 최대한 정확하게 기술하면 다음과 같다. 16세기에 잉글랜드를 습격한 무적함대는 스페인의 함대만이 아니다. 스페인을 중심으로 한 유럽 전체의 가톨릭 세력이 총집결했다. 다시 말해, 가톨릭 연합함대였다. 배는 총 130척. 선원은 총 29,700명으로 스페인 이외에 포르투갈인, 이탈리아인, 네덜란드인, 그리고 가톨릭교도인 잉글랜드와 아프리카 대륙의 흑인 병사들까지 있었다. 여러 나라의 언어가 뒤섞여서 지휘도 보통 일이 아니었다.

한편, 잉글랜드 함대는 하워드 총사령관과 드레이크 지휘관 휘하에 90척이라고 전해진다.

양측 함대 모두 폭풍우와 식량부족으로 고생은 이루 말할 수 없었다. 그리고 1588년 7월 30일, 상대를 서로 발견하였고, 마침내 유럽 역사상 최대의 해전이 발발하게 된다.

7월 31일, 전투가 본격적으로 시작되었다. 영불해협에서는 강한 서풍이 계속 불었지만, 기동성이 우수한 잉글랜드 함대는 교묘하게 바람을 타는데 성공한다. 잉글랜드 함대는 일거에 유리해진 것처럼 보였다. 하지만 열세에 놓인 무적함대는 사나워진 파도와 바람 속에서 정연히 반원형태의 진을 구축하여 잉글랜드 함대를 놀래게 만든다.

무적함대는 잉글랜드 함대를 반원형 진의 중앙으로 끌어들여서 세 방향에서 공격하려고 했다. 군함을 접근시켜서 적의 군함에 병사가 칼을 들고 쳐들어가는 공격을 계획하였던 것이다. 잉글랜드 함대는 그것을 우려하여 바람이 불어오는 쪽에서 거리를 두며 포격하려고 했다. 양측 모두 해상을 서쪽과 동쪽으로 파도를 헤치며 이동했고, 적의 군함을 보면 대포를 쐈다.

해상 위에서의 격전은 8월 6일까지 이어졌다. 스페인이 자랑하는 전함 산살바도르 호가 폭발하여 타버리자, 일거에 150명이 전사한다. 그래도 무적함대는 8월 6일, 강력한 전력을 거느리고 프랑스의 칼레에 입항했다. 그곳에서 함대를 재편성하여 런던을 공격할 계획이었다. 하지만 8월 7일, 잉글랜드군은 8척의 화선(火船)을 칼레에 진입시킨다. 그 중 두 척은 스페인군이 막았지만, 6척은 무적함대 속으로 들어가서 싣고 있던 화약을 폭발시킨다. 무적함대는 화염에 휩싸였다. 그것으로 승패는 결정이 났다.

여기까지는 나도 아는 이야기다. 하지만 무적함대는 칼레에서 전멸하지 않았다. 화염과 연기 속에서 100척이 넘는 배가 해상으로 탈출했다.

영불해협의 서쪽에는 잉글랜드 함대가 기다리고 있었다. 무적함대는 지친 상태였고, 동쪽으로 갈 수밖에 없었다. 본국 스페인으로 돌아가려면 그레이트브리튼 섬과 아일랜드 섬을 동에서 북으로, 즉 왼쪽으로 한 바퀴 돌아서 대서양으로 나가야했다.

무적함대의 필사적인 도주가 시작되었다. 이를 뒤쫓는 잉글랜드 함대도 필사적이었다. 만약 무적함대가 북상하여 스코틀랜드 동해안에 접근해서 2만 명이나 되는 가톨릭 연합군이 상륙한다면, 잉글랜드에 무서운 위협이 된다.

이렇게 북해의 추격전은 8월 13일까지 계속되었다. 마침내 잉글랜드 함대는 "적이 스코틀랜드에 상륙할 위험은 없다"고 판단하고, 추격을 그만둔다. 그렇다고 해서 무적함대가 쉽게 돌아갈 수 있었던 것은 아니다. 어쩔 수 없이 계속 북으로 나아갔다.

8월 17일, 무적함대는 북위 61도 30분의 해상에 다다른다. 바로 항해의 최북단이다. 함대는 서쪽으로 방향을 틀었다. 하지만 그 전후에 폭풍이 불어 닥쳐서 에르 그랑 그린 호 등 십여 척의 배가 행방불명이 되었다.

8월 21일에는 아일랜드의 북방 해상에 도달하지만, 대부분의 배는 물과 식량이 거의 바닥이 난 상태였다. 과로와 영양부족으로 인하여 병사들은 잇따라 쓰러졌다. 불쌍한 것은 말과 당나귀였다. 잉글랜드 상륙을 대비해서 배에 실었는데, 물과 먹이가 없다는 이유로 산 채로 바다 속에 내던져졌다.

그 뒤, 거센 서풍으로 함대는 서쪽으로 전진할 수가 없었고, 아일랜드 북방 해상에서 떠돌았다. 어떤 배는 전복하였고, 어떤 배는 해안 절벽에 충돌하였으며, 어떤 배는 좌초하였고, 또 어떤 배는 폭풍우 속에서 행방이 끊겼다. 이때 익사한 사람이 3천 명에 달한다.

9월 22일, 고난의 항해를 마치고 마침내 무적함대는 스페인 북부의 산탄데르 항에 입항한다. 그 수가 불과 67척이었으니, 63척은 영원히 돌아오지 못한 것이다.

"돌아오지 못한 63척 중에서 해전에서 가라앉은 건 9척 뿐이었소. 스코틀랜드나 아일랜드 연안에서 난파한 게 19척. 그리고 나머지 35척은 행방불명이오. 어떻게 되었는지 알지 못해요."

이야기를 마치고, 디킨스는 메이플이 건넨 진저에일로 목을 축였다.

"우와, 그런 역사적 사실이 있는 줄은 전혀 몰랐습니다."

나는 매우 부끄러웠다. 디킨스에게 말했듯이 무적함대는 칼레에서 전멸했다고 생각하고 있었다.

"그렇다면 스코틀랜드와 아일랜드의 북방 해상에서 행방불명이 된 무적함대 배가 북극 방면으로 흘러들어갔다고 해도 전혀 이상할 게 없는 거군요."

"이상하긴 이상한 일이오."

디킨스는 다소 지저분하게 소맷자락으로 입을 닦았다.

"서풍이 강한 계절이었으니, 노르웨이 근처까지 배가 밀려가는 건 충분히 있을 수 있는 일이오. 하지만 북극이라면 좀 믿기지 않는 일이오."

더구나 빙산 안에 갇혀있다고 한다. 절대 곧이곧대로 믿을 수 있는 이야기가 아니었다.

"그 빙산과 범선, 한 번 보고 싶어요."

어느새 눈을 떴는지 안데르센이 끼어들었다.

"반짝반짝 빛나면서 정말 아름다울 거예요."

"지금은 여름이잖소. 만의 하나, 사실이라고 해도 벌써 녹아 없을 거요."

그런 대화를 나누는 동안에 열차는 애버딘에 도착했다. 오후 4시가 넘은 시각이었다.

애버딘은 '화강암의 도시'라고 불린다. 영국인이라면 모르는 이가 없는 화강암의 산지로, 시가지에도 화강암 건물이 정연히 늘어서 있었다. 도시 전체가 회백색으로 통일된 것처럼 보였다.

애버딘은 동쪽은 넓게 바다를 향해 있고, 북동쪽으로 300마일을 가면 노르웨이 해안에 도착한다. 바람만 불면 범선으로도 2, 3일이면 갈 수 있는 거리다. 옛날에 스코틀랜드는 노르웨이와 인연이 많아서 노르웨이 식 지명이 곳곳에 남아있다고 한다.

약 400년 전, 스코틀랜드 여왕 메리 스튜어트의 부군 단리가 살해되었다. 시종도 함께 살해되었다. 범인 보스웰 백작은 추적을 받지만 배를 타고 바다로 빠져나간다. 하지만 결국 노르웨이 연안에서 포박된다. 1567년의 일이다.

"어이구, 이제 도착했네."

디킨스가 오른손에는 지팡이를 쥔 채 등을 쭉 펴며 왼손으로 허리를 두들겼다.

날씨는 더할 나위 없이 좋았다. 여름 햇살은 아낌없이 지상에 내리쬐었다. 화강암 건물이 햇살을 반사하면 눈이 부셔서 눈이 아플 지경이었다. 10시가 넘어야 해가 지기에 아직 해질 녘의 기미도 없었다.

역은 바다와 가깝고, 북해에서는 바람이 거침없이 불어왔다.

애버딘의 항구는 영국에서도 손에 꼽을 정도로 엄청난 규모를 자랑한다. 셰틀랜드 제도와 오크니 제도, 그리고 노르웨이 방면까지 항로가 뻗어 있다. 어선과 포경선이 북적거리는 부두와 접한 거대한 어시장에서는 바람을 타고 생선 냄새가 날아왔다. 신선한 냄새이긴 하지만, 그만큼 비리기도 했다. 안데르센은 커다란 코를 손수건으로 틀어막았다.

"프랭클린 부인은 이미 애버딘에 도착했을 거요. 오오, 저 배가 폭스 호구만."

디킨스가 지팡이를 들어 가리킨 것은 돛대가 세 개인 검은 증기선이었다. 177톤이라는데 주변 어선과 비교해도 별로

커 보이지 않았다. 저런 작은 배로 북극까지 간다는 걸까. 대원들은 총 25명이라고 하는데, 그들의 용기에 나는 감탄하지 않을 수 없었다.

"배를 보시겠습니까, 디킨스 선생님?"

"그 전에 프랭클린 부인을 만나야겠소. 어느 호텔이려나."

"빨리 가요. 왠지 사람들이 힐끔거리면서 쳐다보는 것 같아서 기분이 안 좋네요. 강도가 있을 지도 몰라요."

겁먹은 소리로 안데르센이 재촉했다.

이상한 것은 지나가는 사람들까지 도적으로 착각하며 겁먹는 안데르센인데, 어떻게 혼자 해외여행을 가는가 하는 점이다. 그는 독일 제국과 이탈리아 반도, 게다가 프랑스도 다녀왔다.

프랑스에서는 대환영을 받았고, 세 살 많은 알렉상드르 뒤마와 친교를 맺었다고 한다. 뒤마는 상당히 친절한 사람 같은데, 그의 저택 '몽테크리스토 성'에 안데르센이 묵었는지는 물어보지 못했다.

"죄송하지만, 이곳에서 잠시 기다려주시겠습니까? 저와 콘웨이 양이 호텔을 찾아보겠습니다."

프랭클린 부인이 머무는 호텔과 우리가 오늘 밤 지낼 호텔을 찾기 위해서 무작정 디킨스와 안데르센을 끌고 다닐 수는 없는 노릇이었다. 두 사람의 문호를 트렁크와 함께 역 앞에 남겨두고, 나와 메이플은 돌바닥으로 된 길을 바쁘게 걸어갔다.

지은 지 500년이나 된다는 세인트 마카르 대성당의 첨탑 근처에서 갑자기 그늘이 졌다. 커다란 구름이 태양을 가린 것이다. 단지 그것만으로 기온이 급속히 내려가고 쌀쌀해졌다.

세 번째 들어간 호텔에서 2인용 객실을 두 개 확보할 수 있었다. 오늘 밤 노숙은 면하게 되었다. 한시름 놓고 다음 호텔을 갔더니, 놀랍게도 그곳이 프랭클린 부인이 머무는 곳이었다. 그녀는 전날 애버딘에 도착하여 조카딸 소피와 함께 묵고 있다고 했다.

나는 벨보이에게 전언을 부탁하고 팁을 건넸다. 이윽고 로비로 돌아온 벨보이는 프랭클린 부인이 디킨스의 방문을 기다리고 있다고 나에게 전했다.

목적을 모두 달성하고, 한 시간 반 만에 나와 메이플은 역으로 돌아갔다. 그런데 역 앞 광장에 많은 사람들이 몰려 있었다. 디킨스와 안데르센의 모습이 보이지 않아서 우리는 사람들을 헤집고 들어갔다. 놀랍게도 문호들은 그곳에 있었다. 더구나 군중들이 운집한 원인은 문호들 때문이었다. 안데르센이 커다란 가위를 사용해서 종이 오리기를 보여주고 있고, 그 옆에서 디킨스가 모자를 벗고 설명을 하고 있었다.

"자, 여기 계신 분들, 이게 바로 종이 오리기의 달인, 앤더슨 씨의 놀라운 재주입니다. 급하지 않은 분들은 꼭 한 번 보십시오, 꼭 한 번 보세요!"

Ⅳ

 안데르센에 대하여 나는 극단적으로 손재주가 없는 사람이라고 생각했었다. 실제로 일상생활에서는 그러했지만, 종이 오리기만큼은 예외였다. 그는 마법의 손을 가지고 있었다.
 안데르센이 가위를 움직이면 평범한 종이가 사람과 곰, 사자로 바뀐다. 한눈에 사람과 곰, 사자라는 걸 알 수 있었다. 아이뿐 아니라 어른도 탄성을 질렀다. 문호들이 왜 그런 일들을 하는지 상상도 하지 못한 채, 나와 메이플은 넋을 잃고 빠져들었다. 그들을 부르는 일조차 잊어버리고.
 그때 보름달처럼 살이 찐 노부인이 소리를 질렀다.
 "당신, 혹시 디킨스 선생님 아니세요? 베스트셀러 작가 말이에요. 분명 신문 초상화로 봤는데."
 속으로는 난감했을지 몰라도 디킨스는 겉으로 드러내지 않았다.
 "아뇨, 부인, 저는 디킨스 씨가 아닙니다."
 "그래요? 그런데 초상화랑 똑같아요."

"그런 말 많이 듣지만, 전혀 다른 사람이지요. 디킨스 씨처럼 유명한 분이 이런 곳에서 이런 일을 하고 있을까요?"

노부인은 고개를 갸우뚱했다.

"하긴, 다른 사람 같네요."

"그렇고말고요, 부인."

"진짜 디킨스 선생님은 더 품위가 있었어요."

디킨스가 아무 말 않자, 노부인의 표정이 엄하게 변했다.

"말해두겠는데, 당신, 조금 디킨스 선생님과 비슷하다고 해서 허튼 생각하지 마세요."

"허튼 생각이라면?"

디킨스의 목소리는 맹수의 신음소리와 비슷했지만, 노부인은 전혀 마음에 두지 않았다.

"닮았다는 걸 이용해서 디킨스 선생님인 척 사람들을 속이면 안 된다고요."

디킨스의 뺨이 움찔했다. 나와 메이플은 터져 나오려는 웃음을 간신히 참았다. 이 때 "이 분은 진짜 디킨스 선생님이세요"라며 공연히 끼어들 수도 없는 노릇이었다.

"그, 그런 짓은 절대 하지 않고말고요."

"그럼 됐어요."

노부인은 고개를 끄떡이더니 들고 있던 주머니를 뒤적였다. 빨갛고 작은 지갑에서 2펜스 동전을 꺼내서 디킨스의 모자에 집어넣었다. 그것을 계기로 주변 사람들이 디킨스의 모자에 잔돈을 집어넣기 시작했다. 불과 약 1분 만에 사람들은 모두 자리를 떴지만, 디킨스의 모자에는 20개가 넘는 잔돈이 들어 있었다. 안데르센이 모자를 들여다보고 기뻐하는 목소리로 말했다.

"굉장해요, 디킨스 씨, 은화도 있어요."

"어디 보자, 음, 분명히 6펜스 은화야. 이럴 때 은화를 주다니 낭비가 심한 인간이군."

은화를 받고도 디킨스는 실례가 되는 소리를 했다. 메이플이 다가가서 손수건을 펼쳤다. 디킨스가 모자에 든 잔돈을 손수건에 쏟아 넣었다.

"두 분 모두 본업 이외에 훌륭하신 솜씨입니다만, 도대체 왜 이런 일을 하셨습니까?"

내가 당연한 질문을 하자, 디킨스가 모자를 쓰면서 언짢은 표정을 지었다.

"그저 궁여지책이오. 실은 앤더슨 씨가……."

"지갑을 어디선가 떨어뜨렸나 봐요."

그동안 희색을 띠던 안데르센이 정말 불행하다는 표정으로 대답했다.

지갑이 없어진 사실을 알아차린 안데르센이 패닉 상태에 빠지려 했기에 디킨스는 초조해졌다. 우선, 현금을 모두 분실

해도 스스로 벌어서 살아갈 수 있다는 사실을 안데르센에게 납득시키려고 했다.

"앤더슨 씨, 당신은 종이 오리기의 천재가 아니오. 그 재주로 충분이 먹고 살 수 있어요. 시험 삼아 여기서 한 번 해볼까요?"

당장 그 말에 넘어간 안데르센은 트렁크를 열어서 애용하는 가위를 꺼냈고, 사람들 앞에서 명재주를 선보이게 되었다고 한다.

사정은 이해했지만, 다시 나는 궁금한 점을 물어보았다.

"그런데 여기에도 신문사는 있지 않습니까?"

"그야 신문사쯤이야 있을 거요. 그게 어떻다는 거요?"

"그렇다면 재주 같은 거 보여주지 않고 그곳에 가서 좀 빌리면 되지 않을까 싶어서요. 디킨스 선생님이라면 얼마든지 빌려줄 거예요."

디킨스는 바로 대답하지 않았다. 자신이 안데르센의 페이스에 휘말려서 냉정함을 잃었다는 사실을 깨달았나 보다.

"흠, 그건 미처 생각지 못했구먼."

"아무튼, 경비는 사장님께서 주신 걸 제가 가지고 있습니다. 지갑이 없어졌더라도 걱정하실 거 없습니다만, 일단 경찰에 신고는 하시죠."

지난 해, 1856년에 지방경찰법이 제정되었다. 런던 이외의 도시에도 경찰조직이 설치되어 있다.

내 제안에 고개를 끄떡이고 나서 디킨스는 갑자기 눈살을 찌푸렸다.

"니담 씨, 세상에는 빚만큼 무서운 건 없소. 그건 인생을 망치는 거요. 자신의 인생뿐 아니라, 가족 모두의 인생을 엉망으로 만들어요."

"네에……."

"그래서 나는 절대로 빚을 지지 않소."

당시에는 일반에게 알려지지 않은 사실인데, 디킨스는 어릴 때, 아버지의 빚 때문에 엄청나게 고생을 했다. 디킨스의 아버지는 책임감도, 금전감각도 부족한 사람이었다. 그래서 아무런 계획도 없이 빚을 지다가 끝내 갚지 못해서 마셜 시 채무자 감옥에 들어가게 되었다.

거긴 빚만 갚으면 바로 나올 수 있는 곳이었지만, 아버지가 감옥에 있는 동안 열두 살의 디킨스는 학교에도 가지 못하고 구두약 공장에서 일을 했다. 그 불행한 경험이 바로 『올리버 트위스트』라는 명작에 반영되었다고 한다.

V

디킨스는 우리를 데리고 프랭클린 부인이 머무는 호텔로 향했다. 물론 그전에 경찰서에 들렸다.

프랭클린 부인은 제인이라는 이름으로 그때 예순 다섯이었다. 젊은 시절에는 포동포동한 뺨과 곱슬머리가 인상적인 미인이었다고 하지만, 10년이 넘는 마음고생으로 상당히 야윈 모습이었다. 머리도 거의 하얗게 새어 있었다.

프랭클린 부인은 1849년에는 제3차 수색대의 귀국을 기다리다 못해 일부러 오크니 제도까지 나갔을 정도로 행동력이 있는 여성이었다.

"디킨스 선생님, 지난번에는 정말 감사했습니다."

"아뇨, 부인의 수고에 비하면 제가 한 일은 아무 것도 아닙니다. 하지만 협력해주신 분들의 선의는 정말 귀중한 겁니다. 영국은 그래도 아직 괜찮은 곳이지요."

디킨스는 근본적으로 인간의 선의와 정의감을 믿는 사람이었다. 그건 그의 작품에서도 잘 나타나 있다. 그가 믿지 않은 건 아버지뿐이었다. 디킨스의 아버지는 아들이 작가로 성공하자, 출판사에 쳐들어가서 아들의 원고료를 가로채려고 했으니까.

이번 수색대 파견에 관하여 해군부는 1페니의 비용도 내지 않았다. 하지만 약간 켕겼는지 방한복, 식량, 그리고 의약품 등의 물자는 무상으로 제공해 주었다. 수색대장과 폭스 호의 선장을 겸하는 맥클린톡은 전에도 세 번이나 수색에 참가를 한 경험이 있었다. 또 일등항해사인 영은 수색에 참가할 뿐 아니라, 프랭클린 부인에게 500파운드나 기부했다.

"프랭클린 대령은 분명 무사할 겁니다. 모쪼록 희망을 버리지 마십시오."

"네, 그럼요. 저도 남편이 무사하다고 믿고 있어요. 일단 엘렌 도슨이 그렇게 보증해 주고 있고요."

"아하, 엘렌 도슨이요……"

디킨스는 복잡한 표정으로 고개를 끄떡였다. 엘렌 도슨이라는 여성은 유명한 초능력자로 강령술과 투시술의 달인이라고 했다.

그건 그렇고, 영국인들은 왜 이렇게 강령술을 좋아하는 걸까. 나도 영국인이지만 그 점은 잘 이해가 가지 않는다.

본래 강령술의 본고장은 미국으로 1852년 이후, 유명한 영매사들이 잇따라 영국으로 건너오면서 폭발적인 유행을 일으켰다. 아니, 유행이라기보다 완전히 영국 사회에 정착하여 20세기가 되어도 전혀 쇠퇴할 기미가 없다.

참고로 엘렌 도슨이라는 영매사는 무책임한 사기꾼이었다. 나중에 판명된 사실이지만, 프랭클린 대령은 1847년 6월에 이미 사망했다. 부인에게는 안 된 일이지만.

프랭클린 부인과 이튿날 다시 만날 약속을 하고 호텔을 나섰다. 우리는 근처 레스토랑에 들어갔다. 안데르센이 자꾸만 배고프다고 했기 때문이다.

자리에 앉자, 메이플이 종업원에게서 메뉴판을 받아서 안데르센에게 건넸다.

"사과주 맛 안심가스를 추천한데요, 안데르센 선생님."

"돼지고기는 싫어해요. 왜냐하면 섬모충증에 감염되면 어떡해요. 그게 얼마나 무서운 병인데요. 조심해야죠!"

안데르센이 돼지고기를 싫어하는 건 물론 그의 자유다. 단, 레스토랑에서 그런 소리를 크게 떠드는 것은 삼가는 편이 좋을 듯싶다. 우리는 메뉴판 위에 고개를 숙였다.

결국 우리는 토끼고기와 양파 스튜, 치킨파이, 으깬 감자를 곁들인 송어 그릴, 안초비 페이스트를 곁들인 버터 토스트, 프렌치프라이를 가득, 그리고 맥주와 커피, 바닐라 아이스크림과 사과 타르트를 골랐다. 요컨대 무난한 것을 대량으로 주문했다.

열차 안에서 간단한 점심을 먹은 지 예닐곱 시간이 지나기도 했고, 계속된 이동으로 체력도 소진된 상태였기에 네 사람 모두 잘 먹었다.

안데르센은 고귀한 영혼을 가졌지만, 식사하는 모습은 별로 고귀하지 않다. 분명히 말하면, '게걸스럽게' 먹는 타입이다. 다 먹고 나면 냅킨과 식탁보는 완전히 지저분해진다.

우리 옆자리에 앉은 예순 정도의 부부는 노골적으로 눈살을 찌푸렸다. 음식을 가져온 주인도 미소를 띠려고 애쓰는 모습이 엿보였다.

　식사를 마치고 나는 주인에게 요금을 계산하면서 팁을 두둑이 주었다. 그제야 주인이 관대한 웃음을 지었고, 나는 소리를 낮춰 물어봤다.

　"그런데 저희는 런던에서 와서 잘 몰라서 그러는데요, 고든 대령은 유명한 사람인가요?"

　기껏 지은 웃음은 1초 만에 어디론가 사라졌다. 주인은 표정과 목소리 모두 굳어서 나보다 더 소리를 낮춰 대답했다.

　"아주 널리 알려져 있습죠."

　'악명 높다'는 아니지만, 아주 미묘한 표현이었다. 자세히 듣고 싶었지만, 주인은 일부러 앞치마에 양손을 닦으면서 다른 테이블의 손님에게 다가갔다.

　레스토랑을 나가자, 먼저 가게 밖으로 나갔던 안데르센이 불안한 듯이 나를 불렀다.

　"니담 씨, 니담 씨, 좀 신경 쓰여서 그러는데……."

　"무슨 일이시죠?"

　잇따라 일이 터지는구나, 하고 생각하면서 물어봤다. 안데르센은 작은 눈을 움직였다.

　"저기, 길모퉁이 저쪽에 이상한 할머니가 보이죠? 레스토랑을 나왔을 때부터 자꾸만 나를 빤히 쳐다봐요. 나를 노리는 거 같아서 무서워요."

"아시는 분 아니신가요?"

"말도 안 돼요. 나는 이곳에 처음 왔고, 저런 이상한 할머니, 본 적도 없다고요!"

"앤더슨 씨의 동화에는 나쁜 마녀가 자주 등장하잖소. 작가에게 불만이 있어서 책 속에서 뛰쳐나왔는지도 모르죠."

디킨스가 놀렸다.

나는 길모퉁이를 쳐다봤다. 뭔가 터번 같은 천을 머리에 두른 작은 노부인이 가스등에 몸을 반쯤 숨기듯이 서서, 우리 쪽을 엿보고 있었다.

Ⅵ

나는 가난한 중산층의 신분이지만, 마음과 언동만큼은 훌륭한 신사처럼 행동하려고 노력한다. 노부인에게 다가가서 모자를 벗고 최대한 정중하게 말을 걸었다.

"실례합니다, 부인. 아까부터 저기 키 큰 신사분을 바라보고 계신 거 같은데, 무슨 일이신지요? 괜찮으시다면, 저한테 말씀해 주시겠습니까?"

"부인? 지금 누구한테 부인이라는 거예요."

말투로 보아 그다지 높은 신분은 아닌 것 같았다. 하지만 젊은 시절에는 상당히 미인이었을 것 같았다.

"저 신사가 역 앞을 어슬렁거리다가 지갑을 떨어뜨렸지 뭐예요. 주워주려고 했는데 유난히 사람들이 모이잖아요. 그래서 기회를 놓쳐가지고."

이야기를 듣고 나는 노부인을 안데르센이 있는 곳으로 데리고 갔다. 처음에는 미심쩍다는 듯이 노부인을 쳐다보던 안데르센도 지갑을 건네받고 기뻐서 어쩔 줄 몰랐다.

"와아, 분명히 내 지갑이야. 응, 지폐와 동전도 모두 있어요."
"잘 됐소. 이제 떨어뜨리지 마시게."
"물론이죠. 디킨스 씨, 이거 봐요."

신이 난 표정으로 안데르센은 지갑을 부츠 속에 밀어 넣었다. 억지로 깊숙이 밀어 넣었다.

"자, 이제 절대로 떨어뜨리지 않는다고요."

안데르센은 아이처럼 의기양양하게 어깨를 폈다. 디킨스는 노부인을 돌아보며 모자를 벗고 인사를 했다.

"정말 감사합니다. 이름을 여쭤 봐도 되겠습니까?"
"이름? 베이커, 메리 베이커라고 해요."
"엇, 메리 베이커라고요?"

디킨스는 눈을 가늘게 떴다.

"아니, 그럼 당신이 카라부 공주라고요? 그 유명한 가짜 공주님?"
"뭐, 카라부 공주님! 이 사람이요?"

나와 메이플은 그만 소리를 질러 버렸다. '카라부 공주'란 누구인가. 나와 메이플은 그 이름을 알고 있었다. 그만큼 유명한 인물이었다. 물론 실제로 만나는 건 처음이었지만.

1817년, 그러니까 내가 태어나기 9년 전의 일이다.

1815년에 나폴레옹 1세가 워털루 전투에서 패하고, 세인트 헬레나 섬으로 유배를 갔다. 그러자 영국은 완전히 평화로운 분위기에 휩싸였다. 나폴레옹만한 강적이 또다시 쉽게 출현할 리가 없었기 때문이다. 왕실과 대신들, 그리고 서민들까지 평화로운 분위기에 흠뻑 취했다.

1817년 4월, 항구 도시 브리스틀 근처에 색다른 모습을 한 여성이 나타났다. 나이는 스물 살 정도, 신장은 5피트 2인치, 머리는 까맣고 눈은 크며 뺨은 포동포동하고 상당히 아름다운 모습이었다. 그런데 영국인들이 보기에는 낯선 옷차림이었다. 인도 사람처럼 머리에 두른 터번 같은 천에는 새의 깃털을 꽂았으며, 옷소매는 크게 부풀어 있었다. 발에는 샌들을 신고 있었다. 간혹 "카라부"라고만 할 뿐, 전혀 말이 통하지 않았다.

일단 보호되었지만, 신분은 알지 못한 상태였다. 5월이 되자, 한 사내가 나타나서 그 여성과 면회를 요청했다.

포르투갈의 뱃사람으로 아이네소라는 사내였다. 이 사내가 그녀와 알아듣지 못하는 말로 대화를 나누었다. 한 시간쯤 이야기를 한 뒤, 지켜보던 사람들에게 이야기했다.

"오오, 이거 정말 놀랍군요. 이 분은 틀림없이 자바수 왕국의 공주님이세요."

"자바수? 그건 도대체 어디에 있는 나라요?"

"동양의 남쪽에 있는 섬나라죠. 보면 모르시겠어요?"

"음, 그래, 하긴 동양사람 같긴 해."

무책임한 말이긴 하지만, 동양에 대한 영국인들의 지식은 그 정도였다.

"계속 '카라부'라고 하는데, 그건 뭔가요?"

"공주님 이름이지요."

"아, 카라부가 이름이군요."

"이것 보시오. 공주님 이름을 함부로 부르다니. 황감하옵세도 자바수 왕국의 카라부 공주님이시지요. 모두 머리를 낮추세요."

모두 무릎을 꿇고, 자바수 왕국의 공주에게 머리를 숙였다. 공주는 빙긋 웃으면서 "카라부"라고 말했다.

아이네소의 설명에 따르면, 카라부 공주는 극악한 해적들에게 납치되어 유럽으로 끌려갔다고 한다. 영불해협에 다다랐을 때, 죽을 각오로 해적선에서 바다로 뛰어내렸고, 영국 해안까지 헤엄쳐서 도망쳤다고 한다.

이야기를 들은 사람들은 불행한 공주를 진심으로 동정하

였고, 앞 다퉈 지원과 기부를 자청했다. 카라부 공주는 그 지역의 명사인 워렐 가에 머물며 거액의 기부금으로 우아한 생활을 즐겼다. 단지, 고기를 전혀 먹지 않았고, 술도 마시지 않았다. 매일 근처에 사는 명사가 공주를 방문하였고, 금화와 드레스를 보내왔다. 공주는 날씨가 더운 날에는 옷을 홀라당 벗고 호수에서 수영을 하는 버릇이 있어서 남자들은 갈수록 그녀를 숭배했다.

카라부 공주는 아마 '알라타라'라는 신을 믿는 것 같았다. 아이네소가 엄숙하게 사람들에게 말했다.

"자, 공주님과 함께 기도합시다. 목소리를 맞춰서, 자, 알라타라!"

"알라타라! 알라타라!"

시장과 대학교수도 하늘을 우러르며 일제히 소리쳤다. 그러자 카라부 공주는 빙긋 미소를 지었다. 쓰면서도 너무 말도 안 되지만, 역사적 사실이기에 하는 수 없다.

하지만 6월이 되자, 사태는 완전히 달라졌다. 영국 각지에서 몰려든 구경꾼들 속에 닐 부인이라는 할머니가 있었다. 이 사람이 공주의 모습을 보자마자 크게 소리를 질렀다.

"너, 메리잖아! 이런 데에서 도대체 뭘 하는 거냐?"

이렇게 해서 '카라부 공주'의 정체가 밝혀지게 된다.

그녀의 본명은 메리 베이커. 신발가게 딸이었고, 닐 부인의 하녀로 일했다. 어느 날 부인과 다투고 뛰쳐나가 각지를 방랑한 끝에 브리스틀에 도착했다. 영국인으로서는 아무도 상대를 해주지 않기에 자신이 생각하는 동양 옷 같은 것을 만들고 외국인인 척 행세 한 것이다.

그건 그렇고 외국인들은 곧잘 "영국인은 냉정하고 방심할 수 없는 사람들이다"라고 말하지만, 아무래도 과대평가가 아닐까 싶다. 모두 함께 "알라타라!"라고 외치는 모습을 만약 나폴레옹이 봤다면 "내가 이런 녀석들한테 졌단 말이더냐"라며 얼마나 한탄했을까.

메리 베이커 본인은 되는대로 외국 공주 흉내를 냈다고 하지만, 그녀를 '자바수 왕국의 공주'라고 인정하고, '자바어'로 대화를 하여 세상을 떠들썩하게 만든 아이네소도 해도 정말 너무하다. 아직 경찰도 존재하지 않던 때라 브리스틀 시청이 수사를 했지만, 그녀는 이미 자취를 감춘 뒤였다.

메리 베이커는 일단 잡혔지만, 바로 석방되었다. 그녀를 사기꾼으로 고소하는 사람도 없었고, 대소동이긴 했지만 흉악 범죄라고는 할 수 없었기 때문이다. 오히려 가짜 공주라는 사실을 알아도 메리에게 호의를 갖는 사람들이 더 많았다.

메리는 눈물로 호소했다.

"이렇게 되었으니, 이제 영국에는 있을 수 없어요. 미국에 가려고 해요. 하지만 여비가 없어요. 어떻게 하죠?"

메리의 말에 순식간에 기부금이 모였고, 메리는 미국행 여객선에 몸을 실을 수 있었다. 배는 필라델피아에 입항했고, 메리는 무사히 상륙하여…… 그 뒤의 일은 나도 그동안 알지 못했다. 그런데 영국에 돌아와 있었다니…….

1857년은 사건이 일어난 지 딱 40년이 지나간 해이다. '카라부 공주' 즉, 메리 베이커 역시 이미 예순이었다. 이 여성을 만나게 되어 우리의 스코틀랜드 여행은 한층 별나고 기괴한 방향으로 흘러가게 되었다.

제4장
월석도 영주의 등장
북쪽 끝에서 전해지는 기담

I

 혹시 메리 베이커가 안데르센의 지갑을 훔쳐놓고 주운 척 하는 건 아닌가…… 하는 의혹을 품을 필요는 없었다. 안데르센의 윗옷 안주머니 아래쪽 바느질 부분이 터져 있었기 때문이다. 누가 봐도 그곳으로 지갑이 빠진 것이 분명했다. 메리 베이커가 주운 지갑을 가지고 도망가지 않고 정직하게 돌려준 사실을 고마워해야 했다.
 우리는 경찰에 가서 지갑을 찾은 사실을 보고했다.
 "아아, 잘 됐군요."
 그야말로 이제 막 군대 하사관을 그만 둔 듯한 초로의 경찰관은 귀찮다는 듯이 간단하게 말했다. 어차피 수사 따위는 하지 않았겠지만, 일단 고맙다는 인사를 하고 나왔다.
 그리고 우리는 모두 펍으로 향했다. 지갑을 주운 메리 베이커가 배고프다고 했기 때문이다. 당연히 식사와 술 정도는 대접해야 했다. 메리가 고급 레스토랑은 자기 취향이 아니라고 해서 가까운 펍을 찾기로 했다.
 펍에 들어가니 거대한 술통이 벽을 따라서 쭉 늘어서 있었다. 얼마나 거대하냐 하면, 높이가 8피트, 최대 직경이 6피트나 됐다. 상품별로 한 통씩 둔 것 같았다. 세어보니 약 서른 개 정도 됐다. 스코틀랜드는 스카치위스키의 본고장이니 당연한 모습일지도 모른다. 맥주도 팔고 있고, 곳곳에 아이의 모습도 보였다.

열여섯 살 이하의 미성년자에게 술을 판매하는 것이 금지된 것은 1839년의 일이다. 그런데 이때 맥주는 술에 포함되지 않았다. 열세 살 이하의 아동에게 맥주를 파는 것이 금지된 것은 1886년이 되어서다. 즉 1857년 당시, 열 살 아이가 맥주를 마셔도 법률상 죄가 되지 않았다. 물론 칭찬받을 일은 아니다. 19세기 영국은 술과 마약에 너무 관대한 나라였다.

최대한 조용한 곳에 자리를 잡고, 디킨스가 메리에게 물어보았다.

"술은 뭐로 하겠소?"

"난 됐어요. 음식만 있으면 돼요."

"아참, 카라부 공주는 술을 안 마셨지. 이전에 무슨 기사에선가 읽은 적이 있어."

우리는 그녀와 반대로 방금 전에 식사를 마친 상태였다. 형식적으로 맥주를 주문하고, 메리 베이커는 홍차, 우유, 빵 세 종류, 잼 세 종류, 당밀의 푸딩, 건포도와 아몬드 케이크, 그리고 마른 과일을 가득 부탁했다.

주변 자리가 점차 시끄러워지는 가운데 디킨스가 흥미롭다는 듯이 물었다.

"댁은 미국에 건너갔다고 들었는데, 귀국했을 줄은 몰랐소."

"미국에 7년 정도 있었는데, 진절머리가 나서 말이죠. 그래서 돌아왔어요. 어째 나한테는 안 맞는 땅입디다."

"오호, 진절머리가 났군요."

디킨스는 1842년에 미국을 방문하였고, 대대적인 환영을 받았다. 귀국 후, 디킨스는 『미국 기행』을 써서 미국이라는 나라의 장점을 칭찬하면서, 동시에 세 가지 단점을 가차 없이 비판했다.

'천한 배금주의, 타인의 인권을 짓밟는 매스컴, 그리고 노예제도. 이 세 가지가 미국 사회의 병리다. 반드시 고치기를 친구로서 진심으로 바란다.'

영국에서는 이미 1807년, 노예무역폐지법이 성립되었다. 그런데 '자유와 정의의 나라'라고 자칭하는 미국에서는 여전히 노예제도가 존속되고 인신매매가 합법화되고 있었으니, 모순이었다.

디킨스의 혹독한 비판에 미국인의 절반은 부끄러워하고, 나머지 절반은 격분했다. 디킨스의 두 번째 미국행은 1867년으로 그때에는 노예제도가 폐지되어 있었다.

"영국에 돌아와서는 어떻게 지냈소?"

"이것 저것요. 뭘 하든 먹고 살 수는 있다고요."

이야기를 피하면서 메리 베이커는 엄청 먹어댔다. 고생도 하고, 자기 말대로 배도 고팠을 것이다. 그래도 왠지 그녀에게 귀티가 느껴져서 결코 천한 인상은 아니었다. 메이플은 메리 베이커에게 우유를 따라주기고 하고 빵에 잼을 발라주기도 했다. 그러고는 슬쩍 내게 속삭였다.

"저요, 이 사람, 싫지 않아요. 오히려 좋아질 거 같아요."

이윽고 배가 부른 메리 베이커가 홍차를 홀짝이면서 옛날이야기를 시작했다.

"내가 더운 여름에 옷을 벗고 호수에서 수영을 하면 프리스틀 주변의 사내들이 너나 할 것 없이 훔쳐보러 왔었다우. 그중에는 감격해서 눈물을 흘리는 녀석까지 있었지요."

"40년 전이었잖소."

"바로 엊그제 같아요. 난 펜싱과 승마도 잘 했어요. 뭘 하든 사내들이 감탄했거든요."

메리 베이커는 손을 얼굴 앞에 대고 흔들었다. 옆자리에서 담배 연기가 날아왔기 때문이다. 그녀는 안데르센을 보며 미소를 지었다.

"이쪽 키 크신 양반은 상당히 과묵하네요. 흠, 이마와 턱이 참 잘 생겼네. 약간 내 취향이야."

안데르센은 노골적으로 싫어하는 티를 내며 몸을 틀었다. 그는 영국인이 아니었고, '카라부 공주'도 알지 못했기 때문에 메리를 '이상한 할머니'로만 생각했을 것이다.

"40년 전에 당신을 보고 감격한 사람들은 만나지 않는 편이 좋을 듯 싶소만."

그렇게 말하는 디킨스에게는 씁쓸한 경험이 있었다. 그는 소년 시절에 마리아 비드넬이라는 검은 곱슬머리를 한 어여쁜 소녀를 마음에 품었다. 하지만 안타깝게도 가난한 디킨스에 반해 마리아는 은행가의 딸이었고, 디킨스의 첫사랑은 덧없이 끝이 났다. 디킨스가 영국에서 문호가 된 다음에 두 사람은 다시 만났다. 하지만 가슴 설레는 디킨스의 앞에 나타난 사람은 풍뚱한 수다쟁이 중년 여성이었다. 결국 디킨스의 감미로운 첫사랑의 추억은 산산조각이 났다.

펍을 나서자, 그토록 길고 긴 낮도 마침내 끝이 나고 보랏빛 노을이 북극의 항구도시를 감싸고 있었다. 이곳저곳에 가스등 빛이 하얗게 반짝였다. 런던과 달리 매연이 적어서 상당히 멀리 있는 등까지 보였다.

낮에는 쾌적한 기온이었지만, 점점 써늘해졌다. 디킨스, 안데르센, 메이플, 그리고 나, 이렇게 네 사람은 이제 예약해 둔 호텔에 가면 된다. 더 이상 할 일도 없고, 다음 날을 위해서 잠잘 일만 남아 있었다. 하지만 메리 베이커는 어떻게 해야 할까.

"저기, 베이커 씨……."

"왜요, 아가씨?"

"베이커 씨, 오늘 밤, 지낼 곳은 있으세요?"

메이플의 물음에 베이커는 잠시 침묵을 한 다음에 대답했다.

"젊을 때부터 노숙에는 익숙해요. 비나 눈만 안 오면 아무렇지 않아요."

우리는 서로 얼굴을 마주보았다. 지갑을 주워주었다는 인연만으로 깊이 관여해도 곤란하다. 하지만 그렇다고 내버려 둘 수도 없는 일이었다.

"니담 씨가 알아서 해요."

디킨스가 나에게 맡겼다. 안데르센과 메이플도 고개를 끄떡였기에 나는 메리 베이커에게 제안을 했다.

"이러면 어떨까요, 베이커 씨. 지갑을 주워준 감사의 뜻으로 오늘 밤 지낼 곳을 마련해드리고 싶다고 선생님께서 말씀하시는데……."

"아아, 괜한 짓은 마지 말아요. 얽매이는 건 딱 질색이거든. 만약 숙소에서 묵게 해주겠다면 숙박료나 좀 빌려주면 좋겠는데."

내가 지갑을 꺼내자, 메리 베이커는 또 주문을 했다.

"금화는 안 돼요. 오히려 쓰기 어렵고, 훔쳤다는 의심을 받는 것도 싫거든."

약간 실랑이가 있었고, 결국 나는 메리에게 반 크라운 은화를 네 닢 건넸다. 합계 금액은 10실링, 즉 반 파운드가 된다. 싸구려 여관이라면 2, 3일은 지낼 수 있다.

"그리고 만약 무슨 일이 있으면……."

내 말에 메리 베이커는 가볍게 손을 흔들며 대답하더니 빠른 걸음으로 사라졌다. 우리는 등을 곧게 펴고 고개를 들고 걷는, 메리 베이커의 나이에 비해 젊은 뒷모습을 배웅했다. 안데르센이 유난히 크게 한숨을 내쉬었다.

"우리도 호텔로 가요. 왠지 굉장히 피곤해요."

우리는 '호텔 매디슨'으로 갔다. 호텔은 항구가 내려다보이는 높은 지대에 위치해 있었다.

디킨스와 안데르센이 한 방이고, 메이플과 내가 한 방이었다.

방을 잡을 때 나와 메이플은 '니담 남매'라는 이름으로 해두었다. 성이 다른 남녀가 같은 방에 들어가면 부도덕함의 극치라고 생각하던 시대다. 뒤가 켕기는 건 아니지만, 괜한 오해는 피하고 싶었다.

그건 그렇고, 나는 이 글의 화자로서 아무래도 어리석었던 것 같다. 나와 메이플이 삼촌과 조카 관계라는 사실을 디킨스와 안데르센이 알게 된 것은 6월 25일, 로체스터에서 런던으로 향하는 열차 안에서였다.

"에잇, 삼촌과 조카군. 무슨 관계인가 했는데, 소설로 한다면 유산을 둘러싼 다툼밖에 안 되겠어."

"로맨틱한 관계라는 건 참 없네요."

"네, 죄송합니다."

뭔가 좀 이상한 걸, 하고 생각하면서 나는 그만 사과를 해버렸다.

호텔 방은 평범해보였는데, 창문과 반대 측 커튼을 젖히자 법랑으로 된 욕조가 놓여 있었다. 프런트에 말을 하면 뜨거운 물을 채워줄 것이다. 과연 영국 최북단에 가까운 도시답게 6월 마지막 밤인데도 작은 난로에는 불길이 타오르고, 싸구려 양동이에는 장작이 여러 개 꽂혀 있었다. 우리 집의 작은 화롯가가 떠올라서 메이플과 나는 미소를 지었다.

런던의 우리 집은 그레이트 코람 길의 외곽에 위치해 있다. 킹스크로스 역과 대영박물관에서도 그다지 멀지 않다. 디킨스가 처녀작인 『보즈의 스케치』에서 그렸듯이, 1830년대에 주택지로 변하기 시작한 지역이다. 공증인 사무소에서 근무하던 나의 아버지는 무리를 하면서도 맘먹고 땅을 사서 집을 지었다.

나이트 테이블을 사이에 두고 나란히 놓인 침대 두 개는 이미 잘 준비가 되어 있었다. 하지만 어쩐지 곧바로 자기가 아쉬워서 나와 메이플은 난로 앞에서 딱히 이렇다 할 내용도 없는 이야기를 나누었다.

II

나와 메이플이 근무하는 뮤저 양서 클럽의 특징은 다른 책 대여점에 비해 여성 고객이 많은 점이다. 뮤저 사장의 방침이 "손님이 가족 앞에서 읽을 수 없는 책은 두지 않는다"였기 때문이다.

따라서 자극적인 내용이나 잔인한 장면이 있는 책은 아예 들여놓지 않았다. 여성과 아이들도 안심하며 책을 빌릴 수 있었다. 부족하다고 느끼는 사람은 다른 가게에 가면 되었다.

그리고 당시에 소설은 세 권으로 간행되는 것이 일반적이었다. 책대여점 입장에서는 정말 좋은 시스템이다. 예를 들면, 『올리버 트위스트』를 첫 번째 손님이 제1권을 읽고, 제2권을 빌린다. 그러면 반납된 제1권은 두 번째 손님에게 대여할 수가 있었다.

그리고 뮤저 양서 클럽쯤 되면 한 작가의 신간을 한꺼번에 수백 권쯤 구입하기 때문에 그 영향력은 실로 어마어마했다. 뮤저 사장을 무시하면, 출판사도 작가도 시장에서 살아남을 수가 없었다.

뮤저 사장은 나와 메이플에게 아주 고마운 고용주였다. 하지만 장사꾼이지 성자는 아니었다. 동업자를 따돌리기도 했고, 작가에게 무리한 요구를 하기도 했다.

"이러한 음산한 결말로는 손님한테 권할 수 없네. 마지막에는 착한 사람이 이겨야지. 그리고 세 권으로 하려면 양이 부족하니까, 두 장(章) 정도 늘리면 어떨까 싶은데. 싫으면 싫다고 해도 되지만, 그렇다면 우리 가게에서는 당신 책은 구매할 수 없네."

일부 작가와 동업자는 뮤저 사장을 '선량한 얼굴을 한 폭군'이라고 불렀다. 어쩌면 그 말이 맞는지도 모른다. 책을 선정하는데 자신의 취향과 도덕관을 우선시한 것은 사실이다.

하지만 의심의 여지가 없이 분명한 사실이 하나 있다. 뮤저 사장은 이 세상에서 두 번째로 메이플의 재능을 높이 평가한 인물이었다는 점이다. 첫 번째로 메이플의 재능을 높이 평가한 인물은 이 글을 쓰고 있는 나다. 그런데 나는 메이플을 가족으로 감쌀 수는 있지만, 조카의 재능을 발휘할 곳을 제공할 수는 없었다.

이런저런 일로 메이플과 나는 당연히 뮤저 사장에게 감사했다. 메이플도 뮤저 사장에게 인정받을 정도로 열심히 일했다. 또한 기회가 있을 때마다 메이플은 사장과 중역들에게 자신의 의견을 주장했다.

"여성이 교육을 받을 기회를 늘리고, 여성의 문맹률을 낮춰야 합니다. 현재, 영국에서 글을 읽고 쓸 수 있는 여성은 60%가 채 안 되죠. 이것을 90%로 높이면 책을 읽는 여성의 수는

1.5배가 됩니다. 그리고 그 여성들은 뮤저 양서 클럽의 좋은 회원이 될 겁니다."

메이플은 인생을 여성의 독서 인구를 증가시키는데 소비했다고 해도 과언이 아니다.

"저는 1840년에 런던에서 태어났습니다. 외국에는 한 번도 간 적이 없어요. 그런데 기원 전 이집트에서 피라미드가 만들어졌고, 피라미드가 어떤 형태인지도 알고 있어요. 어떻게 알고 있을까요? 그건 책에서 읽었기 때문이죠!"

두 뺨을 붉게 물들이며 회의에서 메이플은 열변을 토했다.

"책을 읽는다는 건 책상 앞에 앉은 상태, 또는 소파에서 누운 상태로 시간과 공간을 넘어서 여행을 하는 거예요. 그 사실을 여성들에게 꾸준히 알려야 합니다!"

그리고 메이플은 여성의 독서뿐만이 아니라, 여성이 글을 쓰는 일에도 노력을 기해야 한다고 제안했다. 이 무렵부터 뮤저 회사는 여성 작가의 육성에 힘쓰기 시작했다. 그 일이 다른 동업자들과 더 많은 차이를 만들었다. 모두 메이플의 공적이다.

하지만 결코 쉬운 일은 아니었다.

본래 영국의 문맹률 통계는 참으로 엉터리였다. 단순히 자신의 이름만 적을 줄 알아도 '글자를 쓸 줄 아는 사람'에 속했다. 또 알파벳의 활자체는 읽어도 필기체는 읽지 못하는 사람도 많았다. 가까운 예로, 우리 집의 성실한 하녀, 마샤를 들 수 있다. 따라서 그녀가 반드시 편지를 써야할 때에는 메이플이 대신 써 주었다.

"고용인은 글자 같은 건 못 읽는 게 좋다. 편지를 훔쳐볼 우려가 없다."

이렇게 큰 소리 치는 고용주가 있던 시절이었다.

한편, 1857년은 기념해야 할 위대한 해다. 대영도서관이 설립된 것이다. 정확히는 대영박물관의 도서실이 일반에게 공개된 해인데, 어떻게 표현하든 무슨 상관인가. 출퇴근길에 위치해 있었기 때문에 메이플과 나는 종종 들려서 필요한 책을 찾기도 하고, 저자를 탐색하기도 했다.

뮤저 양서 클럽은 좋은 직장이었고, 사장은 고마운 고용주였다. 하지만 어느 직장이든 싫은 사람은 있기 마련이다. 메이플과 나는 직장에서는 서로 '니담 씨,' '콘웨이 양'이라고 불렀지만, 삼촌과 조카 사이라는 사실은 모두가 알고 있었다. 어느 날 월터 드러먼드라는 동료가 나에게 말했다.

"니담, 자네가 자랑스러워하는 조카는 여권론자인가? 다음에는 여성에게 선거권을 줘야 우리 회사가 발전한다고 말하는 건 아니겠지?"

드러먼드는 나와 같은 나이였지만 생각은 전혀 달랐다. 그는 마치 자신이 관습과 도덕의 수호자라도 되는 양, 메이플 뿐 아니라 일하는 여성을 모두 적대시했다. "여자는 집에 있어야 좋은 아내, 좋은 엄마다"라는 것이 드러먼드의 생각이었다.

1832년의 제1차 선거법 개정으로 중산층의 남성에게 선거권이 주어졌다. 다시 말해, 나는 선거권을 가지고 있다. 하지만 가난한 노동자들은 1867년이 되어서야 선거권을 획득한다. 이는 자유당의 글래드스턴이 이룬 대개혁이었다.

1907년이 되어도 여성은 선거권을 인정받지 못했다. 하지만 머지않아 곧 실현될 것이라고 믿는다. 아무튼 내가 그를 상대하지 않자, 드러먼드는 치근치근 메이플의 험담을 하다가 결국에는 가정교육에 대해 이러쿵저러쿵하기 시작했다.

신간에 뮤저 회사의 라벨을 붙이는 작업을 하고 있던 나는 마침내 인내가 한계에 달했다.

"그만 좀 하지 그러나, 드러먼드."

나는 최대한 차가운 표정으로 그를 노려보았다.

"신사라면 뒤에서 여자들 험담은 하지 말게. 그러지 않으면 자네 선거권은 물론, 생존권도 위협받을 테니."

내 말의 의미를 깨달았는지 드러먼드는 위험을 알아차린 표정으로 두어 걸음 물러났다. 나는 늘 신사처럼 행동하고 싶지만 상대방이 신사가 아니라면, 나도 언제까지나 예의를 지킬 생각은 없다.

뭐라고 중얼거리면서 드러먼드는 그 자리를 떠났다.

드러먼드는 불쾌한 녀석이지만, 더 불쾌한 것은 그와 같은 생각을 지닌 사람들이 결코 적지 않다는 서글픈 현실이었다. 1857년 당시, 직업을 가지고 일하는 여성은 그 자체만으로 편견의 표적이 되었다.

대다수의 사람들이 일하는 여성을 '착실한 여자'로 보지 않았다. 그들이 생각하는 '착실한 여자'란 결혼하여 남편을 외조하고, 아이들을 낳아서 키우는 여성을 의미했다.

아예 여성들이 가질 수 있는 직업자체가 적었다. 앞에 언급했듯이, 저택의 고용인들을 제외하면 여학교 선생님, 점원, 농사일을 돕는 정도였다. 때문에 가난하고 직업교육을 받지 않은 여성은 어쩔 수 없이 창부가 되는 경우가 많았다.

1860년대가 되자, 나이팅게일 여사의 초인적인 노력으로 간호사라는 직업이 사회에서 인정을 받게 되었다. 나이팅게일 여사처럼 상류층 출신의 여성이 간호사가 되는 것은 일대 사건이었다.

"그런 숙녀가 왜 하필 간호사 같은 천한 일을 할까?"

이것이 일반적인 평가였다. 하지만 나이팅게일 여사는 개인이 사회와 역사를 바꾼다는 사실의 훌륭한 표본이었다. 그리고 그녀가 역사를 바꾸는 계기가 된 것은 내가 참전한 크림 전쟁을 통해서였다.

한 사람에게 권한이 집중되는 것을 막기 위해서였는지, 크림 전쟁 때 영국 육군부에는 장관이 두 사람이 있었다. 그중에 한 사람이 예산과 보급, 군의 병원 등을 담당한다. 요컨대, 크림 전쟁에서 입은 우리의 불행을 책임져야 하는 사람이 바로 이 사람이다.

나를 포함해서 3만 명의 영국인 병사들이 고속 증기선으로 크림 반도로 실려 갔다. 그런데 상륙한 곳에는 아무 것도 없었다. 무기, 탄약, 식량, 의약품, 텐트, 그리고 담요도 나중에 천천히 범선으로 싣고 온다는 것이 아닌가!

최전선에서 간신히 목숨을 부지한 나는 후방으로 옮겨져 '스쿠타리'라는 마을의 야전병원에 들어갔다. 그 병원에는 크림 전쟁에서 가장 유능한 사령관이 있었는데, 이름하야 플로렌스 나이팅게일이었다.

나와 전우가 간신히 외출을 허락받아서 스쿠타리의 마을에 나갔을 때다. 술 취한 병사가 지나가는 간호사를 껴안고 억지로 키스를 하려고 했다. 나와 전우는 달려갔다. 내가 그 병사를 밀치고 전우가 호통을 쳤다.

"야, 나이팅게일 씨와 같은 곳에 있는 여군에게 손대지 말란 말이야!"

그렇다. 우리는 종군간호사들에게 동지 같은 연대감을 담아 '나이팅게일 씨와 같은 곳에 있는 여군'이라고 불렀다. 그녀들은 회색 트위드 옷에 역시 회색 재킷을 입고, 납작한 흰 모자를 썼다. 짧은 털의 망토를 걸치고, 굵은 빨간 실로 '병원'이라고 수가 놓인 유난히 투박한 느낌의 면 스카프를 어깨에 둘렀다.

안타까울 정도로 유행과는 거리가 먼 복장이었지만, 젊은 여성들이 전쟁터에서 일하려면 어쩔 수 없었다.

"훌쩍거릴 시간이 있으면 붕대나 가지고 와요! 이러고 있는 사이에도 치료를 받지 못하는 병사들이 죽어가고 있다고요. 병원에서 환자를 죽게 한다는 게 얼마나 부끄러운 일인지 알기나 해요!"

서툰 간호사들을 질타하는 나이팅게일 여사의 목소리를 어찌 잊을 수 있을까.

이렇게 나와 메이플은 생각나는 대로 여러 가지 이야기를 나누었다. 한 시간쯤 지나자 난로 불도 작고 약해졌다. 장작을 더 태우면서까지 앉아 있을 필요는 없었다.

"이제 그만 잘까, 메이플."

"그래요. 그런데, 삼촌."

"뭐?"

"내일, 폭스 호를 전송하면 디킨스 선생님은 바로 런던으로 돌아가실까요?"

나는 잠시 생각했다. 아마 디킨스는 곧장 집으로 돌아가서 부인 얼굴을 마주하고 싶지 않을 것이다. 며칠 더 스코틀랜드를 여행하지 않을까.

"아마 안 그러실 거 같은데. 어쨌든 내일이면 알게 되겠지. 이제 그만 자고 내일을 준비하자꾸나."

"안녕히 주무세요, 삼촌."

"잘 자라, 메이플."

Ⅲ

날이 밝았다. 7월 1일, 드디어 폭스 호가 출항하는 날이다.

애버딘의 항구에는 아침부터 수천 명이나 되는 사람들이 모여 들었다. 작은 범선을 타고 북극까지 가는 스물다섯 명의 용맹한 사람들을 전송하기 위해서다.

프랭클린 탐험대가 출항한 지 벌써 12년이나 지났다. 그리고 수색대가 실패를 거듭할수록 사람들의 관심도 점점 사라져갔다. 하지만 이번 출항에는 애버딘뿐 아니라, 영국 각지에서 사람들이 모여들었다. 필시 이번 수색이 마지막이 될 것이고, 프랭클린 부인의 비장한 결의와 당대 최고의 문호인 디킨스의 열렬한 협조가 알려졌기 때문이었다. 사람들은 프랭클린 탐험대와 이번 수색대가 무사히 함께 돌아오기를 기원했다.

수색대장 맥클린톡 해군대령은 프랭클린 부인과 인사를 나누고, 디킨스와 악수를 했다. 그리고 사람들의 환호 속에서 승선했다. 폭스 호는 여름 햇살과 바람을 돛에 품고 항구를 출발했다.

이후, 이 이야기와 관련이 없기 때문에 수색대가 그 뒤 어떻게 되었는지 간단히 밝혀두겠다. 그들은 결국 마지막 수색대가 되었다. 2년 2개월에 걸쳐 북극에서 조사와 수색을 계속하다가 1859년 9월에 영국으로 돌아왔다. 프랭클린 대령과 일행들의 행적을 상당히 정확하게 더듬어갔고, 시신 몇 구와 무덤을 발견하여 많은 유품을 가지고 돌아왔다.

그것으로 프랭클린 대령이 1847년 6월에 에레부스 호 안에서 사망한 사실이 판명되었다. 그는 두 척의 배가 눈과 얼음에 갇히는 바람에 탈출을 하지 못했다. 대장을 잃은 대원들은 배를 버리고 상륙을 했다. 걷고 썰매를 타며 남으로 향했지만, 추위와 굶주림으로 잇따라 쓰러졌다. 결국 북극의 맹렬한 눈보라 속에서 전멸했다.

프랭클린 부인과 맥클린톡 대령은 영국 전역의 영웅이 되었다. 또 맥클린톡 대령이 쓴 수색대의 기록은 엄청난 베스트셀러가 됐다. 우리 뮤저 양서 클럽에서도 3천부나 구입하였지만, 그건 나중 일이다.

무사히 출항식을 마치고 프랭클린 부인과도 헤어졌다. 우리는 일단 커피숍에서 휴식을 취했다.

커피숍이 영국에서 처음에 문을 연 것은 1650년으로 벌써 200년이나 됐다. 장소는 옥스퍼드였고, 대학 교수와 학생들이 고객이었다.

런던에서는 1652년에 개점하여 50년 뒤에는 2천여 곳으로 증가했다. 커피 한잔의 가격은 1페니. 이 가격으로 맛 좋은 커피를 맛볼 수는 없지만, 커피숍에는 신문과 잡지가 많이 놓여있어서 자유롭게 읽을 수 있었다. 사람들은 싸구려 커피를 마시면서 신문과 잡지를 읽었고, 수다를 떨었으며, 때로는 정치나 사회문제에 대하여 토론을 벌였다. 이렇게 커피숍은 영국 사회에서 중요한 위치를 차지하였다.

메이플과 나는 전날 밤에 헤어진 메리 베이커가 자꾸만 신경이 쓰였다. 그래서 커피숍에 들어가기 전과 후에도 자꾸 주변을 둘러보았지만, 그녀의 모습은 보이지 않았다.

그건 그렇고, 영국인이라면 커피보다는 역시 홍차를 좋아한다. 부끄러운 이야기지만, 우리 영국은 자기 나라에서 생산되지 않는 차를 욕심내서 동양의 국가에 전쟁을 일으킨 과거가 있을 정도다.

1857년은 홍차전용 쾌속범선(티 클리퍼)의 시대가 막을 올린 지 얼마 되지 않았을 때다. 중국에서 영국까지 홍차를 직접 운반하기 위해서 전용 범선을 건조하였다. 독일인이나 프랑스인들이 알게 되면 어이없는 웃음을 지을 것이다. 영국인의 입과 위, 그리고 영혼은 차에 홀려있다고 해도 과언이 아니다.

1850년, 영국에서 홍차전용 쾌속범선이 처음으로 등장했다. 배 이름은 '스토노웨이', 장소는 바로 이곳 애버딘이었다. 그리고 '크리솔라이트', '챌린저' 등의 배가 잇따라 만들어졌고, 홍차를 찾아서 항해를 떠났다. 가장 유명한 배가 불멸의

'커티삭'인데, 이 배는 1869년에 건조되었으니까 조금 더 나중 일이다.

그리고 홍차를 둘러싼 경주가 시작되었다. 중국 항구에서 홍차를 실은 영국 범선이 일제히 출항한다. 하루라도 빨리, 한 시간이라도 빨리, 영국에 홍차를 보내야 승리할 수 있다. 영국 범선들은 태평양에서 인도양으로, 그리고 희망봉을 돌아서 대서양으로, 마지막은 템스 강을 거슬러 올라가서 런던에 도착한다. 지구를 반 바퀴 도는 경주에는 큰 우승 상금이 걸렸고, 내기를 좋아하는 런던 사람들은 승패를 예상하는데 열중했다.

역사상 가장 치열한 경주는 1866년에 개최되었다. 중국 푸저우(福州)항에서 런던까지 돌아오는 경주. 그런데 놀랍게도 항해는 불과 99일 밖에 걸리지 않았고, 겨우 10분의 차로 '티핑 호'가 '아리엘 호'를 누르고 우승했다. 그때 템스 강의 양쪽 연안에는 수만 명이나 되는 관중들이 몰려들었다. 나 역시……

이야기가 옆길로 샌 것 같다. 홍차 이야기가 나오면 그만 흥분하는데 정말로 내가 생각해도 별나다 싶다.

프랭클린 부인과 작별을 고하고 디킨스는 거의 아무 말도 없이 생각에 잠겼다. 안데르센이 말을 걸어도 "응"이나 "어"라는 식으로 건성으로 대답할 뿐이었다.

"정말 런던에 돌아가기 싫으신가 봐요."

메이플이 속삭였다. 내가 대답을 하려는 순간 날카로운 비명소리가 울렸다.

우리는 출입구에 가까운 테이블에 앉아 있었다. 그런데 갑자기 문이 벌컥 열리면서 구르듯이 한 사람이 들어왔다. 가난한 차림의 노부인이었다. 순간 메리 베이커라고 생각했지만 아니었다. 나와 메이플이 자리에서 일어나 노부인을 부축하려 했지만 거친 발소리와 함께 사나운 남자의 목소리가 들려왔다.

"빨리 배에 안 타고 뭘 꾸물거리는 거야! 네가 있을 수 있는 땅은 영국에는 1제곱인치도 없다는 걸 모르냐?"

"얌전히 캐나다에 가는 편이 행복할 걸. 넓고 넓은 땅이 너를 기다리잖아. 곰과 늑대도 기다리고 있겠지만."

가죽조끼를 입은 체격 좋은 사내들이었다. 더구나 한 손에는 몽둥이를 들고 있었다. 한 사내가 간신히 일어난 노부인의 목덜미를 잡았다. 나는 소리쳤다.

"뭐하는 겁니까!"

"쓸 데 없는 참견 말게, 젊은이."

다른 사내가 코웃음을 쳤다.

"이 할멈은 캐나다행 이민선에 타야해. 6월까지 빚을 갚지 못했거든. 계약서에 분명히 그렇게 쓰여 있다고."

"그만 두시오! 지금이 어느 땐데 그러시오? 그리고 여기가 어디라고 생각하는 거요?"

자리에서 일어난 디킨스가 얼굴이 새빨개져서 지팡이를 휘두르며 소리를 질렀다.

"우리가 지금 2000년 전의 로마에 있다고 생각하는 거요? 이게 대체 무슨 짓이오. 영국인이 같은 영국인에게 몽둥이를 휘두르면서 몰아대다니! 부끄러운 줄 알고, 신사답게 행동하시오! 부인의 손가락 하나라도 건들지 마시오!"

디킨스의 박력에 겁을 먹었는지, 사내들은 한 발짝, 두 발짝 물러났다. 그런데 다시 문이 열리고 비슷한 차림의 사내들이 여섯 명 정도 들어왔다. 가게 안이 가득 찼다. 노부인의 모습은 그들 속으로 사라졌다. 디킨스와 내 앞을 사내들이 벽처럼 막고 있었다. 그들은 익숙한 동작으로 한 무리가 되어 유유히 문밖으로 나갔다.

나는 디킨스를 저지하고 그들을 쫓아가려고 했다. 그런데 그때 얼어붙은 듯이 꼼짝 않고 있던 손님들 중에서 한 남자가 말을 걸었다.

"참으시오! 더 이상 녀석들한테 따지지 않는 게 좋을 겁니다."

디킨스는 신음소리를 냈다.

"충고 감사합니다. 하지만 다시 반복하겠소만, 지금 이곳은 어느 시대, 어느 나라란 말이오?"

"19세기 영국이죠. 하지만 아쉽게도 런던과 세상의 상식과도 멀리 떨어진 곳입니다. 진정하시죠."

남자는 자리에서 일어나 다가왔다. 검정에 가까운 머리에 같은 색의 콧수염을 기르고 있는 남자였다. 나이는 나와 거의 비슷해 보였다. 검은 안경테를 걸친 코는 본래 곧고 높았을 것 같았지만, 사고나 혹은 다른 뭔가로 부러져서 치료한 흔적이 보였다. 크림 전쟁의 야전병원에서 이런 코를 가진 부상병을 본 적이 있었다.

우리 네 사람과 그 남자는 요금을 지불하고 커피숍을 나왔다. 이미 사내들과 노부인의 모습은 보이지 않았다.

"녀석들은 고든 대령의 수하들이에요."

"월식도의 영주 고든 말이오?"

"네."

"그런데 당신은 누구요?"

"케네스 조지 맥밀런이라고 합니다. 〈북방통신〉의 애버딘 지국장을 맡고 있죠."

그는 디킨스를 알고 있었다. 조금 전에 폭스 호의 출항식에도 참석했다고 한다.

"지국장이라고 하면 높은 자리 같지만, 심부름 하는 조수가 한 명 있을 뿐이에요. 기사를 쓰고, 거기에 삽화를 넣는 것도 모두 제 일이죠."

"사진이 아니라, 삽화라고요?"

"낡은 사진기가 고장 나서 본사에 새로 요청을 했는데, 그게 좀처럼…… 뭐, 비싼 거라서요."

그는 길 앞쪽을 바라보며 말했다.

"저기, 고든 대령이 납시네요."

그 목소리에 담긴 이상한 낌새를 나는 50년이 지나도 또렷하게 기억할 수 있다.

맥밀런 씨는 자연스럽게 옆으로 비켜났고, 우리는 검은 사륜마차가 다가오는 모습을 똑똑하게 볼 수 있었다. 길을 가는 사람들이 겁먹은 듯이 길을 비켰다. 마차는 마치 여왕폐하 부부가 타고 있기라도 한 것처럼 당당하게 우리 눈앞을 지나가려고 했다. 마차 안으로 한 남자가 보였다.

Ⅳ

그 남자가 리처드 폴 고든 대령이었다.

초상화보다 표정이 더 험악하고 위압감이 가득 찬 인상이었다. 복장은 한 치의 흐트러짐도 없었고, 눈빛에 독기가 서려 있었다. 타인의 반항과 실패를 결코 용서하지 않는 전제군주의 얼굴과 흡사했다.

도저히 호감을 가질 수 없는 인물 같았다. 그런 생각을 하고 있는데, 갑자기 그 남자가 고개를 돌렸다. 순간 나와 정면으로 눈이 마주쳤고, 나는 나도 모르게 위축됐다. 그리고 예기치 않은 일이 일어났다. 마차가 멈추고 창문이 열린 것이다. 하지만 고든 대령이 거칠게 말을 건넨 사람은 내가 아니었다.

"당신이 글쟁이 디킨스인가? 이렇게 보니 사회개량가인 체하는 무능한 광대구만."

수초 동안의 정적. 목소리를 내는 자는 한 명도 없었다. 영국을 대표하는 문호에게 그처럼 무례한 말을 퍼붓는 사람이 있다는 사실이 믿기지 않았기 때문이다.

디킨스가 숨을 고른 다음에 가차 없이 반격했다.

"그쪽은 고대의 제왕인 체하는 악덕지주 고든 대령이구만. 힘없는 노부인을 괴롭혀서 즐거운가, 변태 대령."

마차의 안과 밖에서 두 사람은 마치 원수처럼 서로를 노려봤다.

"디킨스, 조금 전에 당신은 내 부하들을 방해했다던데, 업무방해로 고소해 줄까? 그 여자는 빚을 갚지 않으면 집을 비우고 캐나다에 간다고 약속했었네."

"당신이 하는 일은 불법 고리대금이 아니오?"

"그들은 다 알면서 빌린 거야. 확실한 증거도 있어. 만약 보고 싶다면 토지관리인에게 신청하게…… 음, 뭐냐?"

고든 대령이 뒤를 돌아보았다. 마차 안에서 대령과 함께 있던 인물이 고든 대령에게 무슨 말을 건 모양이었지만 들리지는 않았다. 고든 대령이 고개를 끄떡이더니 날카롭게 명령했다.

"어서 마차를 출발해라!"

"예, 알겠습니다."

마부는 대답하고 가볍게 말에 채찍질을 가했다.

"이봐, 멈춰, 도망가는 건가!"

디킨스가 차도로 뛰어들려고 했다. 나는 급히 뒤에서 그러안았고 가까스로 붙들었다. 영국 제일의 문호는 하마터면 수레바퀴에 깔릴 뻔했다.

멀어지는 마차를 노려보며 디킨스는 이를 갈았다.

"흉악한 폭군 같으니라고. 두고 봐라, 조만간에 펜의 위력을 네 놈이 깨닫게 해줄 테니."

안데르센이 몸을 부르르 떨었다.

"내가 쓴 동화에도 저런 나쁜 놈은 좀처럼 등장하지 않아요. 하지만 도대체 무엇 때문에 그런 할머니가 험한 꼴을 당해야 하는 거죠?"

"강제이주죠."

맥밀런이 대답하며 앞으로 나왔다. 그는 키 큰 안데르센의 뒤에 몸을 반쯤 숨기고 있었다. 메이플은 디킨스가 흥분하여 떨어뜨린 모자를 주워 깨끗이 먼지를 턴 후 디킨스에게 내밀었다. 모자를 쓰면서 디킨스가 신음소리를 냈다.

"뭐! 강제이주라고?"

나도 그만 큰 소리를 냈다.

"강제이주라는 야만적인 행위가 아직 일어나고 있단 건가요?"

"그럼요, 일어나고 있지요. 지금 보신대로입니다."

강제이주. 대지주가 농민에게서 토지를 빼앗고 집에서 쫓아내는 일을 말한다.

프랑스와의 전쟁과 산업혁명이 일어나자, 대량의 식량이 필요해졌다. 그리고 모직물 공업의 번성으로 양을 기르기 위한 넓은 목장이 필요했다. 특히 1846년, 스코틀랜드에서는 엄청난 흉작이 들어서 밀과 감자가 전멸했다. 많은 농장주가 파산했고, 고든 대령은 그들의 토지를 싸게 사들였다. 그리고 토지 임대료를 내지 못하는 소작인과 빚을 갚지 못하는 자작농을 가차 없이 쫓아냈다.

"고든 대령 때문에 피해를 보거나 죽은 사람이 만 명 정도 되죠. 토지를 빼앗기고, 집이 불타서 온 가족이 뿔뿔이 흩어지고, 자살하거나 길거리에서 죽은 사람을 다 합쳐서. 이제 대령의 소유지는 100만 에이커에 달할 겁니다."

"100만 에이커요!"

메이플이 깜짝 놀랐다.

"전혀 상상이 안 돼요. 그 정도면 작은 나라쯤 되지 않나요?"

"고든 왕국이라는 거군. 아무래도 선정을 베풀지는 않는 모양이지만."

말을 하면서 나는 고든 대령이 탄 마차를 바라봤다. 100야드 정도 떨어진 곳에서 고든 대령이 마차에서 내리고 있었다. 내릴 때 대령은 혼자가 아니었다. 함께 타고 있던 사람도 같이 내렸다.

스무 살 즈음되는 청년이었는데 고든 대령과 마찬가지로 한 치의 흐트러짐도 없는 차림이었다. 중산모 밑으로 근사한 백금발이 보였다. 눈동자 색까지는 모르겠지만, 마치 고대 그리스 조각과 흡사한 단정한 옆얼굴이었다. '깜짝 놀랄 정도의 외모'라고 한다면 조금 과장이지만 런던에서도 좀처럼 볼 수 없는 미남이었다.

"저기, 고든 대령과 같이 있는 청년은 도대체 누구죠? 아들이에요?"

나는 목소리를 낮춰 맥밀런 기자에게 물었다.

"맞아요, 고든 대령의 아들이죠. 차남 크리스톨이에요. 고든 대령이 총애하는 아들로 분명히 뒤를 이을 겁니다."

그 설명에 나는 의문이 들었다.

"차남이라면 장남이 있다는 거죠? 보통은 장남이 뒤를 잇지 않나요?"

"네, 장남이 있었죠. 이름은 랄프였어요."

과거형이었다.

"죽었나요?"

"아뇨, 아버지와 충돌해서 집을 뛰쳐나갔어요. 5, 6년 전의 일이지만."

 맥밀런 기자의 설명에 따르면, 랄프는 고든 가의 하녀와 신분을 초월한 사랑에 빠졌고, 아버지의 격렬한 반대에 부딪혔다. 아버지와 아들이 서로 주먹을 휘두를 정도로 심했다. 결국 아들이 하녀와 함께 집을 나갔다. 물론 동네에서는 수군거리며 말이 많았다. 그리고 후에 글래스고에서 차남 크리스톨이 형의 모습을 보았다는 이야기가 전해졌다.

 스코틀랜드의 수도는 에든버러로 1857년에는 글래스고보다 인구 면에서는 뒤쳐져 있었다. 산업혁명으로 글래스고는 폭발적으로 발전했다. 제철과 조선, 모직물 공장이 잇따라 세워지고, 노동자와 그 가족이 유입되었다. 대부분은 토지에서 쫓겨난 농민이었다. 그들은 연간 30파운드가 못 미치는 싼 급료로 하루에 14시간이나 일을 했다. 그 중에는 고든 대령의 희생자들도 많았을 것이다.

 "지금도 글래스고에 있나요?"

 "아뇨, 그곳에서도 자취를 감췄다고 합니다. 글쎄, 런던에라도 갔는지, 미국이나 캐나다에 건너갔는지, 본인만이 알겠죠."

 문득 내 옆에서 메이플도 열심히 맥밀런 기자의 말을 듣고 있는 걸 알아차렸다. 예전에 "저요, 신분이 다른 사랑에 아무런 흥미가 없어요"라는 말을 하긴 했지만, 가까이서 이런 이야기를 들으니 무관심하게 있을 수 없었던 것 같다.

맥밀런 기자는 화제를 돌렸다.

"그보다 실은 디킨스 선생님께 부탁드리고 싶은 게 있습니다."

"음, 미안한데 원고 얘기라면 좀 어렵겠는 걸. 이번 기행문은 런던의 뮤저 씨에게 넘겨주기로 되어 있소. 어쨌거나 독점계약이 되어 있어서. 여기에 감시꾼도 있고."

나를 가리키는 말이다.

"그게 아닙니다. 만약 괜찮으시면 제가 아는 분을 만나주셨으면 해서요."

"작가지망생이오?"

디킨스의 목소리에 경계의 빛이 서려 있었다. 그동안 뻔뻔한 작가지망생들 때문에 여러 가지 곤란한 일이 있었기 때문이다.

"아닙니다. 제가 아는 사람 중에 노르웨이 사람이 있는데, 올해 5월부터 이곳에 머무르고 있거든요. 본래 베르겐의 대학에서 역사와 민속학을 연구하고 있죠. 디킨스 선생님도 아실 텐데, 그 월식도 이야기……."

디킨스는 고개를 끄떡였다.

"범선이 한 척 그대로 빙산에 갇혀 있다. 더구나 여름인데 빙산은 전혀 녹을 기미가 없다. 그런 이야기 아닌가? 아무래도 오컬트 애호가나 주정뱅이의 허튼소리로 밖에는 안 들리는데……."

디킨스의 옆에서 안데르센도 연신 고개를 끄떡였다.

"네, 그 이야기를 들은 지인이 상당히 흥미를 가져서……그렇다기보다 흥분을 해서요."

말을 하면서 맥밀런 씨는 씁쓸하게 웃었다.

"꼭 월식도에 가서 빙산과 범선을 실제로 보고 싶다고 하는데……."

"고든 녀석은 출입을 허용하지 않는다는 거군."

"그보다 말조차 꺼낼 수가 없는 상황이죠. 본래 고든 대령은 신문을 싫어하기로 유명합니다만, 요즘은 특히 도를 넘어섰어요."

맥밀런의 지인이라는 노르웨이 사람은, 영국인과 결혼해 애버딘에 살고 있는 딸을 찾아왔다고 했다.

"어떻습니까, 디킨스 선생님?"

"글쎄. 폭스 호는 무사히 출항했고, 서둘러 런던으로 돌아갈 필요도 없고. 그 노르웨이 사람의 이야기나 한 번 들어볼까."

그렇게 해서 런던에서 온 우리 네 사람은 맥밀런 기자의 안내로 노르웨이인 학자를 만나게 되었다. 고든 대령의 수하에게 끌려간 노부인이 마음에 걸렸지만, 당장 어떻게 할 수도 없는 노릇이었다.

V

"에르겐 레르보르그라고 합니다."

나이는 예순 쯤 되었을까. 회색 머리를 한 지적인 풍모의 신사가 인사를 했다.

"디킨스 선생님의 명성은 북해를 넘어서 노르웨이에서도 유명하지요. 만나 뵙게 되어 영광입니다."

교수는 조금 딱딱한 느낌이었지만 정확한 영어를 구사했다.

북방통신사 애버딘 지국의 응접실은 상당히 좁았다. 의자도 네 사람 자리밖에 없었다. 디킨스, 안데르센, 메이플, 레르보르그 교수가 자리에 앉았고, 맥밀런 기자와 나는 서 있어야 했다. 심부름을 하는 조수가 부재중이랑 맥밀런 기자가 대신 커피를 준비하려고 했다. 우리는 사양했다. 마음은 고맙지만 맛없다는 걸 뻔히 아는 커피를 이렇게 비좁은 장소에서 굳이 마실 필요는 없었다.

교수가 디킨스에게 이야기를 꺼냈다.

"월식도에 표착(漂着)한 빙산과 범선에 대해서는 아시죠? 오컬트를 좋아하는 실없는 이야기라고 생각하셔도 하는 수 없지만……."

디킨스는 자신의 의견은 말하지 않고 질문을 했다.

"아직 못 보셨소?"

"고든 대령이 월식도에 상륙하는 걸 금하고 있어서 조사도 확인도 전혀 못하고 있어요."

"들었습니다. 정말 괘씸한 두꺼비 놈이죠."

디킨스가 내뱉었다. 노르웨이인 교수는 '두꺼비'라는 영어 단어를 잘 모르는 것 같았지만, 바로 씁쓸하게 웃으며 고개를 끄떡였다.

"정말이지 학자에게는 달갑지 않은 인물이에요. 그 빙산에 갇힌 건 스페인 무적함대라고 하죠. 그런데 전혀 확인할 수 없어서 답답하기가 이루 말할 수 없어요. 실물을 보면 배 이름이라도 알 수 있을 텐데……"

영국 역사는 그다지 오래되지 않았다. 의외라고 생각하는 사람도 있을 것이다. 잉글랜드 왕국과 스코틀랜드 왕국이 정식으로 합병하고 법적으로 통일된 영국연합왕국이 된 것은 1707년의 일이다. 이 글을 쓰는 지금은 1907년이기에 딱 200년 전으로, 앤 여왕이 평화롭게 다스리던 시기다.

따라서 1588년에 스페인 해군이 공격을 하려고 했던 곳은 어디까지나 잉글랜드다. 때문에 스코틀랜드는 스페인에 대해 아무런 원한도 없었다.

"그런데 그것만큼 궁금한 게 하나 더 있는데."

"뭐죠?"

"그린란드에 살았던 노르웨이인 집단이 남긴 문헌입니다."

이때 안데르센이 처음으로 입을 열었다.

"그린란드는 덴마크 땅이에요. 노르웨이 땅이 아니에요."

"물론 지금은 그렇지만, 옛날에 노르웨이 사람들이 집단으로 살았다는 것도 역사적 사실이죠."

디킨스는 이마를 탁 쳤다.

"흠, 들은 적이 있는 거 같기도 한데, 정확히는 기억이 안 나요. 그건 언제 적 이야기인가요, 레르보르그 교수님?"

안데르센을 부를 때와 달리 디킨스는 노르웨이인 노학자의 이름은 정확히 불렀다.

"서력 984년부터 15세기 중반까지, 약 500년이죠."

메이플이 어깨너머로 나를 봤다. "알고 있었어요?"라는 눈빛이었다. 유감스럽게도 나는 고개를 설레설레 저을 수밖에 없었다.

"거참, 묘하군요. 984년이라는 해는 정확하게 아는데, 끝난 게 15세기 중반이라는 건 모호한 이야기가 아니오?"

디킨스가 의문을 나타내자, 레르보르그 교수는 두어 번 고개를 끄떡였다.

"과연 디킨스 선생님이세요. 말씀하신 그대로입니다. 살기 시작한 해는 정확히 알죠. 그런데 끝난 해는 밝혀지지 않았어요."

교수가 몸을 앞으로 내밀다가 맞은편에 있던 안데르센과 무릎이 부딪혔다. 두 사람 모두 북유럽 사람답게 다리가 길었다.

"그린란드에 거주한 노르웨이 사람들은 최전성기에는 오천 명이나 되었어요. 1410년까지는 노르웨이 본국과 배가 왕래했는데, 그 후로 오랫동안 끊겼죠. 1421년에 열성적인 선교사가 상륙했을 때에는 석조 폐가가 인적 없는 황야에 수십 채 늘어서 있었을 뿐이었어요."

메이플이 살짝 몸을 떨었다. 나는 메이플의 기분을 이해했다. 멀리 북쪽 끝, 북극에서 찬바람이 불어오는 한복판에 사람이라곤 아무도 없는 집들이 늘어서 있는 광경은 죽음과 멸망 그 자체였을 것이다.

"오천 명의 생활 기반은 목축과 수렵이었습니다. 소와 양 뼈가 많이 출토되었죠. 그런데 이상하게도 생선뼈가 거의 출토되지 않은 거예요. 아시다시피, 노르웨이 사람들은 바다의 민족으로 나라 전체가 어업으로 먹고 산다고 해도 과언이 아닌데, 아무래도 그린란드에 살던 사람들은 생선을 먹지 않은 거 같습니다. 그들의 멸망 원인을 어떻게 생각하십니까, 디킨스 선생님?"

디킨스는 눈살을 찌푸리며 생각에 잠겼다. 우리 모두의 시선을 받고 마침내 입을 열었다.

"그건 상식적으로 기아와 추위로 전멸한 거겠지요. 본국과 연락이 수십 년이나 끊겨서 구원을 요청하지도 못하고, 그렇다고 도망치지도 못하고……. 하지만 노르웨이 사람들이 생선을 먹지 않는다는 건 이해할 수가 없소. 그린란드 주변의 바다는 물고기의 보고였을 텐데……."

레르보르그 교수는 소파에 앉은 채 비좁다는 듯이 몸을 비틀며 윗옷 안주머니에서 수첩을 꺼냈다.

"이건 폐허에서 발견된 노르웨이 사람의 수기 일부입니다. 아, 유감스럽게도 실물은 아니에요. 너덜너덜한 양피지에 기록된 문장을 제가 3년에 걸쳐 수첩에 옮긴 거죠. 실은 판독된 부분은 반도 안 됩니다."

레르보르그 교수는 수첩을 펴고 손끝으로 페이지를 넘겼다. 중세 노르웨이 말로 써진 문장을 영어로 번역하면서 읽어 나갔기 때문에 시간이 걸리는 건 어쩔 수 없었다.

"7월 10일…… 배는 모두 얼음에 갇혀버렸다. 우리는 이제 바다로 나갈 수 없다…… 영원히……."

교수는 수첩에서 고개를 들었다.

"이건 아마 비유 같은 게 아닐까 싶습니다, 디킨스 선생님. 아무리 그린란드라도 일 년 중에 석 달은 여름이에요. 여름인 7월에 해안에서 배가 얼음에 갇힌다는 건 생각할 수 없어요."

"몇 년도죠?"

"일과 사…… 그 뒤를 읽을 수 없는데, 15세기라는 건 확실해요. 이걸 쓴 사람은 제대로 문장을 읽을 수 있는 사람으로 성직자나 촌장…… 신분이 높은 사람이 틀림없을 겁니다. 애당초 종이가 없던 시절에 양피지도 귀했고요."

교수는 다시 수첩에 적힌 글을 읽어나갔다.

"……뭔가 있다. 뭔가 얼음 속에 있다. 움직이다. 저건 악마다. 오오, 신이시여, 만약…… 뒤를 또 읽을 수가 없어요."

내 목덜미에서 등으로 으스스한 오한 같은 것이 스쳐 지나갔다. 메이플은 어깨를 움츠렸고, 디킨스는 팔짱을 끼며 신음소리를 냈으며, 안데르센은 불안하다는 듯이 좌우를 둘러보았다. 맥밀런 기자는 낮은 소리를 내며 숨을 들이쉬었다.

교수가 계속해서 읽어나간 문장은 이전보다 길었다.

"밤에 엄청난 비명소리가 들렸다. 사람의 목소리 같지 않다. 밤새도록 우리는 한숨도 못잔 채, 난로 앞에서 공포와 추위에 떨었다. ……아침이 오고 나는 집밖으로 나가보았다. 거대한 짐승의 뼈가 여럿 굴러다닌다. 북극곰의 뼈다. ……잡아먹힌 거다, 그 악마가, 이제 곧 우리들도……."

교수가 수첩을 덮자, 잠시 숨 막힐 정도의 침묵이 이어졌다.

"북극곰을 먹이로 하는 생물……."

믿을 수 없다는 생각에 나는 중얼거렸다. 디킨스가 질문을 했다.

"그런 게 실제로 존재한다는 거요?"

"수기를 믿는다면, 그렇습니다."

"수기를 쓴 사람은 아주 진지해요. 그건 의심의 여지가 없소. 하지만 기아와 추위에 공포가 더해져서 착란 상태였을 가능성도 있을 거 같은데. 예를 들면……."

 디킨스는 갑자기 입을 다물었다. 나는 그가 하려고 했던 말을 알 것 같았다.

 '기아와 추위와 공포.' 디킨스는 이것들을 틀림없이 북극의 암흑 깊숙이 행적을 감춘 프랭클린 탐험대와 겹쳐 생각했을 것이다. 그리고 그것은 지금 그가 열중하고 있는 『얼어붙은 심해(frozen deep)』에도 그려진 요소들이다.

 "디, 디킨스 씨, 뭔가 이상한 생각을 하는 건 아니겠죠?"

 안데르센의 목소리가 상기됐다. 그는 디킨스가 "런던으로 돌아가자"고 말하기를 바라고 있었다. 그 소리를 들었는지 어쨌는지 디킨스가 큰소리로 말했다.

 "그래, 결정했어."

 "뭘 말입니까, 선생님?"

 물어보면서 이미 나는 디킨스의 대답을 예상하고 있었다. 예상은 적중했다.

 "나는 월식도에 가겠소. 따라오고 싶은 사람은 따라오시오!"

제5장

클레이모어 항에 도착하다
해변에서 가진 숙녀와의 문답

I

 디킨스라는 사람의 명예를 위해서 확실하게 짚고 넘어가야 할 점이 있다. 그는 결코 부인과 얼굴을 마주하고 싶지 않다는 이유만으로 월식도에 가겠다고 결심한 것은 아니다.
 고든 대령이 월식도에 출입금지를 내린 것은 무엇 때문인가. 거대한 빙산에 갇힌 범선의 정체는 무엇인가. 애당초 그런 기괴한 것이 정말로 존재하는가.
 그런 많은 의문과 호기심으로 인한 어쩔 수 없는 행동이었다. 약자를 짓밟고도 태연한 고든 대령에 대한 분노도 한몫했다. 단지 집으로 돌아가기 싫었다면 남해안의 휴양지에 머물면 되는 일이니까.
 우리는 레르보르그 교수의 집으로 가서 여러 가지 이야기를 들었다. 그뿐 아니라 이른 점심까지 얻어먹었다.
 "그린란드에 살았던 노르웨이 사람들은 행복하게 살았을까요?"
 메이플의 물음에 레르보르그 교수는 살짝 고개를 갸우뚱했다.
 "글쎄요, 500년이나 계속 산 걸 보면, 일단 평화롭기는 했겠죠. 단, 행복했다고 할 수 있을지는."
 "그 말씀은?"

"행복이라는 단어의 의미에 달렸지만, 그다지 자유롭지는 않았을 겁니다. 멀리 떨어진 본국, 그리고 그린란드와 같은 혹독한 기후의 땅에서 고립되어 살아가려면 그만큼 고생도 많았을 거고요."

레르보르그 교수가 자세히 가르쳐준 사실을 모두 기록하려면 너무 길어진다. 대충 요약하면, 그린란드에서 살았던 노르웨이 사람들은 살아가기 위해서 힘을 합쳐야 했다. 길고 혹독한 겨울을 견딜 수 있는 집을 짓든, 소와 양을 키워서 버터와 치즈를 얻든, 순록과 바다표범을 잡든, 혼자의 힘으로는 할 수 없다. 그래서 좋게 말하면, 모두 단결하고 힘을 합쳐서 일을 했을 것이다. 나쁘게 말하면, 개인의 자유나 희망을 인정하지 않고 윗사람의 명령에 아랫사람은 절대 복종해야만 했다.

"만약 규칙을 위반해서 마을에서 추방되기라도 하면 그땐 힘들어지죠. 밖은 눈과 얼음의 세계에요. 혼자서는 살아가지 못하고, 당장 동사하거나 아사했을 거라는 결론이 나옵니다. 교회의 힘이 강하고 성직자들은 유럽의 수입품으로 풍요롭게 살았던 거 같지만, 배가 끊기고 나서는 그러지 못했을 거고요."

다시 메이플이 물었다.

"그건 그렇고, 왜 생선을 먹지 않았을까요?"

교수의 눈이 번쩍한 것 같았다.

"아가씨, 그게 정말 의문이에요. 말고기를 먹는 건 당시 기독교에서 금기였어요. 그래서 말뼈가 출토되지 않는 이유는 알겠지만, 생선에 그런 금기는 없었거든요. 그 주변 해역은 풍요로운 어장이었습니다. 생선을 먹었다면 적어도 굶어죽지는 않았을 거예요."

그동안 아무 말도 않던 안데르센이 큰 소리를 질렀다.

"내 생각에 그 사람들은 바다에 나가는 게 무서워서 생선을 잡지 못했고, 그래서 못 먹었던 게 아닐까 싶은데요."

"바다에 나가는 게 무섭다고? 노르웨이 사람이?"

"노르웨이 사람 전부가 아니라, 그린란드에 살았던 사람들 말이에요. 북극곰을 먹는 괴물이야기가 있었잖아요. 그런 괴물이 해안을 어슬렁거려 봐요. 바다에 어떻게 나가요."

상당히 설득력 있는 의견 같았다. 디킨스와 레르보르그 교수는 말없이 고개만 끄떡였지만, 메이플과 나는 이구동성으로 칭찬을 했다. 안데르센은 꽤 만족한 모습이었다. 단, 그의 의견이 옳다고 해도 어떠한 형태의 괴물인지는 전혀 알 수 없었다.

디킨스가 입을 열었다.

"혹시 매머드 같은 동물이……."

그 당시, 매머드의 존재는 이미 알려져 있었다. 얼마 후 1872년에는 상아세공의 재료로 러시아에서 천 개가 넘는 매머드 엄니가 수입될 정도였다.

레르보르그 교수가 메이플에게 가르쳐 주었다.

"북극권의 원주민들은 매머드를 키리브파크라고 불렀던 거 같아요."

"어머, 매머드보다 멋있어요."

"그래요? 아, 나도 아가씨와 같은 의견이지만."

레르보르그 교수는 기분이 좋았다. 메이플은 지적 호기심이 강하고 질문이 정확했다. 그래서 대부분의 문화인과 지식인에게 흥미로운 이야기를 끌어낼 수 있었다.

나와 맥밀런 기자는 스코틀랜드 동북철도 안내책자를 펼쳐놓고 서둘러 여행 계획을 세웠다.

"인버네스까지는 철도가 있으니까 열차로 가죠. 아무 일 없으면 네댓 시간이면 도착합니다. 거기서부터는 마차를 타고요."

"열차는 하루에 두 번밖에 없어요. 오후 2시 반 열차를 탈 수 있을까요?"

"이제 막 정오를 지났어요. 바로 짐을 챙기면 충분해요."

곧장 인버네스로 떠나기로 결정되었을 때 디킨스가 말했다.

"그런데 고든 녀석은 여기에서는 호텔에서 지내려나?"

"고든 대령은 애버딘 시내에 저택이 있어서 그곳에서 머물 겁니다."

맥밀런 기자의 대답에 디킨스가 몸을 내밀며 물었다.

"거기가 녀석의 본거지요?"

"아뇨, 본거지는 서해안에 있습니다. 민치해협과 접한 '클레이모어 항'이라는 항구도시 외곽이죠."

고든 대령은 거기 이외에도 에든버러, 글래스고, 런던, 남해안에도 저택을 가지고 있다고 했다. 외국에는 파리와 앤드워프에도 있다고 하니 정말 대단한 인물이다.

"단지 광대한 영지를 가지고 있기만 한 게 아니라, 탄광, 철도, 모직물공장에도 투자를 하고 있으니까요."

"흠, 잘났군."

"고든 대령에게 빚을 진 귀족과 유력자들도 많이 있습니다. 그들은 고든 대령 앞에서 큰소리도 못치고 맘대로 이용당하고 있죠."

외국인들은 종종 영국의 사회계급은 빈부격차와 일치한다고 오해한다. 하지만 자본가와 실업가는 아무리 엄청난 부를 지녀도 중산층이라 불린다. 또한 격식만 높고 금전에 어려움을 겪는 상류층도 있다. 그들은 그 격식을 이용해서 빚을 지고 부호와 연을 맺는다. 특히 19세기 후반이 되면 미국 졸부와 연을 맺는 사례가 더욱 증가했다.

"이건 고든 대령 본인만이 아니라, 그 아버지 대의 이야기입니다만, 당시 조지 4세 폐하에게도 돈을 빌려줬을 정도니까요."

"우와, 정말 빚투성이 왕이었네요, 조지 4세는."

메이플이 그렇게 말하는 것도 당연하다. 조지 4세라는 사람은 별로 평판이 좋지 않은 왕이었다. 왕태자 시절, 방탕이 극에 달하여 산더미 같은 빚을 졌다. 하는 수 없이 유럽 각지에서 지참금을 지닌 신부를 찾아다니다가 상대방 재산에 눈이 멀어서 가장 싫어하는 타입의 여성과 결혼을 했다.

1821년의 어느 날, 시종이 공손하게 왕에게 아뢰었다.

"국왕폐하, 축하드립니다."

"왜 그러느냐, 무슨 좋은 소식이라도 있는 게냐?"

"그렇습니다. 폐하의 가장 큰 적이 죽었습니다."

"오오, 그렇다면 왕비가 죽었느냐!?"

"아닙니다. 세인트 헬레나 섬에 유배 갔던 나폴레옹이 죽었기에……."

"에잇, 좋다가 말았구나."

이런 이야기가 남아있을 정도로 국왕 조지 4세는 왕비 캐롤라인과 사이가 좋지 않았다. 게다가 이혼을 하려고 재판을 열어 영국 전체에 큰 소동을 일으켰을 정도다.

아무튼 이제는 출발만 하면 되는 상황이었다. 나는 역에서 여섯 명의 표를 사고, 은행에서 수표를 한 장 현금화하여 한 시 반쯤 돌아왔다. 그런데 거실에 레르보르그 교수의 모습이 보이지 않았다. 남은 네 사람은 난처한 표정이었다.

"엇, 교수님은 어디 계세요?"

"실은 계단에서 구르셨어요. 아무래도 발목이 부러진 거 같은데. 지금 2층에서 의사가 보고 계세요."

"어쩌다가……."

"운이 좋았어요."

맥밀런 기자가 말했다. 내 표정을 보더니 당황한 듯이 말을 이었다.

"아, 계단이 급경사라서 자칫하면 발이 아니라 목뼈가 부러질 뻔해했습니다. 다행히 생명에 지장은 없어서 운이 좋았다는 거죠."

맥밀런 기자가 무슨 말을 하고 싶은지는 알았지만, 당사자인 레르보르그 교수는 운이 좋았다는 생각은 전혀 하지 않을 것이다. 교수는 커다란 여행용 가방을 챙겨 가려고 맥밀런 기자의 손을 빌렸는데, 갑자기 균형을 잃고 가방을 껴안은 채 계단을 굴렀다고 한다.

의사가 모습을 드러냈다. 치료가 끝났다고 했다. 우리는 2층으로 올라가서 실의에 잠긴 레르보르그 교수를 만났다.

레르보르그 교수의 신음소리는 영어와 노르웨이어가 섞여 있어서 반 이상은 알아들을 수 없었다. 침대 옆에는 안경을 낀 서른 살 정도의 여자가 있었는데 교수의 딸이었다.

"기껏 월식도에 갈 기회가 생겼는데, 이 모양이라니. 에르겐 레르보르그 일생일대의 실수다! 죽기 전에는 절대 포기할 수 없는 일인데!"

노학자의 눈에는 원통함의 눈물이 맺혀 있었다. 정말 안 되긴 했지만 전치 한 달의 부상자와 동행할 수는 없었다.

열차 출발 시각이 다가오고 있었다.

교수의 수첩을 맥밀런 기자가 건네받고 반드시 정확한 보고를 가지고 돌아오겠다는 약속을 했다. 그리고 우리는 노르웨이의 노학자와 헤어졌다.

표를 한 장 취소하는데 약간 시간이 걸렸지만 우리는 무사히 열차에 올라탔다. 이제 다섯 명이 된 일행은 인버네스로 향했다.

II

긴 열차 여행에서 창밖의 풍경과 대화는 승객들에게 위로가 된다. 메이플은 런던에 대해서 듣고 싶어하는 맥밀런 기자를 위해서 여러 가지 이야기를 해 주었다.

1857년에 대영도서관이 생겼다는 이야기도 나왔는데, 이는 영국 최초의 도서관이자 유일한 도서관이었다. 영국에서 공공 도서관은 1880년대가 되어서야 여기저기에 설립되기 시작했다.

사실 "도서관을 만들자"는 법률안은 1850년 무렵에 이미 의회에 제출되었다. 하지만 도서관을 만드는데 반대하는 정치가들 때문에 쉽게 실현되지 못했다.

반대파의 거물은 십소프 하원의원이었다. 지금까지 내 글을 읽어온 분들이라면 기억할지도 모른다. 빅토리아 여왕의 부군 앨버트 전하에게 정부가 연금을 줄 때, 실례되는 의견을 말하며 반대한 사람들이 있다. 그 중 한 명이 십소프다. 그는 의회에서 눈을 부릅뜨고 두 팔을 높이 쳐들며 도서관 설립법안에 반대했다.

"도서관 따윈 필요 없어요! 도서관을 짓는 건 내가 허락 못합니다!"

"왜 당신은 그토록 도서관에 반대하는 겁니까, 십소프 의원?"

"왜냐고요? 난 책을 읽는 걸 싫어하기 때문입니다!"

신문에서 이 기사를 읽은 메이플은 어이없는 상황에 화를 냈다. 그러더니 국회의사당 앞을 지나갈 때 주먹을 휘두르며 소리쳤다.

"지옥에나 가라, 십소프!"

마침 지나가던 부인이 충격을 받은 나머지 쓰러지려고 했다. 나는 메이플의 손을 잡아끌고 뒤통수에 사람들의 따가운 시선을 받으면서 허둥지둥 도망쳤다.

그래도 십소프 의원은 어떤 의미에서는 공평한 남자였다. 그는 앨버트 전하의 연금과 도서관 설립만 반대한 것이 아니다. 철도건설에 반대하고, 만국박람회 개최를 반대했으며, 노동자에게 선거권을 주는 일에도 반대했다. 외국과의 무역에 반대했고 외국인이 영국에 오는 것도 반대했다. 요컨대 보수 반동의 화신으로 조금이라도 세상이 바뀌는 일에는 뭐든지 반대했다. 하지만 이렇게까지 극단적이다 보니 오히려 묘하게 인기를 얻어서 오랫동안 의원 활동을 계속했다.

맥밀런 기자가 웃으면서 말했다.

"십소프 의원은 스코틀랜드에서도 유명하죠. 하지만 도서관이 생기면 책대여점 사업에 지장이 생기지 않나요?"

"역할 분담을 하면 되요. 여하튼 독서 인구를 늘리는 게 우선이거든요."

"아하, 아가씨의 의견이 옳은 거 같네요."

그리고 정치와 역사 이야기도 나와서 인도 대반란, 그리고 아편 전쟁도 화제가 되었다.

아편 전쟁에 대한 내 생각은 글래드스턴과 전적으로 같다. 이렇게 말하니 왠지 잘난 것 같지만, 1840년 2월 글래드스턴은 의회에서 아편 전쟁의 주전파를 다음과 같이 탄핵했다.

"이 전쟁만큼 정의롭지 못한 일을 위해서 일어난 전쟁은 없습니다. 또 영국의 수치가 될 정도로 이렇게 형편없는 전쟁을 나는 그동안 본 적도 들은 적도 없습니다."

영국은 중국에 마약을 밀수했고, 그 범죄행위가 단속되자, 중국에 전쟁을 걸었다. 마약 상인 윌리엄 자딘이 외무장관 파머스턴을 부추긴 결과다. 이리하여 영국 국기는 마약 상인의 손으로 동양의 하늘에서 펄럭이게 되었다. 그야말로 부끄럽지 그지없는 일이다.

위대한 글래드스턴은 1898년에 세상을 떠났다. 진심으로 나는 기원한다. 글래드스턴의 죽음이 영국 의회정치의 죽음으로 이어지지 않도록 말이다. 십소프와 같은 의원도 한 사람이라면 정계의 광대로 끝나지만, 과반수나 된다면 영국은 멸망이다…….

잠시 뒤 포레스라는 역 이름을 보았을 때 메이플이 책벌레의 진가를 발휘했다.

"맥베스가 마녀 세 명을 만난 곳이 이 근처 황야죠?"

다른 네 사람 모두 "오호" 하며 목소리를 맞춰 감탄했다. 총명한 미소녀와 마법사 네 명의 광경이랄까.

다음에 도착한 역은 'Nairn'이라고 쓰인 역으로 '네언'이라고 읽었다. 이곳에서 인버네스&네언 철도로 갈아탔다. 드디어 '하이랜드'로 들어선 것이다. 표준 영어만이 아니라 고대 게일어가 지금도 살아있는 세계. 우리는 컴파트먼트도 없는 작은 열차에서 지붕이 없는 3등 칸 좌석에 흔들리며 몸을 맡기고 있었다. 역에서 탄 손님들의 대화는 점차 알아듣기 어려워졌다.

선로에 들어온 양을 치어서 일시 정차하긴 했지만, 오후 7시에는 인버네스에 도착했다. 역 앞에서 악사가 백파이프를 불고, 인근의 북해에서 날아온 갈매기가 네스 강의 다리 위아래에서 춤을 추고 있었다.

역 창구에서 런던의 뮤저 사장에게 전보를 쳐서 간략하게 상황을 보고했다. 호텔을 확보하고 다음 날 탈 마차를 예약하는 사이에 어느덧 해가 저물었다.

다음날, 즉 7월 2일.

예약한 사륜마차를 빌려 북서 방향으로 향했다. 여기서부터는 철도와 유선전신도 없는 땅이다. 마차는 처음에 네스 강을 따라서 상류로 올라가다가 네스 호에 맞닥뜨리자 잠시 남쪽 해안을 따라 달렸다.

1907년 현재는 타블로이드 신문 등에서 네스 호에 공룡 같은 괴생물이 있다는 소문이 떠돌고 있다. 1857년에는 그러한 이야기는 없었다. 내가 알기로 소동은 1880년 무렵부터 일어나기 시작했다. 이전에는 어느 지역에나 있는 성자 전설이 전해지고 있을 뿐이었다. 6세기 중반에 성 콜럼버스가 네스 강에서 괴물의 모습을 발견했다는 이야기가 있었다. 그때는 호수가 아니라 강에서였다.

산간 지역의 호수는 날씨 하나로 인상이 크게 바뀐다. 특히 네스 호는 7월의 태양 아래에서는 푸른 물이 가득한 가늘고 기다란 호수이지만, 일단 구름이 끼어서 어두워지면 음산하고 고요해서 마치 괴물이나 유령이라도 나올 것처럼 변했다.

인버네스 마을을 나선 것이 오전 7시. 도중에 작은 여관 겸 술집에서 점심을 먹고 오후 5시가 돼서야 목적지에 도착했다. 북극의 길고 긴 여름 하루 동안 우리 다섯 명은 마차에 몸을 싣고 계속 흔들리며 보냈다.

글자 그대로 황야의 여행이었다. 별로 높지는 않지만 험한 산들과, 수목이 아닌 관목과 이끼로 덮여 한층 황량한 인상이 강한 넓고 넓은 들판. 같은 영국 땅이라고는 생각이 들지 않을 정도였다. 하녀인 마샤가 이 광경을 보면 틀림없이 "역시 세상 끝이네요"라고 말했을 것이다.

황야를 횡단하여 서해안에 가까워지자 차츰 마을이 보이기 시작했다. 바로 '클리어모어 항'이었다. 13세기 말, 스코틀랜드 건국의 영웅 로버트 브루스 왕이 적에게 쫓겨 작은 배를 타고 도망가던 중, 애용하던 클레이모어를 해변 바닥에 꽂았다는 것에서 유래된 지명이라고 한다. 이렇게 말해서 좀 그렇지만 이름만 훌륭할 뿐 쓸쓸한 느낌의 작은 항구였다.

영국인인 내 눈으로도 스코틀랜드 북서쪽의 해안과 섬들은 신비와 환상으로 채색되어 있었다. 상식과 과학에 반하는 일이 발생해도 이상할 게 없다는 느낌이었다.

바로 얼마 전에도 기괴한 사건이 일어났다. 기억하는 분들도 많을 텐데 내가 이 글을 쓰기 7년 전의 일이다.

1900년 12월, 헤브리디스 제도보다 더 서쪽에 위치한 작은 섬, 아이린 모어 섬에서 세 사람의 등대지기가 홀연히 자취를 감췄다. 등대에 불이 들어오지 않았고, 이변을 알아차린 것은 12월 15일. 그 뒤, 거친 날씨가 계속되어 배를 띄우지 못했다. 이윽고 조사대가 섬에 상륙한 것은 12월 26일. 등대 내부는 모두 깨끗하게 정돈되어 있었는데, 등대지기의 업무 일지는 15일이 마지막이었다. 없어진 물건은 작업용 방수복 두 벌뿐이었다. 겨울의 높은 파도에 휩쓸린 걸까. 하지만 15일 당일은 바다도 고요했다. 그리고 세 명이 동시에 행동하지 않는 것은 등대지기의 철칙이었다. 도대체 그들의 신상에 무슨 일이 일어난 걸까. 지금도 밝혀지지 않고 있다…….

Ⅲ

항구가 내려다보이는 언덕 위에 거대한 저택이 시커멓게 떡 버티고 서 있었다. 저택이라기보다 성이라고 부르는 게 맞을 듯싶다. 하늘은 어둡고 땅과 바다 위를 회색빛의 짙은 안개가 소용돌이치며 흘러갔다. 어쩐지 이 세상 같지 않은 암울한 분위기였다. 안개 때문에 보였다 안 보였다 하는 저택을 메이플이 가리켰다.

"혹시 저게 고든 대령의 본거지예요?"
"네, 본래는 스코틀랜드의 구 왕가의 별궁이었다는 말도 있죠. 이 주변은 아무리 작은 성도 그럴 듯한 전설이 있어요."

"지금 고든 녀석은 저 성에 있으려나?"

"글쎄요, 어떨까요. 바쁘신 몸이라서요."

디킨스의 말에 비아냥거리듯이 대답하고, 맥밀런 기자는 코트 깃을 세웠다. 어부의 아내인지, 농부의 아내인지, 가난해 보이는 여자 세 명이 외부인에게 수상한 시선을 보냈다. 지나친 뒤에도 굳이 돌아보며 조용히 서로 속삭였다.

"배타적인 곳입니다. 신경 쓰지 마세요."

여자들과 반대방향으로 해안을 따라 걸어가면서 맥밀런 기자는 바다 쪽을 가리켰다.

"이 앞바다에 월식도가 있죠."

"아무 것도 안 보이잖아요."

안데르센이 투덜거리자 맥밀런 기자는 쓴 웃음을 지었다.

"구름이 낮게 깔려서요. 반 마일인가, 그 정도 거리인데, 날이 맑으면 눈앞에 섬이 보이죠."

"얼마나 걸리오?"

디킨스가 물었다.

"배로 가면, 바람과 조류의 영향을 받아도, 30분도 안 걸리죠. 하지만 당당하게 배를 출발시키면 고든 일당에게 발각될 위험이 있죠. 멀리 돌아가는 게 좋을 겁니다."

"그 빙산과 범선 말인데, 날씨가 맑아도 여기 해안에서는 안 보이는 거 아니오?"

"그렇습니다, 디킨스 선생님. 섬의 북서해안이라서 정반대편이 됩니다."

"북극에서 똑바로 흘러오면 그렇게 되겠구먼."

연신 고개를 끄떡이는 디킨스의 옆에서 메이플이 물었다.

"섬사람들은 어떻게 살아요? 어업에 종사하나요?"

"본래는 어업이지만, 어선이 낡아도 새로 살 수가 없는 가난한 사람들이지요. 해초를 채집하는 게 중요 산업으로……"

"해초요?"

나는 깜짝 놀랐다. 동양 사람들은 해초를 먹는 식습관이 있다고 하지만, 스코틀랜드 북서부 주민들도 그런 걸까.

"먹는 건 아니고요. 유리 원료로 공장에 팔죠."

"뭐? 해초가 유리 원료가 된다고? 처음 듣는 소린데."

디킨스의 눈이 휘둥그레졌다.

"모든 해초가 그런지는 모르지만, 이 주변에서 채집하는 해초는 유리와 타일, 그리고 비누 등의 재료가 되죠. 화로에서 해초를 태워 재를 만들고, 그 재에 약품을 넣어서 만듭니다."

"오호."

"전에는 해초만 채집해도 백 명의 섬 주민들이 어떻게든 살아갈 수 있었는데."

"지금은 다르다는 건가. 더 이상 해초가 없는 거요?"

"아뇨."

"설마, 또 고든 대령 놈이 무슨 짓을?"

맥밀런 기자가 고개를 끄떡였다.

"네, 고든 대령이 섬 주민들이 해초를 채집하는 걸 금지했거든요."

메이플이 어이없어 하는 소리를 냈다.

"해초는 땅 위가 아니라 바다 속에 있는 거잖아요. 바다 속까지 땅 주인의 지배권이 있는 거예요?"

"고든 대령과 그의 토지관리인은 그렇게 생각하죠. 법률로는 거기까지 규정되어 있지 않지만, 어차피 이 주변의 법률가는 고든 대령의 말을 거스를 수 없어요."

디킨스는 화가 치민 나머지 지팡이로 돌바닥을 격하게 찧었다.

"악랄한 주인에게는 악랄한 부하가 있는 법이지. 그 토지관리인의 이름은 뭐요?"

"한 사람이 아닙니다. 땅이 100에이커나 되니까요. 그리고 고든 대령은 부하 한 명에게 권한을 집중시키는 걸 좋아하지 않거든요."

디킨스의 신음소리를 들으면서, 나는 현실적인 질문을 했다.

"그런데 맥밀런 씨, 이 마을에 묵을 만한 곳은 있어요? 아침을 같이 주는 민박이어도 괜찮은데."

제대로 된 호텔은 구하지 못하더라도, 침대와 청결한 시트 정도는 어떻게든 확보하고 싶었다.

"작은 여관 겸 술집 정도는 있을 거예요."

"게일어밖에 못하면 곤란해요. 영어가 통하면 좋겠는데."

"그러면 일단 찾아보죠."

디킨스와 안데르센을 메이플에게 부탁하고, 나와 맥밀런 기자는 작은 마을을 돌아다니면서 숙소를 찾았다. 여행을 하고 있으니 당연한 일이지만, 그래도 매일 숙소만 찾고 있는 기분이 들었다.

월식도에 상륙을 했다가 무사히 돌아올 수 있을까.

다시 말해, 내가 문학자의 지옥에 떨어져서 영겁의 불길에 태워질 수 있다. 그런 상상을 하자 우울해졌다.

내가 현명한 사람이라면 디킨스와 안데르센을 설득해서 월식도에 상륙하는 일을 단념시켰어야 했다. 하지만 나는 그러지 않았다. 그 두 사람을 단념시킨다는 것은 불가능한 일이다. 며칠 동안 같이 지내면서 뼈저리게 깨달은 일이었다.

간판을 보면서 숙소를 찾아 세 집 정도 돌아다녔다. 주인과의 교섭은 내가 영어로 했고, 중요한 부분에서는 맥밀런 기자가 게일어를 사용했다. 세 번째 '붉은 갈까마귀 여관'에서 방 두 개를 확보할 수 있었다. 맥밀런 기자는 "저는 로비의 소파를 빌릴 게요"라고 말했다. 주인장은 유난히 표정의 변화가 많은 사내로, 자꾸만 우리의 얼굴을 살폈다. 신경이 쓰이기는 했지만 그렇다고 설마 도적과 한 패는 아닐 것이다.

본래 장소로 돌아가서 디킨스와 나머지 사람들을 데리고 함께 숙소로 돌아왔다.

"니담 씨, 먼저 이틀 분 요금을 지불해요. 짐도 맡겨야 하니까."

디킨스의 지시로 나는 주인과 협상을 하여 방 두 개와 로비의 소파 대여료, 거기에 식사비까지 합쳐서 1파운드 5실링을 지불했다. 메이플과 내 방에 짐을 들여 놓고, 나는 줄곧 생각하던 일을 조카 메이플에게 말했다.

"메이플, 너까지 월식도에 갈 거 없어. 너무 위험해. 이곳에서 짐을 지키면서 우리가 돌아오는 걸 기다리렴."

"싫어요."

"메이플!"

"죄송해요, 삼촌. 하지만 여기라고 안전하다는 보장은 없어요. 고든 대령의 영지잖아요. 디킨스 선생님처럼 유명한 사람이라면 몰라도 저 같은 여자애한테 망설일 게 뭐가 있겠어요. 제가 혼자서 여기 있다가 인질이라도 되면 어떡해요?"

거기까지는 미처 생각하지 못했다. 하긴 디킨스가 함께 있는 편이 더 안전할 것이다. 고든 대령은 디킨스에게 무례하게 굴긴 했지만, 해를 입히는 일은 아무래도 주저할 것이다. 또 고든 대령의 권세가 아무리 강하다고 해도, 어디까지나 스코틀랜드 북서부 지역에 한정되어 있다. 하지만 디킨스는 다르다. 여왕폐하에서 가난한 노동자까지 디킨스의 이름을 알고 있다. 런던 경시청의 간부와 국회의원들과도 알고 지낸다. 고든 대령이 디킨스에게 해를 입히고, 그 사실이 런던에 알려지면 영국 전체가 시끄러워질 것이다.

게다가 안데르센도 있다. 고든 대령이 동화를 읽을 리 만무하고, 영국에서는 안데르센의 이름이 디킨스만큼 알려져 있지는 않다. 하지만 국제적인 지명도에서 안데르센은 디킨스 못지않다.

안데르센은 덴마크 왕실에서 연금을 받는 문화인이며, 거기다 영국과 덴마크는 왕실 사이에 깊은 관계를 맺고 있다.

고든 대령이 디킨스나 안데르센에게 해를 끼치면 국제문제가 된다. 고든 대령이 그 사실을 깨닫지 못할 정도로 어리석다면 알게 해주면 된다. 만약의 사태가 발생해서 내가 문학자의 지옥에 떨어져 영겁의 불길에서 불타게 된다면, 그때는 고든 대령을 함께 데리고 가리라.

적다보니 길어졌지만, 실제로는 3초 정도에 나는 모든 계산을 끝냈다. 메이플에게 잘난 척 고개를 끄떡였다.

"그래, 메이플. 함께 가자."

"그래도 되요, 삼촌?"

"하지만 위험한 짓을 해서는 안 된다. 알았지?"

"네, 알았어요."

여기까지 와서 '위험한 짓은 안 한다'고 할 것도 없지만, 그때 나에게는 더 이상의 지혜가 나오지 않았다. 애당초 런던에 있을 때 디킨스가 고든 대령과 '대결'한다는 사실을 알고 있었다면, 메이플과 동행하는 일은 없었을 것이다. 하지만 이제와 말해 무엇 하겠는가.

숙소 밖으로 나와 바닷물과 물고기 냄새가 싸늘하게 감도는 항구 근처를 걸어가면서 맥밀런 기자가 설명했다.

"이 근처는 오래된 씨족의 유력자가 많죠. 고든 가는 별도로 하고 저쪽 섬에는 맥로드 가, 이쪽은 맥도널드 가, 맥닐 가와 맥린 가와 맥드넬 가, 맥아스킬 가……."

"온통 맥이네요."

"그렇습니다, 안데르센 선생님."

"그런데 맥밀런 가는 어디 근처예요?"

"유감이지만, 이 근방에는 없어요."

성의 처음에 '맥'이 붙는 것은 켈트 계 가문이고, 고든은 노르만 계의 성이라고 한다.

"어, 배가 나가요. 어선이 아닌데요."

안데르센이 굵고 기다란 손가락으로 앞을 가리켰다. 분명히 하얗게 칠한 작은 배가 오래되고 초라한 부두를 벗어나고 있었다. 형식적인 지붕 밑에 일고여덟 명의 사람 그림자가 보였다. 그 중에 한 사람, 머리에 스카프를 두른 노부인의 모습은 어쩐지 낯이 익었다.

Ⅳ

디킨스가 의외라는 듯이 중얼거렸다.

"뭐야, 카라부 공주잖아."

분명히 카라부 공주, 즉 메리 베이커였다. 우리를 못 봤는지 배가 나아가는 방향을 바라보고 있었다. 그 옆얼굴이 아주 쓸쓸해 보였다.

메이플도 나와 같은 느낌을 받은 것 같았다.

"베이커 씨는 가족과 집도 없죠."

"그래. 그런데 어딜 가는 거지?"

메리 베이커가 탄 배는 해협을 회색으로 막아버린 짙은 안개의 한 가운데로 들어가는 것처럼 보였다.

오른쪽에서 왼쪽으로, 즉 북에서 남으로 강한 바람이 지나갔다. 모자를 누르는 우리 눈앞으로 순식간에 짙은 안개가 흘러갔다. 상공은 아직 어두컴컴했다. 하지만 땅과 바다 위에는 시야가 열려서 시커멓고 차가운 물을 품은 해협 너머로 섬이 보였다. 가까운 거리였다. 우뚝 솟은 절벽에 부서지는 파도도 또렷하게 보였다.

갑자기 안데르센은 기운을 차렸다.

"뭐야, 생각보다 가깝네요. 헤엄쳐서도 건널 거 같은데요."

"안데르센 선생님, 수영 할 줄 아세요?"

"못하는데, 단지 헤엄쳐서도 갈 수 있을 것 같다는 거죠. 이런 데에 오래 있는 건 싫고, 얼른 섬을 건너는 게 현명할 것 같아요."

현명한지는 모르겠지만, 하긴 이런 곳에 오래 있을 필요도 없었다.

"그렇네요, 어두워지면 바다를 건너는 것도 위험해지고, 최대한 빨리 건너가죠."

메이플이 씩씩하게 말했다.

"월식도는 꽤 큰 섬이네요."

"적당히 크죠. 면적이 5천 에이커 정도, 주위가 15마일 정도는 될 거예요. 인구도 백 명 정도는…… 몇 년 전부터 고든 대령이 모든 주민을 쫓아내려고 하고 있지만요."

5천 에이커라고 해도 고든 대령의 영지 전체로 볼 때 200분의 1밖에 안 된다. 면적은 그렇다 치고 아주 풍요로운 토양으로는 보이지 않았다. 나와 같은 생각을 했는지 디킨스가 물었다.

"고든 대령은 월식도를 어디에 쓰려는 거요?"

"죄수들의 유형지로 쓸 생각입니다."

"유형지?"

"네, 만 명의 범죄자와 부랑자, 창부를 섬에 집어넣으려고 하는 거예요. 살든 죽든 맘대로 하라는 거죠."

"말도 안 돼. 저 섬의 인구는 지금도 백 명 정도 밖에 없지 않소. 만 명이나 되는 사람들이 저 섬에서 어떻게 살아간다는 거요?"

"그래서 말이죠."

맥밀런 기자의 목소리에는 나도 모르게 그의 얼굴을 쳐다보게 만드는 울림이 있었다.

"저 섬에 내던져진 만 명은 굶주림과 추위로 죽어가겠죠. 겨울 한 철 지나면 살아있는 사람은 아무도 없을 거예요. 그러면 다시 만 명 정도를 보내는 거죠."

"……."

"그걸 열 번쯤 반복하면 영국 전체에서 범죄자와 부랑자, 창부가 사라지게 되요. 사회는 정화되고 영국인은 한층 우수한 민족이 된다는 거예요."

"도저히 제 정신 같지 않구먼."

디킨스는 지팡이를 든 채 모자를 벗어 왼쪽 옆구리에 끼고, 오른 손으로 머리를 헝클었다. 나도 동감이다. 고든 대령은 제정신이 아닌 게 분명하다.

그때 문득 한 가지 생각이 떠올랐다.

"맥밀런 씨, 고든 대령은 그러한 죄인들 속에 자신에게 뭔가 불리한 인물을 몰래 섞어서 한꺼번에 처리하려는 가능성은 없을까요?"

"고든 대령, 이요?"

맥밀런 기자는 잠시 생각했다.

"글쎄, 그러지는 않을 겁니다. 이미 아시겠지만, 고든 대령은 다른 사람을 합법적으로 파멸시킬 수 있는 사람이에요. 런던에서는 모르겠지만, 여기에서는요. 비밀로 할 필요가 없어요."

"아아, 싫다, 싫어. 무서운 이야기야."

안데르센이 몸을 부르르 떨면서 위 근처를 문질렀다. 나는 고든 대령과 같은 영국인이라는 게 부끄러워 덴마크의 위대한 동화 작가에게 아무 말도 하지 못했다.

"하지만 고든 대령의 생각처럼 안 된 일들도 있을 거 아니에요? 예를 들면, 대령의 장남일이라든가. 하녀와 연애해서 대령이 격렬하게 화를 냈다는데, 그건 얼마나 알려진 일일까요?"

메이플의 말에 맥밀런 기자는 고개를 갸우뚱했다.

"어, 메이플은 신분을 초월한 사랑에 관심이 없던 거 아니었나?"

내가 놀라자 메이플은 자못 진지한 표정으로 대답했다.

"맞아요, 개인적으로는 그래요. 하지만 삼촌, 사랑은 여성 독자들에게 영원한 테마예요. 문학으로 승화되면 『폭풍의 언덕』이나 『제인 에어』가 되고요."

"음, 브론테 자매라."

하긴 『폭풍의 언덕』과 『제인 에어』 모두 신분을 초월한 사랑 이야기이다. 단지 『제인 에어』는 간행되었을 때부터 호평을 받은 작품이지만, 『폭풍의 언덕』은 그렇지 못했다. 참담하다느니 미숙하다느니 감정적이라서 천하다는 혹평을 들었다. 그러다가 19세기도 거의 끝나갈 무렵 걸작으로 인정받게 되었다. 이 작품을 가게에 놓자고 메이플은 상당히 끈질기게 뮤저 사장을 설득했다……

"어, 싸움이라도 났나."

안데르센이 걸음을 멈췄다. 해협에 접한 광장 같은 곳에 사람들이 삼사십 명 모여 있었다. 이 작은 마을에서는 대군중이라고 할 수 있을지도 모른다. 몽둥이를 든 사내들은 모두 여섯 명으로 옷차림이 초라했다. 그들은 청년 한 명을 둘러싸고 뭐라고 고함을 지르고 있었다.

그 청년을 보고 나는 깜짝 놀랐다. 고든 대령의 차남이 아닌가.

"맥밀런 씨, 저 사람은 크리스톨 고든 같은데, 아닌가요?"

"그렇군요."

맥밀런 기자의 대답은 간단했다.

"저는 월식도로 가줄 배를 찾아오겠습니다. 잠시 기다려주시죠."

맥밀런 기자는 빠른 걸음으로 사라졌고, 우리는 앞의 광경에 온통 정신이 빠져 있었다.

크리스톨 고든은 모자와 윗옷을 시종 같은 사내에게 맡겼다. 상반신은 실크 셔츠에 조끼차림이었고, 손에는 검을 들고 있었다. 가늘고 쭉 곧은 칼날, 그리고 네 개의 철봉을 곡선으로 만든 날밑으로 보아 프랑스군의 흉갑기병이 사용하는 검 같았다.

사내들은 계속해서 그를 비난하는 것처럼 보였지만, 게일어를 사용하는지 우리는 전혀 상황파악을 할 수 없었다. 메이플이 속삭였다.

"삼촌, 6대 1이에요."

"그런 거 같구나."

"내버려두실 거예요?"

내 대답에 따라서 자기가 막대기라도 들고 뛰쳐나갈 것 같은 기세였다. 씁쓸하게 웃으며 나는 지나치게 용감한 메이플을 제지했다.

"정말 위험해지면 나가야겠지만, 그럴 필요는 없을 것 같구나. 고든 가의 도련님은 검을 들고 있고, 시종은 아무래도 총을 들고 있는 것 같은데."

"어머……."

"그리고 저 여유만만한 태도를 보려무나. 공포나 불안이 눈곱만치도 없어. 한 번 상황을 지켜보자."

크리스톨은 금발을 산들바람에 휘날리면서 대적할 사내들을 둘러보았다. 단정한 입가에는 조소가 역력히 배어 있었다. 그 모습에 사내 여섯 명이 오히려 압도된 것 같았다.

갑자기 누군가가 움직였다. 크리스톨은 경쾌한 걸음걸이로 돌바닥 위를 전진했다. 정면에 있는 사내가 반사적으로 몽둥이를 고쳐 쥐었다. 아니, 고쳐 쥐기 바로 직전에 크리스톨의 검이 은색 뱀으로 변하여 공중을 날았다.

"으악!"

비명소리가 울렸다.

사내의 오른 쪽 팔꿈치에서 피가 용솟음쳤다. 풍경 전체가 창백한 회색빛깔 속에 잠긴 가운데, 공중에 흩날린 피가 아주 강렬하게 붉은 빛을 띠었다.

사내가 몽둥이를 내던지고 피를 내뿜는 오른쪽 팔꿈치를 왼손으로 눌렀다. 이어서 크리스톨은 날렵하게 몸을 돌렸고, 뒤에서 몽둥이를 높이 쳐들고 돌진하는 빨간 머리의 사내는, 크리스톨이 내민 검 끝에 스스로 몸을 부딪치는 꼴이 되었다. 검 끝이 사내의 오른쪽 가슴을 2인치 정도 파고들었다.

두 번째 비명 소리가 울렸다.

재빠르게 빼낸 검은 가느다란 피의 꼬리를 공중에 그리면서 주인과 함께 반대 방향으로 움직였다. 그와 함께 세 번째 사내의 왼쪽 귀가 절반쯤 무참히 잘려나갔다.

나머지는 일일이 적을 수도 없다. 약 3분 동안, 나는 크리스톨 고든의 화려한 검 춤을 실컷 구경했다. 관람료를 내지 않은 걸 다행으로 여겨야 할 것 같았다. 크리스톨이 검의 달인이라는 사실은 의심의 여지가 없었다.

크리스톨을 습격한 사내들은 순식간에 모두 부상을 입었지만 그래도 검 춤은 끝나지 않았다. 크리스톨은 아름다운 얼굴에 미소를 띤 채, 사내들의 팔을 베고, 다리와 어깨를 찌르며, 돌바닥에 뚝뚝 떨어지는 피를 부츠로 짓밟으면서 즐겁다는 듯이 검을 휘둘렀다.

그때 누군가 앞으로 뛰쳐나왔다. 말릴 틈도 없었다. 디킨스는 아니었다. 두 팔을 벌리고 외친 사람은 메이플이었다.

"이제 그만하세요! 승부는 이미 끝났잖아요."

크리스톨은 메이플을 바라보았다. 그리고 다쳐서 피를 흘리며 신음하는 사내들에게 눈길도 주지 않은 채 경쾌하게 웃었다.

"좋아, 그대가 그렇게 말한다면 녀석들을 해방시켜주지."

지나칠 정도로 친한 말투였다. 이 시대, 아니, 지금도 마찬가지지만, 상류사회의 남녀는 모두 어처구니없을 정도로 정중한 말투를 써야 한다. 하지만 메이플에게는 그럴 필요를 못 느끼는 것 같았다.

그리고 사람들이 움직이기 시작했다. 크리스톨 고든은 시종 같은 남자를 불러서 검을 건네고, 옷매무새를 정리했다. 여섯 명의 사내는 피투성이가 된 나약한 모습으로 군중 속으로 섞여 사라졌다. 이 작은 항구 마을에는 역시나 경관이 없는지, 끝까지 모습을 드러내지 않았다.

"자, 그럼 가련하고 미련한 놈들은 사라졌고……."

크리스톨은 부츠 바닥을 돌바닥에 문질렀다. 아마 피를 닦으려는 것 같았다.

"아직 구경꾼들이 있는 거 같군. 아무래도 애버딘의 거리에서 우리 아버지와 우호적인 대화를 나눈 분들 같은데."

메이플과 그 양옆에 서있는 디킨스, 안데르센, 그리고 나를 둘러보며 말을 이었다.

"이런 변두리까지 먼 걸음 한 건, 우리 아버지에게 무슨 볼일이 있어서겠지."

디킨스는 신음소리를 냈다. 어떻게 대답을 할지 판단이 서지 않는 모양이었다. 크리스톨은 유쾌하다는 듯이 계속 말을 이어갔다.

"만약 그렇다면 내가 아버지께 말씀 드릴 수도 있는데. 그러면 시간도 절약 될 테고."

"그러면 고맙죠."

"단 조건이 있어."

이건 예상했던 상황이었다. 단, 그 내용은 예상하지 못했다. 크리스톨 고든이 오른 손을 들고 메이플을 가리켰다.

"이 애와 이야기를 하고 싶어."

V

메이플은 크리스톨 고든의 제안을 승낙했다. 디킨스, 안데르센, 그리고 나, 이렇게 세 사람은 자리를 비켜주었다. 그렇다고 해도 오십 보쯤 떨어져 있었기 때문에 메이플과 크리스톨 고든의 모습은 한눈에 들어왔다. 단지 대화 소리만 잘 들리지 않았다. 따라서 지금부터 적는 두 사람의 대화는 메이플의 증언을 바탕으로 후에 재구성한 것이다.

"당신 이름은? 아가씨."

"메이플 콘웨이에요. 만약을 위해서 확인하는데, 당신은 크리스톨 고든이죠?"

"그래. 당신과 함께 있는 수염을 기른 사람이 디킨스?"

"네, 그 분이 디킨스 선생님이에요."

"나머지 두 사람은?"

"젊은 사람이 저의 삼촌이시고, 다른 분은 안데르센 선생님이에요."

"어디서 들어본 적이 있는 거 같은데."

크리스톨은 더 이상 관심이 없는 것 같았다.

"그런데, 역시 그렇군, 디킨스란 작자는 평판대로야."

디킨스의 재능과 업적에 관한 이야기가 아니었다.

"디킨스는 가난한 집 출신으로 언동이 천하고, 옷 입는 센스도 영 아니다. 그렇게 들었는데 역시 맞는 말이었어. 자수가 놓인 셔츠에 공단 조끼라니. 마치 서커스 단장 같은……."

"디킨스 선생님을 험담하지 말아요. 펜 하나로 수백만 명의 독자들에게 기쁨을 주는 위대한 분이세요."

메이플은 고든 가 도련님의 혀를 단호하게 봉했다.

"1대 6으로 용감하게 싸운 건 훌륭하지만, 그렇게 자신의 실력을 과시할 건 없잖아요. 당신이 그 사람들을 치료해 준다면, 더 훌륭하다는 생각이 들 거 같은데. 어때요?"

크리스톨은 입가에 우아한 미소를 지었다.

"재미있는 소리를 하는 아가씨군. 마음에 들었어."

크리스톨은 아무렇지 않게 손을 뻗어서 메이플의 머리를 만지려고 했다. 그녀도 아무렇지 않게 반걸음 뒤로 물러나며 무례한 손을 피했다.

"저 녀석들, 빚도 못 갚으면서 오히려 아버지에게 앙심을 품고 있단 말이야. 치료해 줄 필요 없어. 그보다, 어때, 콘웨이 양, 내 애인이 되지 않겠어?"

"농담 마세요."

"농담이 아니야. 나는 당신이 마음에 들었어. 하지만 유감스럽게도 정식 아내로 해줄 수는 없어. 나한테 신분을 초월한 사랑은 가벼운 이야깃거리나 추억으로 끝나지만, 신분 차이가 나는 결혼은 사회질서에 대한 도전이니까."

사파이어 빛의 눈동자가 메이플을 응시했다.

"그래서 애인밖에 해줄 수가 없지. 하지만 보수는 충분히 줄게. 아니, 실컷 사치할 수도 있어. 당신은 이제 일할 필요가 없는 거야."

"이를 어쩌죠. 저는 일을 하고 싶어요."

"안 돼, 메이플. 당신은 손을 더럽히며 일해선 안 돼. 근사한 드레스를 입고 무도회에 나가는 거야. 앳된 숙녀로서 신사들의 찬사를 받아야 해."

메이플은 혼자 신이 나서 떠드는 도련님의 기분을 맞춰서 자신의 편으로 만드는 게 낫다고 생각했다. 물론 머리로는 분명히 그렇게 생각했다. 하지만 1초마다 그 생각이 사라졌다. 크리스톨이 조금이라도 기뻐할 일은 하고 싶지 않았다.

"그러니까, 저는 숙녀가 아니라고요."

"자포자기하면 안 돼, 메이플 콘웨이. 아직 늦지 않았어. 당장 일을 그만두고 숙녀의 인생을 사는 거야."

이 시점에서 메이플의 인내는 한계에 달했다. 뺨을 한 대 갈겨줄까, 아니면 발로 차버릴까. 그런 생각을 하다가 문득 생각난 것이 있어서 물어보았다.

"당신은 그렇게 일하는 여자가 싫어요?"

"그 표현은 잘못됐어. 일하는 여자는 나에게 여자가 아니야."

메이플은 간신히 자신을 억누르면서 중요한 정보를 얻으려고 했다.

"듣자하니, 당신 형님은 당신과 많이 다른가 봐요."

"난 형이 없어."

"있었잖아요."

크리스톨의 기다란 속눈썹이 꿈틀했다.

"아버지의 장남이라면 있었지. 나는, 그런 녀석, 형으로 인정 못해."

"그렇군요. 그래서 당신 아버지의 장남은 어떤 여자와 사랑하게 됐어요?"

"하녀야."

"이름은요?"

메이플의 물음에 크리스톨은 입술의 한쪽 끝을 끌어올렸다.

"하녀는 하녀야. 이름 같은 건 필요 없어. 1호, 2호, 3호라는 식으로 부르면 충분하다고."

돌바닥이 쿵 울렸다. 메이플이 있는 힘껏 발을 구른 것이다.

"지금 당장 제 앞에서 사라져요, 크리스톨 고든. 그렇지 않으면, 당신의 자만에 빠진 근본을 뿌리부터 완전히 뜯어고쳐 버릴 테니까!"

발길을 돌린 것은 메이플이 먼저였다.

"갈수록 마음에 들었어, 메이플 콘웨이. 나는 말이든, 개든, 사람이든, 한 성질 하는 걸 아주 좋아하지, 길들이는 재미가 있으니까."

남자가 그런 말을 하면 기뻐하는 여자도 있겠지만, 메이플은 아니었다. 돌아보지도 않고 씩씩거리며 우리에게 돌아와서 크게 숨을 들이켰다가 내쉬었다.

"삼촌, 엄청나게 독한 스카치위스키 있어요?"

"뭐하려고?"

"귀를 소독하려고요. 19세기에 최악의 말을 실컷 들었거든요. 아아, 불쾌해!"

"새로운 방법이긴 한데, 귀에는 안 좋을 거야."

이야기를 들어보니, 메이플이 화가 난 건 당연했다. 하지만 크리스톨 고든이 월식도에 데리고 가줄 가능성도 없어졌다. 디킨스도 생각에 잠긴 모습이었다.

크리스톨 고든은 시종을 거느리고, 우리를 힐끔 보더니 발길을 돌렸다.

"그 사람들, 크리스톨 고든한테 다쳤는데, 앞으로 어떡할까요?"

"집단으로 무기를 들고 한 명을 습격했잖아. 변명할 말은 있겠지만, 크리스톨 고든이 증언하면 옥살이를 피할 수 없지."

"다친 건, 그 사람들인데."

"그건 결과란다. 여섯 명이 한 명을 해치려고 한 점에서는 변명의 여지가 없어."

메이플을 타이르긴 했지만, 나도 진심은 아니었다. 크리스톨 고든의 행동은 분명히 지나쳤다. 한 마리의 거대한 고양이가 여섯 마리의 쥐를 가지고 논 것과 같다.

메이플을 화나게 한 크리스톨 고든의 여성관도 나는 마음에 들지 않았다. 하지만 이 시대, 상류계급의 남자가 신분이

다른 여성과 벌이는 정사는 코웃음 치며 넘겨버린다. 하지만 정식 결혼이라도 바란다면, 엄청난 비난과 타격을 받게 되고 사교계에서 추방되며 가족과도 연을 끊을 각오를 해야 했다.

크리스톨의 형 랄프 고든은 어떠한 인물이었을까. 그런 생각을 하는데 메이플이 소리를 질렀다.

"맥밀런 씨에요."

맥밀런 기자는 어부로 보이는 붉은 머리의 중년 남자를 데리고 돌아왔다.

"이 남자가 월식도에 데려다 준답니다."

디킨스가 살짝 고개를 갸웃했다.

"잘된 일인데, 도대체 어떻게 설득을 한 거요? 이 사람은 고든을 무서워하지 않는 건가?"

"1기니 금화의 위력은 엄청나죠."

디킨스는 손끝으로 수염을 잡았다.

나는 어부를 보았다. 놀랍게도 얼굴이 창백해져서 떨고 있었다. 바들바들 떨면서 최대한 맥밀런 기자의 얼굴을 보지 않으려고 하고 있었다.

맥밀런 기자는 어부를 호되게 협박이라도 한 걸까. 그렇게 나는 의심했다. 어부는 다친 것 같지는 않았지만 벌벌 떨고 있었다.

그때 내 마음에 무언가가 걸렸다. 가시처럼 강하지도 않고 날카롭지도 않았지만, 시큼한 와인을 마신 것처럼 이상한 감촉이 남았다. 그 정체를 채 밝히기도 전에 맥밀런 기자가 재촉했다.

"자, 가시죠. 우물쭈물하다가 고든 대령의 수하들이 방해할 거예요."

그 말에 디킨스와 안데르센은 벌써 앞장서서 가고 있었다. 메이플이 내 손을 끌어서 나도 걷기 시작했다.

바다와 생선 냄새가 밴 어선은 폭 6피트, 길이 25피트쯤 되었는데 배라기보다는 보트에 가까웠다. 하지만 낡은 돛에 바람을 받으며 의외로 부드럽게 해안을 출발했다.

뱃전에서 손을 뻗어서 바다를 만져 보았다. 놀라울 정도로 차가웠다. 바다에 빠지면 익사하기 전에 동사할 것 같았다. 공기도 차가웠다. 7월인데도 해가 지면, 뱉어내는 숨에서 입김이 하얗게 나왔다.

어선은 월식도를 왼쪽으로 돌았다. 섬에 모래사장 같은 것은 보이지 않았고, 검은 절벽이 계속 이어져 있었다. 절벽 높이는 거의 50피트나 됐다. 어디까지나 불모지대로 불길한 분위기가 풍겼다.

"어머, 저건 뭐죠?"

메이플이 한 곳을 가리켰다. 절벽 밑 회색 바다에 무수히 많은 크고 작은 바위가 얼굴을 내밀고 파도에 씻기고 있었다.

그곳에는 검은 털을 가진 동물이 있었다. 사람 아이 정도 되는 크기로 백 마리쯤 되어보였다. 파도소리 사이사이에 들리는 슬픈 소리는 그들의 울음소리 같았다.

"바다표범이에요."

맥밀런 기자의 말에 메이플이 조그맣게 탄성을 질렀다.

"바다표범? 저, 바다표범 처음 봐요. 삼촌은요?"

"나도 처음 봐."

여름이라고는 하지만 하늘은 어둡고, 수평선상에 검은 구름이 드리워져 있었다. 게다가 차가운 북풍이 해안에 불고 있었다. 악마가 씹다가 뱉어낸 것처럼 기괴한 형태의 암석. 그 사이로 하얀 파도가 부서지고, 바다표범의 무리가 슬프게 울면서 꿈틀대고 있었다.

이것이 월식도였다. 이곳에 사는 사람들에게는 미안하지만, 나는 이 섬이 좋아질 것 같지 않았다.

그리고 1분도 채 되지 않아서 나는 한가하게 좋다, 싫다하고 있을 수 없는 다급한 상황에 직면하게 되었다.

제6장
월식도에 상륙하다
수수께끼는 또 다른 수수께끼를 부르고

I

시간은 이미 저녁 7시가 지나 있었다.

하지만 하늘은 여전히 밝았다. 날씨만 맑으면 태양은 북서 해상 위에서 좀처럼 모습을 감추지 않는다. 때문에 밤 10시가 되어도 어스레하다. 어선이 작은 곶을 하나 돌았을 때, 강한 바람이 돛에 부딪혔다. 격렬한 소리를 내며 소용돌이치던 회색 안개가 흩어졌다. 갑자기 시야가 열리고 곶에 안긴 듯한 작은 만이 나타났다.

"아아, 저건……!"

누구의 목소리였는지는 기억나지 않는다. 나 자신의 목소리였는지도 모른다. 아니면 모두가 동시에 소리를 지른 것일 수도.

가냘픈 겨울 태양이 북서 방향에서 하얀 광선을 바다 위로 발하고 있었다. 그 빛을 받아서 절벽 밑에 은회색으로 빛나는 거대한 물체가 드러났다.

"빙산이다."

"범선이에요."

디킨스의 큰 목소리와 안데르센의 속삭임. 두 문호의 말은 모두 옳았다. 런던의 명소 '수정궁'이 조금 작아져서 바다에 떠있는 것 같았다. 범선을 가둔 빙산. 빙산에 갇힌 범선. 본 적도 없고, 상상한 적도 없는 광경은 마치 악마가 거대한 회색 캔버스에 그려놓은 것 같았다.

내 귀에 맥밀런 기자의 목소리가 들렸다.

"놀라워, 정말 이런 게 있을 줄은."

그 목소리가 너무 의외여서 나도 모르게 그를 향해 소리를 질렀다.

"뭐야, 당신은 빙산에 갇힌 범선의 기사를 쓰면서 그 존재를 믿지 않았다는 겁니까?"

"아아…… 아니."

맥밀런은 살짝 입가를 일그러뜨린 것 같았다.

"괴사건은 대부분 목격자의 믿음과 기억의 착각으로 일어난 거고, 그것을 검증하는 게 신문사의 역할이니까요. 니담 씨도 반신반의했던 거 아닙니까?"

맥밀런의 말이 맞았다. 그렇다기보다 90%는 믿고 있지 않았다.

의문 하나는 풀렸다. 방산에 갇힌 범선, 혹은 범선을 가둔 빙산, 뭐라 부르든 무슨 상관이 있으랴만 분명히 실재했다. 허위보도가 아니었다. 배의 정체는 도대체 무엇일까?

"배를 가까이 대주시오."

디킨스가 고함을 치자, 맥밀런 기자가 어부에게 뭐라고 소리쳤다. 게일어라서 정확한 뜻은 모르지만, 디킨스의 말을 통역했을 것이다. 어부의 이름은 앵거스라고 했다.

회색빛 파도로 배가 요동을 쳤고, 물보라가 백만 개의 진주처럼 흩어졌다. 보기에는 아름답지만 직접 머리에 뒤집어쓰니 정말 참기 힘들었다.

"왜 이 꼴을 당해야 하는 거야."

안데르센이 한탄하는 것도 당연하다.

"아무래도 16, 7세기 스페인 배 같은데. 그렇다면 분명 무적함대 군함이라는 게 맞을 거요."

디킨스가 몸을 앞으로 쑥 내밀었다. 하지만 빙산에서 방출되는 엄청난 냉기 때문에 반사적으로 뒤로 몸을 젖혔다. 요란하게 재채기를 했다.

"메이플, 안 추워?"

"흥분해서 더울 지경이에요."

우리의 대화를 뒤로 하고, 디킨스는 뱃머리 근처를 뚫어지게 바라봤다.

"라 라타 코르나다 호……."

뱃머리 근처에 조각 된 커다란 글자를 읽고, 디킨스는 환성을 질렀다.

"분명히 무적함대 중 한 척이야. 1588년 8월부터 9월에 걸쳐 스코틀랜드와 아일랜드 사이의 북방해상에서 행방불명이 된 17척 중의 한척이야!"

디킨스는 바람에 날아가려는 모자를 손으로 눌렀다.

"지금 노르웨이 교수가 있었다면 얼마나 흥분했을까. 정말 안 됐지만, 그 친구 몫까지 보고 가서 이야기를 해 줘야겠어."

골절로 어쩔 수 없이 애버딘에 남은 레르보르그 교수 이야기다. 정말이지 너무나도 안 됐다.

"맥밀런 씨, 당신은 그림을 그릴 수 있지 않소? 이걸 잘 보고 그대로 그려보시게나."

"아아, 네."

안데르센이 끼어들었다.

"하지만 이 배가 빙산 안에 갇혀있는 한, 제대로 된 조사를 못하잖아요. 어떡해요?"

"단지 빙산을 부수는 거라면 군함을 끌고 와서 포격을 하면 되오. 하지만 그러면 범선도 다 날아갈 거요."

"녹기를 기다리는 수밖에 없네요."

"7월에도 안 녹잖소, 앤더슨 씨. 아예 1588년부터 계속 얼은 채로 있는 거요."

내 어깨에 안데르센의 커다란 손이 놓였다.

"방금 뭔가 움직이지 않았어요, 니담 씨?"

"에, 뭔가가 건드렸나요?"

내가 당황하여 뱃전 주변을 둘러보자, 안데르센이 고개를 저었다.

"아니, 빙산 안쪽 말이에요."

굵고 기다란 손가락이 라 라타 코르나다 호를 가리켰다.

"뭔가 그림자 같은 게 움직였어요. 니담 씨도 잘 봐요, 돛대 아래쪽인데."

나는 확인하려고 했다. 하지만 파도 위에서 어선은 요동을 치고 있고 햇빛이 비추는 각도에 따라서 얼음이 반짝거려 도저히 잘 보이지 않았다.

"빙산 밖에서도 뭔가 움직인 거 같아요."

돌아본 나와 눈이 마주친 메이플은 손가락으로 한 곳을 가리켰다.

회색 바다가 거칠게 파도를 일으켰다. 물보라 속에 배 같은 것이 보였다. 시커먼 모습이 점차 커졌다.

"저쪽에도 있소."

디킨스의 말에 나는 손을 들어 햇빛을 가리고 반대방향을 봤다. 그쪽에서도 분명히 배가 다가오고 있었다. 맥밀런 기자가 대답했다.

"고든 가의 배에요."

"어선은 아닌 거 같은데."

"밀어와 밀무역을 감시하는 배죠. 일단 도망가는 게 좋겠어요."

맥밀런 기자가 게일어로 지시했다.

그 전에 이미 어부인 앵거스는 돛을 조작하고 있었다. 고든 가의 배와 엮이는 건 아주 무서운 일인 것 같았다. 표정이 경직되어 있었다.

순간 작은 벼락과 비슷한 엄청난 폭발음이 들렸다.

"쏘기 시작했소!"

디킨스가 고함을 질렀다. 분명히 총성이었다. 반대방향에서도 연달아 총성이 울리며 냉기를 갈라놓았다. 거리가 있고, 쏘는 쪽이나 맞는 쪽이나 파도에 이리저리 흔들리고 있어서 간단히 명중할 리는 없다. 하지만 더 이상 접근하면 곤란하다. 난사하면 우연히 맞을 수도 있다.

발밑을 보자 바닥에 두 개의 노가 내팽개쳐져 있었다. 목재를 거칠게 깎은 것이긴 하지만, 없는 것보다는 낫다. 나는 하나를 맥밀런 기자에게 내밀고 다른 하나는 내가 쥐었다.

"안 젓는 거 보단 낫겠죠?"

노를 파도 속에 꽂았다. 맥밀런 기자가 무슨 말을 하려다가 그대로 나와 반대 뱃전에서 노를 바다 속으로 찔러 넣었다. 그 사이에도 두 척의 배가 접근하였고 양측에서 우리를 공격하려 했다.

안데르센이 한심한 비명소리를 냈다.

"영원히 살고 싶다는 생각은 안 해. 하지만 이런 데서 바다표범한테 잡아먹혀서 죽는 건 싫다고!"

"바다표범은 사람을 먹지 않습니다, 안데르센 선생님."

"정말이에요? 바다표범이 그렇게 말했어요?"

오른쪽 앞에서 커다란 파도가 부서졌다. 바위 주변에서 바다표범 무리들이 수상쩍다는 눈길로 우리를 바라봤다. 아무래도 안데르센의 의문에 대답할 생각은 없는 것 같았다.

상황이 이렇다 보니, 나도 초조해져서 큰 소리를 냈다.

"저는 거대한 메기에게 잡아먹힐 뻔한 적이 있습니다. 바다표범이 좀 있다고 소란 피우지 말아주십시오!"

메이플이 놀란 얼굴로 쳐다봤다.

"언제 그런 일이 있으셨어요, 삼촌? 저, 몰랐어요."

"아무한테도 말한 적이 없으니까."

"언제, 어디서요?"

"크림에서 영국으로 돌아오다가, 도나우 강에서……."

디킨스가 소리를 질렀다.

"지금 뭐하는 거요! 나도 궁금하긴 하지만, 참고 있는 거요. 입이 아니라 노를 움직여요!"

디킨스가 말이 전적으로 옳았다. 맥밀런 기자와 나는 노를 쥔 손에 힘을 줬다.

하지만 마지막 몸부림도 물거품이 됐다. 총성이 울리는가 싶더니, 동시에 우리 머리 위에서 돛이 찢어졌다. 우연히 솔기 근처에 총탄이 명중한 것 같았다.

어부인 앵거스는 열심히 돛을 조정하려고 했다. 실로 필사적이었다. 하지만 찢긴 돛은 공중에서 거칠게 휘날릴 뿐, 손쓸 방법이 없었다.

빙산의 냉기인지, 북풍인지, 튀기는 바닷물인지, 구분이 가지 않았다. 아무튼 차갑고 습한 기체와 액체 때문에 얼굴, 손, 옷 할 것 없이 모두 흠뻑 젖었다.

처참한 상황이었지만 이도 오래가지는 않았다. 발밑으로 충격이 오더니 혹사당한 배가 비명을 질렀다.

"배가 울기 시작했어요."

안데르센은 울먹거렸다. 배 밑바닥이 바위에 찢겨서 바닷물을 세차게 뿜어 올렸다.

"하는 수 없군, 배를 대시오, 상륙이오."

머리와 수염에서 바닷물을 뚝뚝 흩뿌리면서 디킨스가 고함을 질렀다.

II

우리는 바다와 절벽 사이의 좁은 바닷가에 상륙했다.

헤엄칠 필요는 없었지만, 차가운 바닷물이 부츠 중간까지 잠겼다. 돌투성이 해안에 올랐을 때에는 크림 전쟁의 난민들과 별반 다르지 않은 모습이었다. 바람과 파도가 냉혹하게 사람들을 몰아붙였다. 바다표범들은 우리가 자신들의 영역을 어지럽힐 것이라고 생각했는지 못마땅한 듯이 울어댔다.

그런데 한 숨 쉬고 둘러보니 상륙한 사람들이 다섯 명이었다. 한 사람이 부족하지 않는가.

"맥밀런 기자가 없군."

"어디 갔을까요."

디킨스와 메이플의 목소리를 들으면서 나는 주변을 둘러봤다. 아마 눈이 충혈되어 있었을 것이다.

"저건……."

나는 목소리를 삼켰다. 절벽에는 무수히 많은 구멍이 있었는데, 상당히 깊숙한 것도 있었다. 그 중 한 구멍 속으로 마치 빨려 들어가는 것처럼 보이는 한 사람이 있었다.

"맥밀런, 어디 가요!"

내가 지르는 소리에 다른 네 사람의 시선이 집중되었다. 나는 뛰어가려고 했지만, 바닷물에 젖은 돌에 발이 미끄러졌다.

공기가 날카롭게 울리더니 내 다리의 2피트 정도 앞에서 돌멩이가 튕겼다.

"꼼짝 마라! 다음 차례는 네 놈 몸뚱이다!"

약간 게일어 같은 억양이었지만, 영어여서 나는 알아들을 수 있었다. 그 자리에 멈춰 서서 가볍게 두 손을 들고 뒤를 돌아봤다. 두 척의 배에서 열 명 쯤 되는 사람들이 내려왔다.

"오호, 이게 누구신가, 사회파 작가 디킨스 선생님 아니신가?"

조롱하는 목소리의 주인은 굳이 얼굴을 볼 필요도 없었다. 월식도의 영주가 몸소 납신 것이다.

고든 대령은 제법 비싸 보이는 사냥복을 입고 있었다.

"디킨스와 유쾌한 친구들, 이군. 정말 재미있어. 당신들의 처참한 몰골을 보여주고 싶은데, 공교롭게 거울을 안 가지고 왔네."

표독스럽게 웃으면서 디킨스에게 다가왔다. 디킨스는 움츠려들지 않았다.

"선량한 시민들은 쫓아와서 총을 겨누는 건 무슨 경우요, 고든?"

"당신네는 사유지에 무단 침입했네. 엄연한 범죄자 아닌가?"

디킨스의 말을 무시하고 고든 대령은 우리를 둘러봤다.

"이게 단가? 가렛, 무단 침입자는 여섯 명 있었잖아!"
"그러게요, 어째 다섯 명밖에 없네요."

가렛이라고 불린 사내는 중년의 남자로 얼굴과 몸이 앙상했다. 손에는 2연발 엽총을 들고 있었다.

"나도 알아. 쓸모없는 놈. 토지관리인 월급을 줄이든지 해야지, 원."

고든 대령은 자신의 존재를 높이려고 다른 사람의 자존심에 일부러 상처를 주는 사람 같았다.

"그건 그렇고, 여자까지 있을 줄이야. 이 계집애는 누구냐?"
"아아, 저 여자는 저한테 맡겨주세요, 아버지."

어딘지 들뜬 목소리의 한 남자가 메이플 앞으로 나왔.

물론 크리스톨 고든이었다. 언제 봐도 "지금 결투하러 갑니다"라고 선전하는 듯한 복장을 하고 있었다. 왼쪽 허리춤에는 검을 차고 있었다. 칼집에는 진주가 박혀있는 것 같았다. 그리고 오른쪽 허리에는 권총을 차고 있었다.

못마땅하다는 듯이 바라보며 고든 대령이 제지했다.

"함부로 가까이 가지 말거라, 크리스톨. 녀석들이 무기를 가지고 있을 지도 모르지 않느냐."
"무기 같은 건 아무도 없어요."

메이플이 당당하게 말하자, 크리스톨이 입술 한쪽 끝을 끌어올렸다.

"오호, 아무도 안 가지고 있다고?"

"그래요."

"그거 참, 얼빠진 이야기군."

조롱하는 크리스톨의 시선을 외면한 채 디킨스가 소리쳤다.

"당신은 악당이오, 고든."

"악당은 당신이야, 디킨스. 남의 땅에 무단으로 들어왔으니까."

월식도의 영주는 코웃음을 쳤다.

"당신은 내 신성한 소유지에 그 더러운 신발을 들일 자격이 없네. 여기서 바다로 쫓아내줄까? 본토까지 차가운 바다 속을 헤엄쳐서 가겠는가?"

유리 같은 안구가 움직였다. 안데르센을 향해서.

"이 무지막지하게 키가 크고 커다란 신발을 신은 남자는 누구냐?"

안데르센보다 먼저 디킨스가 말했다.

"이 사람은 앤더슨 씨요. 영어도 잘 못하는 외국인이오. 관계없으니 돌려보내주시오."

물론 디킨스는 안데르센을 보호하려고 한 소리다. 마음은 훌륭했지만, 아쉽게도 통하지 않았다.

크리스톨이 가볍게 외쳤다.

"안데르센이라고……, 그래 생각났어."

크리스톨은 한 걸음 앞으로 나와 희귀한 동물을 바라보는 눈길로 덴마크인을 바라봤다.

"독일인가 어딘가, 아마 동화작가였어. 애들이나 볼 이야기를 써서 먹고 살 수 있는 인간이라니 부럽군 그래."

"동화라고?"

"오리와 백조가 싸운다느니, 인어가 빨간 구두를 신고 춤을 춘다느니, 그런 말도 안 되는 이야기예요, 아버지."

안데르센의 커다란 몸이 바르르 떨리더니, 얼굴이 새빨갛게 불타올랐다.

"그만 하시죠. 안데르센 선생님은 전 세계적으로 유명한 대작가입니다. 덴마크와 스웨덴 왕실에서 연금과 훈장을 받고 계시죠. 허튼 짓을 했다간 국제문제가 될 겁니다!"

내가 소리쳤지만 크리스톨은 비웃었다.

"하긴 국제문제긴 하네. 외국인이 영국인 토지에 무단으로 침입했으니."

"불법을 저지른 건 당신들입니다."

크리스톨과 나의 논쟁을 고든 대령이 막았다.

"그보다 분명히 짚고 넘어갈 일이 있었지, 이봐, 자네."

"자네는 아마, 음······."

"앵거스입니다."

"알아, 가렛, 끼어들지 말게. 누가 끼어들어도 된다고 했나?"

고든 대령은 폭군의 모습을 발휘하며 토지관리인으로 보

이는 사내를 입 다물게 했다. 그리고 천천히 오른 손을 들어 올렸다. 그의 손에는 굵고 검은 가죽으로 된 승마채찍이 들려 있었다. 앵거스의 얼굴에 공포가 강하게 떠올랐다.

"고든 가의 영지에 고든 가의 적을 데리고 왔다. 그 죄가 얼마나 무거운지는 알고 있으렷다, 앵거스?"

"아, 아……."

"이 은혜도 모르는 가난뱅이 놈 같으니!"

고든 대령이 굵은 손목을 뒤로 젖혔다. 채찍이 가죽 뱀으로 변하여 앵거스를 습격했다. 왼쪽 목덜미에서 가슴으로 변변치 않은 옷이 소리를 내며 찢어졌다. 고통스러운 신음소리를 내며, 앵거스는 돌이 깔린 바닷가에 무릎을 꿇었다.

"그만, 그만 둬, 이 폭군 같으니!"

디킨스가 외쳤지만, 폭군을 멈추게 할 수는 없었다.

"그만두라면 내가 그 말을 들을 거라고 생각하나? 삼류작가 놈아."

고든 대령이 조롱했다.

"네 놈이 쓸 데 없는 말을 안 했으면 한 번으로 끝났을 텐데, 이 녀석을 한 대 더 내려쳐야 속이 풀리겠어."

"고든, 네 놈은 25년 전과 전혀 달라진 게 없군. 아니, 오히려 더 성질이 더러워졌어. 맹세컨대, 네 놈의 악행을 온 세상에 알리고 정당한 죄 값을 받게 할 테다."

"25년 전?"

"그래, 25년 전, 나는 〈의회의 실상〉의 신입 기자였소."

고든 대령을 노려보는 디킨스의 눈빛은 섬뜩하기가 이루 말 할 수 없었다.

"네 놈이 인수한 공장에서 하루가 멀다 하고 노동자가 죽어갔지. 더구나 대부분이 열네 살도 안 된 아이들이었어. 하루 두 끼, 겨우 반 실링으로 15시간이나 부려먹고, 과로로 쓰러져도 의사는커녕 바로 해고시켰소. 나는 공장에 잠입해서 십수 명의 아이들이 과로사한 사실을 확인했지."

디킨스의 손가락이 대령을 가리켰다.

"그리고 네 놈이 마차에 타려는 걸 붙잡아서 인터뷰를 했소. 자신의 죄와 책임을 어떻게 생각하는가하고 물었지. 그러자 네 놈은 코웃음 치며 대답했지. '과로사하는 녀석은 애당초 정신상태가 글러먹은 거지, 고용주 잘못이 아니야'라고 말이오!"

"아하, 이제 생각나는군. 그때 그 건방진 풋내기 기자가 네 놈이었군 그래."

디킨스를 노려보는 고든 대령의 눈에 흉악한 광채가 드러났다.

"문호니, 대작가니, 이제 그렇게 되셨군. 가난한 집안 출신 주제에 명사랍시고, 분수도 모르는 녀석 같으니. 그나마 서재에 틀어박혀서 삼류 글이나 끼적거리고 있었으면 봐줬을 텐데……."

"아버지, 잠시 만요."

목소리의 주인은 크리스톨이었다.

어부인 앵거스가 쓰러진 채 입을 뻐끔거리고 있었다. 피가 섞인 거품과 함께 게일어로 무슨 말을 하고 있는 것 같았다. 메이플이 가슴을 문질러주고 있었지만 말은 알아들을 수 없었다. 크리스톨은 엷은 웃음을 띠며 귀를 가까이 댔다. 그리고 고개를 끄떡이며 일어나서 앵거스의 말을 아버지의 귀에 속삭인다.

"……라고 하는데요, 아버지."

나는 보았다. 고든 대령의 얼굴이 순식간에 창백해지더니 비틀거리는 것을.

무엇이 고든 대령을 이토록 동요시킨 걸까.

게일어를 모르는 것이 얼마나 유감스러웠는지 모른다. 디킨스도 사태가 급변하자, 당황하며 대령을 응시하고 있었다.

Ⅲ

"가렛, 이 자들을 잠시 감시하고 있게. 나는…… 나는 생각할 일이 좀 있어서……."

숨 쉬는 것조차 괴로워하는 아버지의 모습을 크리스톨은

빈정거리듯이 바라보았다.

"아버지, 뭘 그렇게 겁내시는 거죠? 이상하세요."

"닥쳐!"

고든 대령은 소리를 질렀지만 그 목소리는 갈라져서 위엄은 없었다.

"크리스톨, 너와 진지하게 좀 할 얘기가 있다. 따라오너라."

고든 대령은 걷기 시작했다. 하지만 아들이 따라오지 않는 걸 알고 걸음을 멈췄다.

"왜 그러느냐, 뭘 그렇게 꾸물거리느냐?"

"아버지."

"뭐냐?"

"이 여자 애를 데리고 가도 될까요?"

크리스톨이 굳이 손으로 가리킬 필요도 없었다. 이 살벌한 장소에 있는 젊은 여자는 메이플 밖에 없었다.

"또 나쁜 병이 도졌군. 널 어쩌면 좋냐."

"괜찮죠, 아버지?"

"괜찮긴 뭐가 괜찮아!"

호통을 친 사람은 고든 대령이 아니다. 바로 나, 에드먼드 니담이다. 앞으로 뛰쳐나가려고 했지만 고든 대령의 수하들에게 양팔을 붙잡히고 총구가 겨누어져서 옴짝달싹 할 수 없었다.

"메이플에게 손가락 하나라도 건드려봐라! 네 놈을 가만 안 둘 테다!"

"너는…… 아아, 메이플의 삼촌이었지, 완전히 잊고 있었어. 별로 인상적이지를 않아서 말이지."

크리스톨은 천재였다. 남을 모욕하고 상처 주는데 천재다. 내 공격이 미치지 못하는 곳에 떨어져서 메이플과 나를 번갈아 바라봤다.

"빨리 안 오고 뭐하는 거냐, 크리스톨!"

"아이 참, 아버지, 금방 끝나요."

크리스톨은 아버지를 달래고는 내 조카에게 미소를 지었다.

"어때, 메이플 콘웨이, 당신이 나와 함께 가준다면, 당신의 삼촌과 다른 사람들을 해치지 않을 텐데."

"야, 크리스톨! 네 멋대로……."

"괜찮잖아요, 아버지?"

메이플의 목소리는 차분했다.

"삼촌과 디킨스 선생님, 안데르센 선생님을 해치지 않는다고 약속할 수 있어요?"

"그래, 약속하지. 지금 당장 놔줄 수는 없지만, 조만간 무사히 돌아가게 해 줄게."

"신사로서 명예를 걸고요?"

"안 돼, 메이플, 저런 녀석의 말을 믿지 말거라!"

나는 바동거리며 공중에 헛발길질을 했다. 그런 나를 보는 크리스톨의 표정은 얼마나 즐거워보였던가.

"당신의 삼촌은 나를 믿지 못하는 거 같지만, 그건 됐고. 신사로서 약속하지. 애당초 나는 당신의 일행들한테는 아무런 흥미가 없으니까."

메이플은 숨을 들이마셨다가 내쉬었다.

"그럼 좋아요…… 알았어요."

"메이플……."

"괜찮아요, 삼촌, 걱정 마세요."

"걱정할 일은 아무 것도 없다고. 그렇기 때문에 당신 삼촌과 다른 사람들은 무기도 없이 어슬렁거리며 이 섬에 온 거잖아. 아닌가?"

크리스톨의 조롱에 나는 아무 대답할 말이 없었다. 다른 사람들은 몰라도 나만큼은 권총정도는 가지고 왔어야 했다. 나는 디킨스와 안데르센뿐만 아니라, 내 조카조차 지키지 못하는 아무 짝에도 쓸모없고 어리석은 인간이었다.

우리는 고든 가의 밀어감시선을 타고 절벽을 따라서 월식도의 연안으로 향했다. 7, 8분 지나서 선착장에 도착했고, 다시 배에서 내렸다. 폭이 넓고 경사가 급한 돌계단을 백단쯤 올라가자, 절벽 위에 도착할 수 있었다. 상당히 넓은 평지에 나무는 없고, 회색 성채처럼 보이는 돌로 된 성이 우뚝 솟아 있었다.

아주 견고해 보이는 성이었다. 비록 오래되고 심하게 황폐했지만 무너질 기미는 전혀 찾아볼 수가 없었다. 고든 가의 거점으로 사용하는 곳일까.

메이플은 크리스톨과 나란히 걸어가면서 겁먹지도 않고 질문을 했다.

"당신 아버지는 이곳을 안 좋은 목적으로 사용하려나 봐요."

"오호, 잘 알고 있군. 그래, 아버지는 이 성을 감옥으로 사용하시려고 하지. 나는 다르게, 더 근사하게 이용하고 있지만."

"크리스톨!"

고든 대령이 으르렁거렸다. 크리스톨이 어깨를 움츠리더니 메이플에게 한쪽 눈을 찡긋했다. 메이플은 싸늘하게 반응했다.

"마치 미국인 같은 행동을 하네요."

"가끔인데 어때."

커다란 현관 문 앞에서 크리스톨은 걸음을 멈췄다. 문이 어찌나 큰지 완전 무장한 기사 셋이 나란히 서서 지나갈 수 있을 정도였다.

"메이플 공주는 이쪽으로 오시지요. 수행인들은 저쪽으로. 가렛, 안내하게."

메이플은 아주 잠깐 나를 바라보고는 말없이 등을 돌렸다. 나는 몇 년이나 지난 일이 떠올랐다. 조카가 기숙사가 있는 학교에 입학하던 날.

"자, 이쪽이다, 빨리 걸어."

메이플의 모습이 사라지자마자, 고든 대령의 수하들은 난폭하게 우리 세 사람을 끌고 갔다. 나는 거칠게 앞으로 밀쳐졌지만 간신히 넘어지지는 않았다.

이러한 취급에 뭐라 따질 자격은 나한테 없었다. 내 어리석음에 대한 벌이다. 더 따끔한 맛을 봐도 된다. 디킨스와 안데르센은 무슨 생각을 하고 있는지 아무 말이 없었다.

우리가 간 곳은 돌탑이었다. 해가 지기 직전의 하늘에 까맣게 솟은 모습은 불길함을 그림으로 자세히 묘사한 것 같았다. 원통형에 가깝고 5층이었다. 바다를 접하고 있어서 바람이 그대로 불어왔다. 돌탑은 적군과 해적의 습격을 감시하고, 상선과 어선을 위해서 등대를 밝히며, 앞바다를 지나가는 고래의 출몰을 포경선에 알리는 역할도 했을 것이다.

150개 정도 되는 계단을 올라갔고, 우리 세 사람은 가장 위층의 방 하나에 갇혔다. 두껍고 무거운 문이 닫히고, 더 큰 소리를 내며 자물쇠가 채워졌다.

실내를 둘러보았다. 돌바닥에는 깔개도 없고, 놓인 물건이라고는 스프링이 튀어나온 소파와 작은 원탁, 그리고 몇 년이나 사용하지 않은 것 같은 무거워 보이는 무쇠 난로가 전부였다. 이 주변 섬들은 나무와 석탄이 없기 때문에 토탄(땅속에

묻힌 시간이 오래되지 않아서 완전히 탄화하지 못한 석탄-옮긴이)을 태울 것이다.

나는 문을 두들겼다. 안데르센이 큰 슬픔에 잠긴 목소리로 말을 걸었다.

"여, 여기를 나갈 수 있겠죠, 니담 씨?"

"물론이죠."

나는 안데르센에게만이 아니라, 디킨스와 나 자신에게도 결의를 전달했다. 디킨스는 튀어나온 스프링을 피해서 소파에 앉더니 팔짱을 꼈다.

"디킨스 선생님, 고든 대령을 만나기 전에 선생님께서는 말씀하셨습니다. '녀석은 사이크스 같은 악당이다'라고요. 고든 대령을 전부터 알고 계셨던 거죠?"

"그렇소."

디킨스는 무거운 숨을 내쉬었다.

"그래서 스코틀랜드로 출발하기 전에 고든 녀석에 대해서 조사해보고 싶었소. 월식도를 출입금지 시킨 건 틀림없이 뭔가 좋지 않은 속셈이 있을 거 같아서 말이지. 뭐, 이렇게까지 깊이 관여할 생각은 없었지만……."

디킨스는 팔짱을 풀었다.

"맥밀런 기자는 어떻게 됐으려나."

"걱정 되세요, 그 사람이요?"

"그야 당연히……."

말을 삼키고 디킨스는 내 표정을 살폈다.

"왜 그래요, 니담 씨. 맥밀런 기자에 대해서 뭔가 하고 싶은 말이라도 있는 거요?"

"있습니다."

"흠……."

디킨스는 문을 쳐다봤다.

"저렇게 두꺼운 문이오. 어지간히 큰 소리가 아니면 밖에서 들리지 않을 거요. 그래서 맥밀런 기자에 대해서 당신이 하고 싶은 말은 뭐요?"

"그 사람은 우리 편이 아니라고 생각합니다."

"고, 고든 대령의 수하라는 거예요?"

안데르센의 목소리가 떨렸다.

"그건 단언할 수 없습니다. 하지만 몇 가지 걸리는 게 있어요. 항구에서 크리스톨 고든을 봤을 때, 그는 일부러 그 자리를 피했어요. 그리고 레르보르그 교수가 계단에서 떨어졌을 때 그 장소에 있던 사람은 그 사람뿐이었고요."

"맥밀런 기자가 노르웨이 사람을 밀었다는 거요?"

"증거는 없지만, 저는 그렇게 생각합니다."

안데르센이 고개를 갸웃했다.

"니담 씨, 처음부터 맥밀런 기자를 의심했어요?"

"아뇨, 처음부터 의심했던 건 아닙니다. 하지만 의심해야 했어요. 한 번 생각해보십시오. 만약 애버딘에서 맥밀런이 우리를 레르보르그 교수를 만나게 하지 않았다면, 디킨스 선생님은 월식도까지 오지 않았을 거 아닌가요?"

디킨스가 거미줄투성이 천장을 올려다봤다.

"맥밀런 기자가 뭐라고 변명할지 들어보고 싶은 걸. 증거는 없지만, 하긴 이상한 게 한두 가지가 아니야. 하지만 니담 씨, 맥밀런이 우리를 이 섬에 오게 만들었다면 무엇 때문에 그런 농간을 부린 거 같소?"

"구체적인 건 잘 모르겠지만, 선생님들을 어떠한 형태로든 이용할 생각이었다고 생각합니다."

"어떠한 형태로, 라."

"머지않아, 알아내겠습니다. 실은 의혹이 하나 더 있습니다."

"뭐요?"

"고든 대령의 장남은 그의 아버지가 살해한 게 아닐까요?"

Ⅳ

나는 입을 다물었다.

무거운 침묵의 베일이 세 사람의 머리 위를 덮었다. 그 무게를 가장 먼저 견디지 못한 사람은 안데르센이다.

"하, 하지만, 고든 대령의 장남이라는 사람은 애인과 같이 글래스고로 갔잖아요."

"누가 그 말을 했죠?"

"네……?"

안데르센이 아무 말도 못하자, 디킨스가 무릎을 탁 쳤다.

"그래, 바로 그거야. 자신의 형을 글래스고에서 봤다는 건 크리스톨 고든이 한 말이었어. 녀석이 거짓말을 했다면 어떻게 되겠소? 녀석 말고 아무도 장남을 본 사람은 없는 거니까."

"그렇습니다. 더구나 우리는 그 사실을 크리스톨 고든에게 직접 들은 것도 아니죠."

"우리는 맥밀런 기자가 한 말을 들은 것뿐이오."

디킨스가 지적에 안데르센의 작은 눈이 휘둥그레졌다. 안데르센은 디킨스와 나란히 소파에 앉으려다가 스프링이 튀어나온 걸 보고 포기했다.

"또 있습니다. 애버딘에 도착한 다음에 고든 대령 집안에 관한 정보는 모두 맥밀런 기자에게 들은 게 전부죠."

"그렇다면, 아무 것도 믿을 수 없는 거네요."

안데르센은 소파 팔걸이에 위태롭게 걸터앉았다.

나는 마음에 걸린 일이 하나 더 있었다. 그 정체가 마침내 밝혀진 순간이었다. '클레이모어 항'에서 이러한 문답이 이루어지지 않았던가.

"얼마나 걸리오?"

디킨스의 물음에 맥밀런은 이렇게 대답했다.

"배로 가면……."

그때는 그냥 흘려 넘겼다. 하지만 생각해보면 이상하지 않은가. 디킨스는 섬을 건너는 시간만 물었고, 섬을 건너는 방법은 언급하지 않았다. 바다를 건너려면 당연히 배를 이용해야 한다. 여름에도 얼음장처럼 차가운 바다를 헤엄쳐서 건널 수 없으니까. 그런데 맥밀런은 굳이 '배로 가면'이라고 했다. 왜일까?

이유는 명백했다. 배 이외에 섬으로 건너가는 방법이 있기 때문이다. 그리고 맥밀런은 그 사실을 우리가 알기를 원치 않았다. 알기를 원치 않았는데, 그만 실수를 해버린 것이다!

1857년 당시, 이 세상에 비행기라는 건 존재하지 않았다. 기구는 존재했지만, 도저히 실용적이라고 하기는 어려웠다.

맥밀런은 바닷가에서 홀연히 자취를 감췄다. 절벽 아래의 동굴에 들어간 걸까. 그렇다면…….

"결론적으로 맥밀런 기자는 고든 대령의 첩자라는 거요, 니담 씨?"

"아직 그렇게까지 단언할 수 없지만, 애당초 맥밀런이라는 이름도 본명이라고 볼 수는 없겠죠."

안데르센이 가볍게 손뼉을 쳤다.

"아아, 그건 그래서였던 걸까."

"뭐 말이오, 앤더슨 씨?"

"그러니까, 항구에서, 이 주변은 맥으로 된 성을 가진 집들 뿐이라고, 그런 이야기를 했잖아요?"

"맥밀런 가만 없다, 고 했지."

"그래서가 아닐까요. 이 주변에 연고가 없는 성을 골라서 가명으로 쓴 게 아닐까요?"

안데르센의 추리에는 설득력이 있었다. 이제 슬슬 8시가 넘어, 행동에 옮겨야할 때다.

"아무튼 빠져나갈 곳부터 찾아야겠소."

"창밖을 확인해보겠습니다."

창문은 유리가 깨진 채였고, 여는 데에도 한참 고생했다. 창틀은 오래되어서 삐걱거릴 뿐 아니라, 한 동안은 전혀 움직이지 않았다.

마침내 가까스로 창문으로 얼굴을 내밀었는데, 지상에서 50피트는 되는 높이였다. 더구나 바닥은 돌투성이였다. 창문은 동쪽으로 났는지, 탑의 그림자가 크게 퍼져 있었다. 섣불리 뛰어내렸다간 목숨은 부지해도 다리가 골절되어 못 움직이게 될 것이 뻔하다.

문은 어떤가. 무거운 떡갈나무로 된 문은 두께가 2인치나 된다. 도끼라도 사용해야 부술 수 있다. 설령 문을 부숴도 밖에는 몽둥이와 권총으로 무장한 감시인이 두 명이나 버티고 있다.

"창문으로 나가는 수밖에 없습니다."

"음, 나갈 수는 있겠지. 하지만 어떻게 바닥으로 내려갈 거요? 아마 붙잡을 곳도 없는 거 같은데."

그때 안데르센이 소리를 질렀다.

"끈이 있으면 내려갈 수 있어요."

"네, 있으면요. 하지만 없는 걸……."

나는 말을 멈췄다. 안데르센이 바닥에 앉아서 기다란 다리를 어색하게 구부렸기 때문이다. 부츠를 부여잡고 벗으려고 했지만 생각대로 잘 되지 않았다. 벗을 수 있게 도와줬더니, 안데르센은 다리에 둘둘 감아둔 것을 풀었다. 다 풀어서는 의기양양하게 나에게 내밀었다.

"자, 밧줄 여기 있어요. 이거 써요."

"안데르센 선생님, 항상 밧줄을 가지고 다니세요?"

"그럼요."

위대한 동화작가는 가슴을 젖혔다.

"여행할 때에는 호텔에 묵잖아요."

"네, 보통 그렇죠."

"높은 층에 있다가 밤중에 불이라도 나면 어떻게 해요? 여행을 다니는 사람은 항상 조심해야죠. 그렇게 생각하지 않아요?"

"네, 네에, 그렇게 생각합니다."

"이거 봐요, 나는 항상 이런 걸 가지고 있어요."

안주머니에서 종이 한 장을 꺼내서 안데르센은 우리에게 보여줬다. 아이처럼 서툰 글씨가 적혀 있었다.

"저는 아직 살아있습니다, 땅에 묻지 마세요."

침묵하는 디킨스와 나에게 안데르센이 설명했다.

"옛날에 이런 이야기 많잖아요. 의식만 없을 뿐 아직 살아있는 사람을 죽은 줄 알고 묻어버리는 이야기요. 산 채로 묻히는 거죠! 세상에 이렇게 무서운 얘기가 어디 있어요!"

"네에, 무섭네요."

"그죠, 그죠! 그래서 나는 그런 일이 생기지 않도록 조심하는 거예요."

그러자 디킨스가 중얼거렸다.

"에드거 앨런 포도 그런 말을 했었지. 산 채로 묻히는 꿈을 꾸고 밤중에 몇 번이나 깬다고."

"앨런 포를 만나신 적 있으세요, 디킨스 선생님?"

"그래요, 미국에 갔을 때였소. 벌써 15년이나 지난 얘기요. 마르고 열이 있는 눈을 하고는 낮부터 술 냄새를 풍기고 있었소. 하지만 술 냄새와는 달리 그의 말은 실로 보석이었소."

디킨스는 세차게 고개를 저었다.

"참으로 아까운 사람을 잃었소. 이제 이런 이야기는 그만합시다. 우물쭈물 하고 있다간 우리도 한꺼번에 애석한 일을 당할 거요."

디킨스와 안데르센이라면 몰라도 나를 애석하게 여길 사람은 없을 것이다. 하지만 나는 반드시 살아남아야 한다. 이 감옥을 탈출해서 어떻게든 메이플을 구출해야 한다. 조카한테 만의 하나 무슨 일이 생기면 나는 문학자의 지옥보다 먼저 니담 일족의 작은 지옥에서 불길에 휩싸일 것이다.

일단 메이플은 못미더운 이 삼촌을 신뢰하고 있다. 마지막에 나를 바라본 조카의 눈길에 나는 목숨을 걸어 응답해야 했다.

"제가 먼저 내려가겠습니다. 주변이 안전한지 확인한 다음에 신호를 보낼 테니, 두 분은 차례로 내려와 주십시오."

문밖에서 고든 대령의 수하들이 난입할 우려가 있었다. 먼저 셋이서 소파를 움직여 문을 막았다. 약간은 시간을 벌 수 있을 것이다.

밧줄의 한 쪽 끝을 무쇠 난로에 감은 다음에 나는 탑의 외벽으로 밧줄을 늘어뜨렸다. 그리고 창밖으로 몸을 내밀었다.

"조심하시오, 니담 씨."

"염려 마십시오."

사실 공포나 불안은 별로 없었다. 탑 높이와 밧줄 길이는 거의 같았다. 또한 안데르센은 자신의 체중을 지탱할 수 있을 강도의 밧줄을 준비했을 것이다.

30초쯤 걸렸을까, 발끝으로 바닥을 더듬어 무사히 착지했다. 위쪽에 대고 말을 하려는 순간 어두컴컴한 곳에 사람의 그림자가 나타났다. 이쪽으로 다가오고 있었다. 힘차고 거친 남자의 발소리였지만 경계심은 전혀 없는 것 같았다.

나는 탑 뒤로 몸을 숨겼다. 늘어진 밧줄을 그대로 둔 것은 다 계산이 있었기 때문이다.

몇 차례나 적었듯이 나는 게일어를 모른다. 하지만 탑 쪽으로 온 사내가 "뭐야, 이건"이라고 말한 것은 분명히 알아들을 수 있었다. 사내는 왼손으로 밧줄을 잡고 탑을 올려다보며 무방비로 드러난 등을 내게 보였다.

나는 조용히 사내에게 덤벼들었다. 팔로 목을 감아 조르고 오른손으로 몽둥이를 든 사내의 손을 잡았다. 허를 찔린 사내는 고통스럽게 신음하면서 나를 떼어놓으려고 발버둥 쳤다.

사내는 상당히 체격이 크고 힘도 셌다. 방심해서도 빈틈을 보여서도 안 된다. 나는 죽을힘을 다해 사내의 목을 조이면서 왼발을 들어 사내의 허벅지와 무릎을 걷어찼다. 사내는 고통에 겨워 몸을 돌리면서 왼손으로 공중을 휘저었다. 몇 번이고 팔이 풀릴 뻔했지만 나는 조용히 행동했고, 사내에게서 떨어지지도 않았다.

사내의 오른손에서 몽둥이가 떨어져 땅에 뒹굴었다. 그 순간, 나는 사내의 목에서 팔을 풀고 멀리 떨어졌다.

사내는 비틀거렸다. 폭풍 같은 숨소리를 몰아쉬면서 적을 돌아보려고 했다. 하지만 이미 나는 몽둥이를 집어 들고 있었다.

V

"두 분 모두 내려오세요. 서둘러 주세요!"

탑 위에 있던 두 사람은 내가 격투하는 희미한 모습을 불안하게 바라보고 있었던 것 같다. 안데르센, 디킨스의 순서로 내려왔고, 쓰러진 사내의 모습을 확인하고 환성을 질렀다.

"오오, 정말 잘 했소, 니담 씨."

"정면에서 당당하게 나서지 못한 게 아쉽지만요."

기절한 사내는 몽둥이뿐 아니라, 수렵용 칼까지 지니고 있었다. 칼날의 길이가 1피트 반 정도나 되는 무시무시한 칼이었다. 사람의 목을 단숨에 가르는 일쯤이야 식은 죽 먹기일 것이다.

나는 디킨스에게 몽둥이를 건네고 수렵용 칼을 챙겼다. 그러고 나서 땅으로 늘어진 밧줄을 최대한 높은 위치에서 절단했다. 고든 대령의 수하들이 밧줄을 타고 내려오더라도, 8피트나 되는 높이에서 돌이 깔린 어두운 바닥으로 뛰어내리는 일은 쉽지 않은 일이다. 발목이라도 삔다면 우리에게는 그야말로 행운이다.

"자른 밧줄은 어떻게 할 거요, 니담 씨?"

"이렇게 합니다."

나는 기절한 사내의 두 손을 뒤로 돌려서 묶었다. 디킨스가 칭찬했다.

"솜씨가 좋군. 책대여점의 직원을 하기에는 아까운 걸."

"감사합니다."

사내를 탑 뒤에 숨기고, 우리는 서둘러 그 자리를 떴다. 지리를 전혀 알 수 없는 상태라 불빛과 사람 소리에 집중하며 행동하는 수밖에 없었다.

디킨스가 선두에 서고, 다음에 안데르센, 마지막을 내가 지키는 형태로 성벽을 따라서 걸었다. 불과 1분도 채 가지 않았는데 왼쪽 앞에서 사람이 움직였다. 썩은 나무문이 삐걱거리며 열린 것이다.

그 사람은 입에 집게손가락을 댄 다음에 낮지만 또렷한 목소리로 말했다.

"이쪽으로 와요, 이쪽!"

메리 베이커였다.

웬일인지 우리는 그녀를 의심할 생각을 전혀 못 하고, 시키는 대로 그 문을 통과했다. 그래도 의심이 가는 지 디킨스가 물었다.

"왜 당신이 이런 곳에 있는 거요, 베이커 양."

"그건 내가 묻고 싶은 말이에요. 자, 이쪽이에요. 발밑 조심해요."

베이커가 안내한 곳은 건물에 둘러싸인 안뜰 같은 곳이었다. 돌바닥을 깔아놓긴 했지만, 여기저기가 함몰되어 이끼와 잡초 사이에 돌이 굴러다녔다.

"여기는 아무도 오지 않거든요."

우리는 일단 벽 쪽에 놓인 돌 벤치에 앉았다.

쉬고 있을 여유 따위는 없었다. 하지만 이렇게 뜻밖에 만나게 된 이상, 서로 상황을 조금은 이야기할 필요가 있었다. 그렇다기보다 오히려 속사정을 캐낸다는 편이 정확하다.

"정말 놀랐지 뭐에요."

메리 베이커가 먼저 말을 시작했다.

"고든 대령과 아들이 예쁜 아가씨를 데리고 오는가 싶었는데, 맙소사 애버딘에서 당신들과 같이 있던 아가씨잖아요."

"메이플을 봤어요?"

"그래요, 당신의 조카였지. 고든 대령의 아들이 슬슬 작업을 거는 거 같던데…… 무슨 일이 있구나 싶어서 좀 살펴보러 나갔더니, 당신들이 보이잖아요."

메리 베이커는 애버딘에서 고든 가의 주방보조로 고용되어 바로 얼마 전에 이 섬으로 왔다고 한다. 더러워진 접시를 닦고, 젖은 쓰레기를 처리하며, 부엌을 청소하는 허드렛일이다.

"입에 풀칠이라도 하려면 일을 해야 하잖아요. 몇 년 전에도 고든 가에서 일한 적이 있고, 하녀 우두머리도 알고 있어서…… 그보다 당신들이야말로 고든 가의 장남과 서로 아는 사이인 줄은 몰랐네요."

"아니, 만난 적 없소."

"만난 적 없다고요?"

메리 베이커는 어이가 없어했다.

"당신들은 고든 가의 장남을 이미 만났잖아요."

"응, 만났소. 크리스톨 고든 말이오. 하지만 그는 차남이오. 우리는 랄프 고든을 말하는 거요. 장남 말이오."

"그러니까 나도 그 사람을 말하고 있는 거예요. 애버딘에서 당신들은 그 사람과 함께 움직였잖아요. 그래서 여기도 같이 온 거고요."

디킨스가 혀를 찼다.

"아무래도 말이 안 통하는 거 같은데. 장남과 차남을 착각하고 있는 거 아니오?"

"무슨 그런 말도 안 되는 소리를 하는 거예요."

메리 베이커가 발끈했다.

"그 사람은 처음부터 당신들과 같이 있었잖아요."

그제야 비로소 머릿속은 의혹의 실마리가 풀리는 것 같았다.

"혹시…… 맥밀런을 말하는 건가요?"

"맥밀런?"

"우리와 같이 있던 남자 말이에요. 안경을 쓰고 있었죠?"

"아아, 맞아요, 그 남자예요."

메리 베이커는 시원스레 긍정했다.

"그 남자가 랄프 고든이에요. 전에는 안경도 안 끼었고 콧수염도 기르지 않았죠. 코도 좀 바뀐 거 같은데…… 하지만 분명히 랄프 고든이 틀림없어요."

맥밀런 기자라고 하던 남자의 정체가 고든 대령의 장남이라니!

"그러면 고든 가의 장남은 살해된 게 아니라는 거요?"

"그렇게 생각했어요?"

"음, 아니, 그게, 하나의 가능성으로."

디킨스가 얼버무린 것은 내가 창피해하지 않도록 한 배려였을 것이다. 나는 고든 대령이 장남을 살해했다며 잘난 척 추리를 했으니까.

"그야 그럴 만도 하죠. 실은 나도 그렇게 생각했으니까. 살아있는 랄프 고든의 모습을 내 눈으로 직접 보기 전에는 말이지."

나는 필사적으로 이야기를 정리하려고 했다. 디킨스가 계속 질문을 했다.

"당신이 그렇게 믿은 건 뭔가 이유가 있는 거 아니오? 말해 주겠소?"

"별다른 게 없어요. 아버지와 아들이 말다툼을 하다가 격렬하게 싸우게 되었죠. 그게 몇 차례 반복되다가 아들이 갑자기 자취를 감춰버렸나 봐요. 그러면 누구든지 살해당했다고 생각하지 않겠어요."

"소문은 있었소?"

"그럼요, 고든 대령이 소문을 잠재우려고 기를 썼지만, 소용없었죠. 그 어떤 권력보다 소문은 강하니까."

"음…… 그렇구나!"

내가 소리를 지른 것은 어부 앵거스의 태도에서 짚이는 게 있었기 때문이었다. 앵거스가 두려움에 떨었던 것은 죽었다고 생각했던 랄프 고든이 배를 내 놓으라고 명령을 했기 때문이다. 그리고 그는 월식도의 바닷가에서 고든 대령에게 채찍으로 얻어맞았을 때, 틀림없이 랄프가 살아있다는 사실을 알렸다. 게일어로 말을 했느니, 당연히 우리는 모를 수밖에 없었다.

서둘러 나는 내 추측을 디킨스와 안데르센에게 말했다.

"그때 고든 대령이 심하게 동요한 건 대령 자신도 장남은 죽었다고 그동안 믿었기 때문이에요."

"아하, 고든 녀석도 짚이는 구석이 있었던 거군. 흠, 그렇다면 맥밀런 기자, 즉 랄프 고든의 목적은 도대체 무엇인지……."

디킨스와 함께 나도 생각에 잠겼다. 이때 안데르센이 다른 질문을 메리 베이커에게 던졌다.

"그 고든 가의 장남 말인데, 하녀와 연애했다면서요? 혹시 어떤 여자인지 알아요?"

메리 베이커는 몇 초 동안 침묵했다. 손을 이마에 얹었는데, 약간 떠는 것처럼 보였다.

"좋은 애였어요. 예쁘냐고 물으면 글쎄, 못생긴 건 아니었죠. 젊은 양반, 당신 조카와 비슷하니 밝은 애였어요. 당신 조카가 훨씬 더 예쁘지만."

나는 그제야 정신을 차렸다.

"아참, 랄프 고든은 아무 상관없어요. 메이플을 구해야 돼요."

"크리스톨 고든이 데리고 간 거죠?"

"그, 그래요."

"별로 걱정 안 해도 될 거예요."

"그걸 어떻게 알아요?"

"진정 좀 하쇼. 당신들도 아마 눈치 챘겠지만, 크리스톨 고든은 제 잘난 맛에 사는 인간이거든요."

"그건 알지만……."

"자기는 잘 생기고, 신분과 돈도 있다. 거기에 불량스럽고 좀 악한 느낌도 풍기고. 그래서 모든 여자가 자기를 좋아하고, 여자가 먼저 몸을 내던진다. 그런 여자를 안달 나게 하는 게 그 젊은 도련님의 즐거움이죠. 갑자기 난폭한 짓을 하지는 않아요. 여유만만하게 신사인 양 행동하며 즐기겠죠. 당신 조카는 현명하니까 그걸 이용해서 자신을 지킬 수 있을 거예요."

메리 베이커의 관찰과 분석에 나는 혀를 내둘렀다. 불안한 마음이 잠깐 진정되는가 싶었는데 갑자기 어디선가 "으악"

하는 비명소리가 터져 나왔다. 안데르센이 메리 베이커를 밀어젖힌 것이다. 비명소리를 낸 사람은 안데르센이었다.

디킨스가 나무랐다.

"앤더슨 씨, 부인에게 거친 짓을 하면 안 되잖소."

"하지만 이 할머니, 내 귀에 바람을 불어넣잖아요! 기분이 안 좋아요. 누군가 자리 좀 바꿔줘요."

"애정표현인데, 무정하긴."

"그런 거 됐어요. 싫다고요!"

"무슨 그런 실례되는 말을. 하지만 그렇게 정색을 하고 화내는 게 귀여운데. 귓불을 앙하고 깨물어줄까 봐."

"으, 으악, 하지 마요, 하지 마."

안데르센은 당황하여 벤치에서 글자 그대로 펄쩍 뛰었다. 그런데 운이 나쁘게도 함몰된 곳에 다리가 박혔다. 비틀거리며 두 팔을 휘저었지만 아무 소용이 없었다.

나는 황급히 일어나 손을 뻗었다. 안데르센이 내 손을 잡으려고 했지만, 2, 3인치 차이로 닿지 않았다. 그리고 그대로 크게 몸이 뒤로 젖혀지면서 나자빠졌다.

나는 손을 뻗은 채 그 자리에 멈춰버렸다. 안데르센에게는 미안하지만, 나는 뒤로 넘어진 그의 모습을 보고 있지 않았다. 나는 경쾌한 발걸음으로 안뜰로 뛰어 들어온 승마복 차림의 여성을 보고 있었다.

제7장
혁혁한 공을 세운 빗자루 이야기
안뜰에서 벌어진 격렬한 공방전

I

 메이플은 나를 비롯하여 세 명의 믿음직하지 못한 남자들과 떨어진 채 고든 부자와 함께 성으로 들어갔다. 지금부터도 이전처럼 메이플의 눈으로 이야기가 전개된다.
"성이 정말 근사해요."
 물론 비아냥거리는 말이었다. 황량하고 음침하며 위압적인 건물은 마치 거대한 묘비 같았다.
 1773년에 유명한 문학자 새뮤얼 존슨 박사가 스코틀랜드의 북서쪽 섬들을 여행하고 귀중한 기록을 남겼다. 그에 따르면, 이 근방의 섬들에 세워진 성들은 내륙이 아니라, 반드시 바닷가의 곶에 세워졌다고 한다. 또 적의 방어가 유일한 목적이기 때문에 외관의 아름다움이나 거주지로써의 편안함 따위는 전혀 고려하지 않았다. 결국 근대에 이르러 영국 내에서 전란이 일어나지 않게 되자, 불필요한 장물로 버려지는 운명에 처했다.
"그리고 이런 성에는 반드시 우물과 지하 감옥이 있다고 존슨 박사님이 그랬는데……."
 메이플이 벽과 바닥, 천장을 관찰하고 있자, 크리스톨 고든이 차가운 미소를 띠었다.
"어떻게 도망갈지 계획을 세우는 건가, 메이플?"

내심 동요했지만 메이플은 꾹 참으며 속내를 숨겼다.

"스스로 신사라고 생각한다면, 콘웨이 양이라고 불러주실래요?"

"나는 친애하는 마음을 우선시하고 싶은데."

이들이 걸음을 멈춘 곳은 엄청나게 큰 방이었다. 저택의 중심에 있는지 사방으로 복도가 뻗어 있었다. 거대한 난로가 있었지만 불기운은 전혀 없고, 돌바닥의 냉기가 신발바닥을 통해 다리로 올라왔다.

"어릴 때 놀던 곳이야. 이곳을 거점으로 섬의 여기저기에 가곤 했지."

"당신의 형님도요?"

크리스톨은 아무렇지 않게 메이플의 질문을 무시했다.

"여러 가지 일들을 했고 보물찾기도 했어. 이 섬은 옛날부터 고든 가의 창고 같은 데라서……."

고든 대령이 돌아봤다. 못마땅하다는 듯이 노여움을 담아서 아들을 노려봤다.

"크리스톨, 수다 좀 작작 떨지 그러냐."

고든 대령의 손은 끌고 온 어부의 목덜미를 잡고 있었다.

"사태를 파악하고 있느냐. 앵거스가 말도 안 되는 소리를 털어놓았다."

"알고 있어요, 아버지. 당신의 장남이 살아있다고요. 우와,

당신의 장남은 대단해요, 질겨요, 질겨."

크리스톨은 '형'이라고 하지 않고 끝까지 '당신의 장남'이라고 불렀다. 그 한결같은 모습에 메이플은 도리어 감탄했을 정도다.

크리스톨은 메이플의 앞에 서서 그녀의 얼굴을 들여다보았다.

"그건 그렇고, 메이플, 당신들은 어떻게 아버지의 장남의 일을 알게 된 거지? 랄프 고든하고 말이야."

"무슨 말이에요? 무슨 말인지 전혀 모르겠어요."

"어디서 시치미를 떼는 거냐, 이 계집애가."

호통을 친 것은 고든 대령이었다. 크리스톨은 눈썹을 살짝 움직여서 메이플의 표정을 살폈다. 메이플은 얼굴에 벌레가 기어 다니는 듯한 섬뜩함을 필사적으로 참았다.

"아아, 그렇구나. 당신들은 전혀 몰랐던 거야. 아버지, 이제와 이 여자가 당신 장남을 감쌀 이유도 없으니까, 추궁해도 얻을 건 없겠어요. 메이플, 다시 묻겠는데 당신이 아는 인물의 정체가 뭐지?"

"저도 다시 물어볼게요. 무슨 이야기에요?"

"그러니까, 당신들과 함께 앵거스의 배를 타고 와서 자취를 감춘 사람이 있지? 녀석은 이름이 뭐라고 했지?"

크리스톨의 의도를 알아차리고, 메이플은 깜짝 놀랐다.

"맥밀런 씨말이에요!"

"흠, 맥밀런이라. 아버지, 당신의 장남은 가명을 짓는데 별로 센스가 없는 모양이네요. 여하튼 메이플의 이야기를 들어보죠."

메이플은 '맥밀런 기자'에 대해서 아는 사실을 대강 이야기했다. 가명을 쓰고 있었다니, 메이플로서도 그를 감쌀 도덕적 의무는 없다고 판단했기 때문이다. 또 메이플이 아는 사실을 이야기해도, 고든 대령과 크리스톨에게 별로 도움이 되지 않는다는 점도 분명했다.

"자, 아는 건 모두 얘기했어요. 그만 보내주실래요?"

의기양양하게 메이플이 팔짱을 끼자, 크리스톨은 장난기 가득한 표정으로 양 손을 쳤다. 단 소리는 내지 않았다. 고든 대령이 사나운 눈빛으로 메이플을 쏘아보았다.

"얌전히 있거라, 무단 침입한 자를 무사히 돌려보낼 거라고 생각하는 거냐."

"그만 하세요, 아버지, 어른답지 못하세요."

크리스톨이 냉소를 담아 제지하자, 고든 대령은 얼굴이 검붉어져서 입을 다물었다.

"당신의 장남 랄프가 가명으로 이 섬에 온 게 밝혀졌어요. 이거면 충분하잖아요. 이제 가렛에게 명령해서 그를 몰아가면 되요. 좋아하시는 사냥도 하고 좋지 않나요?"

"몰아간다고요? 상대는 사람이에요."

메이플의 말에 크리스톨은 어깨를 움츠렸다.

"미안하지만, 메이플, 그는 인간의 탈을 쓴 맹수야. 하지만,

뭐, 그런 건 상관없고. 이쪽으로 와봐."

"어디요?"

"내가 가는 곳으로. 괜찮죠, 아버지?"

대답도 기다리지 않은 채, 크리스톨은 메이플의 어깨를 감싸듯이 하여 걸어간다. 고든 대령은 제지하지 않았고 수하들도 움직이지 않았다.

"저 앵거스라는 사람은 어떻게 되는 거죠?"

메이플은 어깨에 놓인 젊은이의 손을 털고 싶었지만, 그 손에는 진득하게 힘이 들어가 있었다.

"글쎄, 난 관심이 없는데. 아버지가 결정하실 문제야."

크리스톨의 목소리는 북극에서 흘러온 빙산보다 차가웠다. 메이플은 겉으로는 얌전하게 행동했다. 지금 도망치는 건 불가능하다. 방심하게 만들어서 기회를 노려야 한다.

어둡고 긴 복도 모퉁이를 두 번쯤 돌았지만 계단은 한 번도 사용하지 않았다. 이윽고 색 바랜 사자 문양이 붙은 문 앞에서 크리스톨은 멈춰 섰다.

"자, 다 왔어. 들어가, 메이플."

크리스톨이 열쇠로 문을 열었다. 메이플은 실내를 들여다보고 속으로 깜짝 놀랐다.

그곳에는 작지만 완전히 다른 세계가 펼쳐져 있었다.

황량한 홀과 복도에서는 상상할 수도 없는 곳이었다. 방은 거의 정방형으로 사방이 30피트 정도의 넓이였다. 천장은 높이가 20피트 정도였고 커다란 샹들리에가 반짝거렸다. 바닥에는 이집트나 페르시아의 수입품으로 보이는 융단이 깔려 있었다. 벽에는 유니콘과 여인을 그린 태피스트리(색실로 짠 주단-옮긴이)가 걸려 있었다.

바닥 중앙부에는 춤을 출 수 있도록 텅 비어 있었다. 소파와 카우치, 원형 티테이블 등 화려한 가구들은 벽을 따라서 늘어서 있었다. 비너스의 대리석상, 마이센 자기의 커다란 화병과 은그릇을 장식한 마호가니의 선반…….

커다란 난로에는 황금색 불길이 타오르고 있었다. 다시 말해, 일부러 본토에서 장작을 운반해오고 있는 것 같았다.

"이 방은, 당신 전용 방인가요?"

메이플이 놀라서 묻자, 크리스톨은 의기양양하게 고개를 끄떡였다.

"은신처라고 부르지. 마음에 들었으면 좋겠는데."

"미안하지만, 마음에 안 들어요."

"음, 왜?"

"책이 한 권도 없잖아요."

"숙녀에게 책이 무슨 소용 있어. 필요한 건 이거야."

크리스톨이 어깨에서 손을 뗐기에 메이플은 내심 안심했다. 고든 가의 도련님은 벽으로 다가가서 문을 열었다. 곧 놀라운 장면이 펼쳐졌다. 셀 수 없을 정도로 많은 여자 옷이 걸려 있었다.

"뭐예요, 그거?"

"당신을 위한 거야, 메이플. 당신 한 사람을 위해서 준비한 건 아니지만. 내가 사 모은 이 옷들을 당신이 꼭 입어줬으면 해, 나를 위해서."

옷 방의 내부는 마치 화려한 화원 같았다. 모든 형태, 모든 크기, 모든 색상의 여성복이 진열되어 있는 착각이 들 정도였다. 최신 유행에서부터 고풍스러운 옷까지, 모두 비싸 보이는 옷들이었다.

"자, 어느 걸 입을래, 메이플?"

"크리스톨 고든, 당신에게는 아내도 애인도 필요 없군요. 당신에게는 단지 옷 갈아입히면서 놀 수 있는 살아있는 인형, 그것만 있으면 되는 거예요."

뭐라고 비판을 하든, 크리스톨은 전혀 동하지 않았다.

"그럴 지도 모르지. 그렇다고 해도 그게 어쨌다는 거지? 숙녀의 조건은 아름다운 드레스가 어울리는 것이지, 책을 읽고 억지를 부리는 게 아니잖아."

"이 변태……!"

메이플은 그렇게 말하지 않았다. 아니, 있는 힘껏 소리치려다가 간신히 참아 넘겼다. 더 이상 자신의 속내를 크리스톨

앞에서 밝혀서는 곤란했기 때문이다.

　나중에 메이플은 그 때의 일을 다음과 같이 설명했다.

　"이유는 두 가지였어요, 삼촌. 하나는 제가 옷을 갈아입을 때까지 크리스톨은 저를 어떻게 하지 않을 거라는 것. 약간은 시간을 벌 수 있잖아요. 두 번째는 짚이는 게 있어서 섬뜩했는데요, 인형처럼 옷을 갈아입히면서 놀았던 여자들을 크리스톨은 그 뒤 어떻게 했을까 하는 거예요. 다리가 후들거리는데 그걸 숨기느라고 고생했어요."

　결심을 굳히자, 메이플은 크리스톨에게 마음에도 없는 미소를 보냈다.

　"좋아요, 갈아입을 게요."

　"착하기도 하지, 메이플."

　"단, 문제는, 내 마음에 드는 옷이 있느냐, 하는 건데."

　"분명이 있을 거야. 런던뿐 아니라, 파리까지 나가서 사 모았으니까. 당신이 어떤 옷을 고를지 기대가 되는 걸."

　영국인으로서는 약간 유감이지만, 그 당시 세계에서 예술과 패션의 중심은 엄연히 파리였다. 50년이 지나도 역시 그 지위는 확고부동하다.

　"그럼 안에 들어가서 갈아입어, 메이플. 갈아입으면 꺼내줄게."

　그 말인 즉, 갈아입지 않으면 밖으로 내보내주지 않는다는 의미였다.

II

　창문도 없는 방에 갇힌 채, 메이플은 불빛 아래에서 찬찬히 주위를 둘러보았다. 메이플도 여자라 잠시 파리의 화사한 향기로 가득 찬 공간에 끌렸다. 그렇다고 즐기고 있을만한 여유는 없었다. 옷을 갈아입어야 밖으로 나갈 수 있기 때문에 메이플은 옷을 고르기로 마음먹었다. 어쨌든 바닷물과 안개로 차갑게 젖은 옷을 갈아입을 수 있다면 크리스톨의 비뚤어진 취향을 이용하는 것도 하나의 방책이었다.

　얼마 안 있어, 문밖에서 크리스톨의 목소리가 들렸다.

"아직이야, 메이플?"

"조금만, 조금만 더 기다려요."

"그래, 기다릴게."

　문 바로 밖에서 좌우를 왔다 갔다 하는 기척이 났다. 목덜미에서 한기가 느껴졌다.

"하지만 기다리는 데도 한계가 있고, 기대했다가 실망을 하면 나도 내 감정을 참지 못할 지도 몰라. 당신의 취미가 고상하기를 바랄 게."

"기다린 보람이 있을 거예요."

"듣던 중 반가운 소리네."

"지옥에나 떨어져라, 크리스톨 고든."

마지막 말은 속으로 중얼거리고 메이플은 옷을 갈아입었다. 부츠를 신어보고 "됐어"라고 중얼거렸다. 숙녀라기보다 소년병사의 표정 같았다. 문을 두드리며 크리스톨에게 열어달라고 부탁했다.

"와아, 승마복이군."

문을 연 크리스톨은 눈이 휘둥그레졌다.

"우아, 예상 밖이지만 매력적이야."

상의는 남성용과 비슷한 디자인의 재킷으로 몸에 딱 맞았다. 파란색 타탄체크로 가슴에 두 줄로 금색 단추가 달려 있다. 하의 역시 상의와 마찬가지로 파란색 타판체크 무늬의 랩스커트를 입었다. 랩스커트는 승마용 치마다. 발에는 부츠를 신었다. 아직 영국에서는 일반적인 스타일은 아니지만, 프랑스에서는 최신유행이었다. 말을 탈 때에도 여자는 두 다리를 모아서 옆으로 앉던 시대다.

"그동안 승마복을 고른 여자는 없었어. 당신이 처음이야."

"그동안이라고요?"

"그동안의 여자들이지."

"이 방에 그동안 몇 명이나 들여보냈어요?"

"글쎄, 서른 명쯤 되려나. 하나같이 특별히 선택되었다는 생각에 기뻐하더군."

크리스톨의 한마디 한마디에 독액이 뚝뚝 떨어지는 것 같았다.

"그런 여자들이 무슨 생각을 하는지, 당신에게 가르쳐 줄까?"
"그만해요, 듣고 싶지 않아요."

메이플은 단호하게 말했다. 그녀는 이미 알고 있었다. 거절하고 혐오감을 보일수록 크리스톨이 재미있어하며 일부러 더 한다는 사실을. 메이플이 싫어하면 크리스톨은 득의양양하게 계속 말할 것이다. 즉, 시간을 조금이라도 더 벌 수 있다.

"그러지 말고, 들어봐, 메이플. 그 여자들이 나쁜 남자에게 가장 먼저 품는 환상은 이거야. '저 사람은 사실은 나쁜 사람이 아니야' 그 다음은 '저 사람이 다른 사람에게 아무리 잔인하게 굴어도 나한테만 자상하면 돼' 그러니까 그 여자들의 본심은 이건 거지. '내가 바로 진실한 사랑에 어울리는 유일한 존재야'······."

크리스톨의 높은 웃음소리에 메이플은 온몸이 전율했다. 이 남자는 제 정신이 아니야, 라고 메이플은 확신했다.

"살아있는 여자는 거추장스러워. 인형이 훨씬 낫지."
"당신 아버지의 장남은 어때요? 당신과 의견이 달랐을 거 같은데."

크리스톨은 살짝 인상을 찌푸렸다.

"녀석은 어리석기로는 둘째가라면 서러운 인간이지. 공연히 캠브리지 대학 같은 데에 가니까 좋지 않은 물이 든 거야. 동창생이 커피숍의 종업원과 사랑의 도피를 하니까, 자신도 돌아와서 하녀한테 반한 거라고."

이때 상상의 나래가 메이플의 안에서 크게 날개 짓을 했다.

"혹시 당신, 그 하녀를 유혹한 거 아니에요? 그런데 그녀는 당신을 거절하고 형님을 받아들인 거죠. 그래서 당신은 형님과 하녀를 미워하는 거예요. 아니에요?"

메이플의 목소리가 마침내 떨렸다.

"호, 혹시, 당신이 형님들을……."

"엇, 끝내 그 말을 입 밖에 내는군, 메이플."

크리스톨은 웃었지만, 그동안의 웃음보다 훨씬 위험하고 사악한 웃음이었다.

"그런 질문을 하지 않았으면 조금 더 즐거운 시간을 보낼 수 있었을 텐데, 하는 수 없는 아가씨야."

"……죽였군요."

"그렇게 생각했는데, 정말 질긴 녀석이야."

"혹시 이 방에 데리고 온 여자들도 모두 당신이 죽였어요?"

"죽인다는 말을 숙녀분이 사용하면 안 되지."

크리스톨은 메이플을 나무랐다. 대화가 심상치 않다는 걸 자각하고 있는 걸까.

"나는 구제해준 거라고, 불행한 여자들을."

"구제?"

"그렇고말고. 남들보다 조금 더 아름답게 태어났다는 이유로, 가난한 환경에서 신분상승을 할 수 있다고 욕심낸 불행한 여자들을 내가 구제해준 거란 말이지. 한 번 생각해봐, 메이플. 교양은커녕 글자도 제대로 읽지 못하면서 그 여자들은 자신들이 신분을 초월한 사랑을 이루고, 상류사회의 숙녀가 될 거라고 믿고 있어. 절대 될 수 없는데 말이야."

"……그래서요?"

"그 여자들은 평범한 남자와 평범한 결혼을 해야 해. 그리고 평생 불평을 하며 인생을 저주하게 되지. 그러기 전에 내가 구제해주는 거야. 젊고 그런 대로 아직 아름다울 때, 영원히 말이지."

크리스톨은 미묘한 시선으로 메이플의 등 뒤를 보려고 했다.

"메이플, 당신은 계속 두 손을 뒤로 돌리고 있는데, 뭔가 숨기고 있는 거야?"

"아아, 이거……."

"이리 줘봐."

메이플이 등 뒤에 숨기고 있던 것을 앞으로 내밀었다. 크리스톨은 웃음을 터뜨렸다. 승마복 차림을 한 아름다운 소녀가 진지하게 내민 것은 바닥을 청소하는 대걸레였다.

"뭐야, 대걸레는 어디서 났지?"

"옷 방 안쪽에 청소도구함이 있었어요."

"당신 혼자서 청소하기에 여긴 너무 넓을 텐데."

"승마복을 입었더니 채찍이 있었으면 했는데 없어서요, 하는 수 없잖아요."

"그건 미처 생각을 못했군. 아무리 그래도 대걸레는 승마복에 안 어울리지. 그건 신분이 낮은 여자들이 쓰는 거야."

"나는 신분이 낮은 여자에요. 일을 하고 있잖아요."

메이플은 크리스톨에게 극심한 공포를 느끼고 있었다. 그런데 크리스톨이 말을 할 때마다 메이플은 분노가 치밀어서 공포가 중화되는 느낌이었다. 정말이지 아이러니한 효과였다.

"아무튼 됐어. 그럼 지하를 보여줄게. 이 바닥 밑을."

크리스톨은 발로 가볍게 바닥을 두세 번 굴렀다.

"분명히 당신 선배들이 환영해 줄 거야."

"당신이 죽인 여자들 말이죠."

"구제해준 여자들이야. 모두 여왕처럼 차려입고 말없이 얌전하게 늘어서있어. 당신도 거기에서 영원히 침묵에 잠기는 거야."

크리스톨이 손을 뻗었다. 메이플은 재빨리 물러났다. 대걸레를 창처럼 쥐고 월식도의 살인마를 노려봤다. 쿡쿡 웃으면서 크리스톨이 한 걸음 앞으로 나왔다. 메이플은 대걸레를 높이 쳐들고 크리스톨을 향해서 힘껏 내리쳤다.

크리스톨의 검이 번쩍였다.

내려친 대걸레는 크리스톨의 공중에서 두 동강이 났다. 대걸레의 끝부분, 즉 걸레부분이 호를 그리며 바닥에 떨어졌다.

손잡이 부분만 메이플의 손에 남았다.

"어머, 제법이네요."

허세를 부려보았지만 이 허세에는 메이플의 목숨과 자존심이 걸려있었다. 조금이라도 약한 모습을 보이면 공포로 무너질 것 같았다.

메이플은 막대기만 남은 대걸레를 오른쪽 어깨에 메고, 천천히 원을 그리듯이 발걸음을 옮겼다. 검을 한 손에 들고 그 모습을 바라보는 크리스톨의 눈에는 기괴한 욕정의 불꽃이 번뜩였다.

"아아, 메이플, 설마 대걸레를 무기로 사용할 줄이야. 물어뜯던지, 할퀼 거라는 예상은 했지만."

"당신이 예상하지 못하는 일들이 이 세상에는 얼마든지 있다고요."

"오호, 예를 들면?"

"예를 들면, 이거요!"

메이플은 온몸을 날리며 손을 앞으로 쭉 뻗었다. 대걸레 자루를 창처럼 해서 크리스톨의 눈을 겨냥하여 찔렀다.

다시 크리스톨의 검이 번뜩였다.

1피트 정도의 막대기가 메마른 소리를 내며 공중을 날았다. 그리고 벽에 부딪히더니 바닥에 뒹굴었다.

이제 메이플의 손에는 길이 2피트 정도의 막대기만 하나 있을 뿐이었다. 그래도 여전히 메이플은 짧아진 막대기로 자세를 취했다.

"좋아, 아주 좋아, 정말 즐거워, 메이플 콘웨이."

크리스톨 고든은 기분이 아주 좋았다. 파란 두 눈에서 불길이 이글거렸다. 메이플이 왼쪽으로 이동하면 크리스톨도

왼쪽으로 돌았다. 두 사람은 천천히 바닥 위에 원을 그렸다.

"드레스를 입고 울부짖는 여자도 좋지만, 당신처럼 자기 분수도 모르고 철저하게 저항하는 여자도 정말 좋아. 이대로, 뭐랄까, 그래, '헤어지는' 건 아쉬워. 다시 한 번 당신에게 기회를 줄게. 어때, 내 애인이 되지 않겠어? 맘껏 사치하며 살 수 있게 해줄게."

"언제까지요?"

"언제……?"

크리스톨은 의아해했다. 그가 사용한 '헤어진다'는 표현이 분명 메이플에게 공포를 불러일으켰을 텐데, 메이플은 끊임없이 솟아오르는 분노로 용기를 북돋고 있었다.

"말했잖아요, 당신에게 필요한 건 살아있는 여자가 아니라, 옷을 갈아입히는 인형이라고. 제멋대로인 어린 아이는 인형도 금방 싫증내요. 싫증나면 내던지고, 다음 인형을 찾죠."

메이플은 숨을 들이쉬었다가 내뱉었다.

"당신은 죽을 때까지 그걸 반복할 거예요. 겉모습은 늙어도 마음은 그대로 어린 아이죠. 아무 것도 배우지 않고, 아무 것도 성장하지 않고, 그저 나이만 먹을 뿐이에요."

크리스톨이 눈을 가늘게 떴다.

"이제 그만 하지 그래. 관대한 사람이긴 하지만 그렇게 오만하게 설치면 나도 어떻게 할지 몰라."

"당신이야말로 태어나서 지금까지 오만방자하지 않나요?"
"나를 누구라고 생각하는 거지?"

갑자기 크리스톨의 목소리가 높아졌다.

"나는 크리스톨 고든이야. 고든 대령의 아들이라고."
"그래서요? 나는, 에드먼드 니담의 조카에요!"

짧아진 대걸레 손잡이를 바닥에 세우고 메이플은 가슴을 폈다. 마치 "나는 웰링턴 공작의 조카에요"라고 선언하는 듯한 말투였다.

크리스톨의 여유만만한 태도는 단지 외관에 불과했다. 이미 발 한쪽은 한계에 달해 있었다. 이제 슬슬 승패를 가릴 때다. 메이플은 직감했다.

크리스톨이 혀끝으로 입술을 핥았다.

"그 쓸모없는 자식을 상당히 과대평가하는 모양이군."
"정당하게 평가하고 있을 뿐이에요."
"그럼 당신의 삼촌인가 하는 녀석의 실력을 한 번 봐볼까. 나와 검을 겨뤄서 녀석이 몇 분이나 버틸 수 있을지."

"쿵!" 하는 소리가 울렸다.

메이플이 대걸레 자루로 바닥을 찍으며 낸 소리였다.

III

"당신은 직업을 가지고 일을 한 적도 없어요. 자신보다 강한 적과 목숨 걸고 싸운 적도 없고요. 당신은 아버지의 권세를 믿고 약자를 괴롭히기만 하는 비겁자라고요! 당신 따위가 네드 삼촌을 이길 리가 없어요!"

"하고 싶은 말은 그게 전부인가?"

크리스톨은 여유를 부리려고 했지만, 더 이상 웃음을 짓지 못했다. 눈꺼풀과 뺨이 가늘게 떨리기 시작했다.

"얼마든지 더 있어요. 하지만 어차피 말해도 쓸 데 없는 짓이죠."

"오호, 그러면 이제 어떡하려고 그러지? 아직도 어떻게든 될 거라고 생각한다면, 재미있군 그래."

"금방 재미없게 될 거예요, 자!"

다음 순간, 크리스톨 고든의 시야 가득히 파란 구름이 펼쳐졌다. 반사적으로 크리스톨은 얼굴을 움직여서 피하려고 했다. 파랗고 커다란 천이 크리스톨의 머리 전체를 뒤덮었다. 눈, 코, 입, 그리고 귀를 단번에 막았다.

어떻게 된 것일까? 메이플이 허리에 두르고 있던 승마용 치마를 벗는 것과 동시에 온 힘을 다해서 크리스톨의 머리에 내던진 것이다.

승마용 치마는 메이플 자신도 감탄할 정도로 멋지게 크리스톨의 머리를 순식간에 완전히 덮어버렸다. 크리스톨은 앞이 보이지 않았다. 동시에 몸의 균형을 잃고 비틀거렸다. 오른손에는 검을 쥐고, 왼손으로는 천을 벗기려고 허우적댔다.

이 기회를 놓치지 않고 메이플은 자루만 남은 대걸레를 번쩍 들어 올려 오른쪽 위에서 대각선 방향으로 힘껏 내리쳤다. 파란 천에 뒤덮인 크리스톨 고든의 왼쪽 머리를 강하게 일격했다. 메마르고 딱딱한 소리가 울렸다.

우물거리는 비명소리를 지르며, 크리스톨의 자세가 흐트러졌다. 어떻게든 버티며보려고 했지만 성공하지 못하고 두세 걸음 버둥거리더니 결국 획 뒤집어졌다. 메이플은 소리쳤다.

"어때요, 이제야 알겠어요? 여자와 대걸레를 우습게보면 매운 맛을 보게 된다고요!"

크리스톨은 대답하지 않았다. 머리에 천을 뒤집어쓴 상태다보니 숨을 쉬지 못했고, 바닥 위를 데굴데굴 구르면서 어떻게든 벗으려고 바동거릴 뿐이었다.

크리스톨이 자유로워지면 메이플은 더 이상 대항할 방법이 없다. 서둘러 도망치기로 했다.

메이플이 승마복을 선택한 데에는 중요한 이유가 있다. 승마복 치마 밑에 하얀 색의 날씬한 바지를 입고 있기 때문에 겉의 치마를 벗어도 그다지 경망스러운 차림이 되지 않는다.

거기다 뛰어오를 수도 달릴 수도 있었다. 드레스나 페티코트를 입으면 그럴 수 없다.

크리스톨이 바닥에 떨어뜨린 검을 주운 뒤 메이플은 문을 향해서 뛰어갔다. 손잡이를 잡고 앞뒤로 흔들어보기도 하고 돌려보기도 했다. 문은 잠겨서 꿈쩍도 하지 않았다.

고개를 돌려 실내를 둘러봤다. 바닥에서 상반신을 일으킨 크리스톨이 휘감긴 치마에서 빠져나오려고 했다. 로코코 풍의 원형 탁자 위에서 은색 빛의 무언가가 반짝였다. 바로 열쇠다발이 아닌가!

메이플은 뛰어가서 열쇠다발에 손을 뻗었다. 동시에 무서운 목소리가 울려 퍼졌다.

"메이플……!"

마침내 크리스톨이 치마에서 빠져나왔다.

"메이플, 말을 안 듣는 아이로군. 벌을 줘야겠어."

메이플은 원형 탁자 위에서 열쇠다발을 집어 들고는 그대로 창문으로 돌진했다.

다행스럽게도 행운의 여신이 메이플의 손을 잡아주었다. 하나는 크리스톨이 곧장 전력을 다해 움직일 수 있는 상태가 아니었다는 점. 다른 하나는 이 방이 1층이었다는 점이다. 창문은 쉽게 열렸다. 메이플은 검과 열쇠다발을 밖으로 내던진 다음 창틀을 넘어서 약 5피트 높이의 창문에서 뛰어내렸다.

크리스톨이 쫓아와서 팔을 뻗었다. 하지만 그의 손가락은 허공을 거머쥐었을 뿐이다. 불과 2, 3인치 차이로.

열쇠다발과 검은 멀리 떨어져 있었다. 주우러 가다가는 크리스톨에게 붙잡힐 수 있다. 그렇게 판단한 메이플은 빈손으로 죽을힘을 다해 뛰기 시작했다.

건물 모퉁이를 돌았을 때 십여 명의 남자들이 보였다. 물론 고든 부자의 수하들이다. 그들도 메이플을 발견했다. 메이플은 급정지를 하고 주위를 둘러봤다. 바로 왼쪽에 나무문이 있었다. 그곳으로 뛰어들어야할까.

그때 중년 남자의 한심한 비명소리가 문 너머에서 들려왔다.

"으, 으악, 하지 마요, 하지 마……."

바로 안데르센 선생님의 목소리가 아닌가!

메이플은 나무문을 거의 온몸으로 열다시피 하여 안으로 뛰어들었다. 그곳은 다행히 우리가 있던 안뜰이었다.

"삼촌!"

"메이플, 괜찮은 거니!"

이렇게 하여 용감한 조카와 별 도움도 안 되는 삼촌이 감동적인 재회를 했다, 라고 말하고 싶지만 금세 방해꾼이 끼어들었다. 메이플은 일 년 전과 똑같이 나에게 뛰어들려고 했다. 나도 그러한 메이플을 팔을 벌려 끌어안으려고 했지만, 뒤로 넘어져있던 안데르센이 벌떡 일어났다. 결국 메이플과 나는 위대한 동화작가를 앞과 뒤에서 동시에 끌어안은 꼴이 됐다.

"아아, 콘웨이 양, 무사해서 다행이에요. 정말 다행이야."

메이플에게 뺨을 비비는 안데르센은 그야말로 착한 아이 같았다. 하지만 그 모습에 감동받고 있을 상황이 아니었다. 나는 그의 등에서 떨어져서 디킨스와 함께 나무문으로 달려갔다. 사나운 사내들의 목소리와 발소리가 다가오고 있었다.

"어떻게 할 거요, 니담 씨. 열 명쯤 되는데."

나는 안뜰의 입구인 나무문을 살펴봤다. 기껏 4피트 정도 되는 문으로 두 사람 이상이 동시에 공격을 해오기는 어렵다.

"걱정 마십시오."

짧게 대답하고 나는 들고 있던 수렵용 칼을 힘껏 쥐었다.

시간은 9시를 넘었고, 북쪽의 길고 긴 황혼이 계속되고 있었다.

"디킨스 선생님, 몽둥이를 빌려주십시오."

왼손을 뻗자 몽둥이가 만져졌다. 나는 그것을 쥐고 지시했다.

"물러나십시오. 메이플을 부탁합니다."

메이플을 가운데에 두고 디킨스와 안데르센이 대여섯 걸음 물러났다. 그 뒤에는 메리 베이커가 있었다.

"더 가세요, 열 걸음쯤 더요."

뒤로 뛸 수 있을 정도의 공간을 확보했을 때, 나무문에 적이 나타났다. 빨간 머리와 수염을 한 거대한 사내가 차 부술 듯한 기세로 나무문을 열었다. 정면에 서 있는 나를 보자, 갑자기 오른손을 쳐들었다. 몽둥이가 바람을 가르며 신음소리를 냈다.

순간, 나는 왼손의 몽둥이를 크게 치켜들었다. 상대방의 몽둥이를 막아내고, 동시에 오른손의 수렵용 칼을 휘둘렀다. 두꺼운 칼날이 왼쪽 무릎 바로 위를 지나가며 근육을 절단했다.

괴로운 울부짖음과 함께 사내의 커다란 몸이 쓰러졌다. 땅이 울리고 몽둥이가 땅에 떨어졌다.

그때 나는 이미 두 번째 사내와 대적하고 있었다. 나무문은 넓지 않고 발밑에는 좀 전의 사내가 뒹굴며 괴로워하고 있었다. 상대방은 자유롭게 움직이지 못하고 불편한 자세로 수렵용 칼을 번쩍 치켜들었다. 나는 개의치 않고 전진했다. 첫 번째 사내의 몸을 가차 없이 짓밟고 뛰어올라 수렵용 칼끝을 상대방의 오른쪽 어깨 겨드랑이 위쪽을 관통시켰다.

어마어마한 비명소리가 울렸다.

칼을 더 밀어 넣어서 회전시키면 이 사내는 평생 오른쪽 팔을 쓸 수 없게 된다. 하지만 그렇게까지는 하고 싶지 않았다. 수렵용 칼을 빼면서 동시에 나는 다리를 들어 사내의 배를 찼다. 사내가 앞으로 고꾸라졌고, 엽도용 칼의 손잡이로 턱에 일격을 가했다. 사내는 피를 흩뿌리면서 뒤로 쓰러졌다.

세 번째 사내가 아직 사태를 제대로 파악하지 못하고 일단 몽둥이부터 휘둘렀다. 나는 수렵용 칼을 후려쳐서 몽둥이를 두 동강 냈다. 그리고 사내의 왼쪽 어깨에 칼을 꽂았다. 고통스러워하는 소리와 함께 사내는 그 자리에 무너져 내렸다. 발라클라바의 처참한 사투. 나는 그 기억을 봉해버리고 잊으려고 했다. 하지만 나의 불완전한 봉인은 계관시인 알프레드 테니슨의 언어를 통해 산산조각 났다. 그와 동시에 나를 옭아매고 있던 쇠사슬도 끊어졌다. 과거의 환영이 아니라, 눈에 보이는 적을 정면에서 마주했을 때, 나의 팔과 다리가 자유자재로 움직였고, 눈은 상대방의 움직임과 그 의도까지 꿰뚫을 수 있었다. 이렇게 하여 나는 네 번째 사내를 몽둥이로 때려눕혔다.

디킨스가 크게 박수를 쳤다.

"콘웨이 양, 당신의 삼촌은 정말로 대단하오. 책대여점의 직원을 하고 있기에는 정말 아까운 사람이에요."

"감사합니다, 디킨스 선생님. 런던으로 돌아가면 니담 씨의 월급을 올려달라고 뮤저 사장님께 말씀해주세요!"

내 조카는 나보다 훨씬 미더운 사람이다.

다섯 번째 사내가 피를 내뿜는 오른팔을 누르고 수렵용 칼을 내동댕이치며 후퇴하자, 다른 사내들도 겁을 먹었다. 병자와 여성에게 아무렇지 않게 몽둥이를 내리치는 비겁한 녀석들이지만, 정면에서 일대일로 대적하는 한 나의 견고한 방어벽을 돌파할 수는 없다. 그 사실을 마침내 깨달은 것 같았다.

"물러서라, 멍청한 놈들 같으니."

악의에 가득 찬 날카로운 소리가 날아오고, 사내들은 양측으로 길을 비켰다. 등장한 사람은 검을 빼든 크리스톨 고든이었다. 완벽하고 세련된 옷차림은 변함없었지만, 왼쪽 눈 주변은 파랗게 멍이 들어 있었다. 표정에는 사나운 적의가 서려 있었다. 그는 쓰러져서 신음하고 있는 수하들을 내려다보고 뺨을 일그러뜨렸다.

"이건 모두 네놈이 한 짓이냐?"

"자랑할 일도 아닌데."

차갑게 대답하자 크리스톨은 두어 번 머리를 가볍게 흔들었다.

"놀랐어, 솔직히."

그리고 천천히 한 걸음씩 다가오며 나와의 거리를 좁혔다.

"삼류작가의 심부름꾼이라고만 생각했는데, 정말이지, 제법 하는군."

내 뒤에서 조카가 자랑스럽게 외쳤다.

"당신이 뭘 몰라서 놀라는 거예요, 크리스톨 고든. 그동안 말 안했는데, 네드 삼촌은 크림 전쟁에서 돌아온 용사라고요!"

다시 놀라운 눈으로 크리스톨이 나를 쳐다봤다.

"사실이냐?"

"발라클라바에서 기병으로 싸웠네."

나는 조용히, 하지만 최대한 박력 있게 대답했다. 크리스톨 고든의 파란 눈에 경악의 빛이 스쳐 지나갔다.

"발라클라바…… 돌격을 감행한 600기병들의 한 명이라는 거냐?"

"살아 돌아온 195명의 기병 중 한 사람일세."

한껏 뽐내는 척 그렇게 대답했다. '발라클라바의 용맹한 자'라는 칭호는 어차피 헛된 명성이다. 하지만 그 헛된 명성에 두려움을 갖는 무리가 있는 것도 사실이다. 크리스톨 고든과 싸우는데, 나는 헛된 명성이든, 자만이든, 무기로 이용할 생각이었다.

크리스톨은 마음을 가다듬었는지, 일부러 여유로운 미소를 띠었다.

"그게 뭐 어떻다는 건가. 이곳은 크림반도가 아니라 스코틀랜드네. 기껏 살아 돌아왔는데, 안 됐지만 네놈을 숭배하는 조카 앞에서 깨끗하게 난도질을 해주마."

그 말에 나는 아무 말도 하지 않았다.

"일대일 승부를 생각한다면, 수하들이 움직이지 못하게 명령을 내려라."

"말투가 마음에 안 들지만, 그렇게 하지."

크리스톨은 뒤를 돌아보지도 않고 부하들에게 내 요구사항을 명령했다. 그리고 안뜰로 걸어 들어왔다. 우아한 걸음으로 한 걸음씩. 그와 대조적으로 수하들은 어수선하게 서로를 밀치면서 물러났다.

"그런데, 자네도 명령을 했으면 하는데."

"누구한테, 뭘?"

"자네의 말괄량이 조카에게 섣부른 짓 하지 말라고 말이네. 이건 신사와 신사의 결투니까 말이지."

"알겠네. 메이플, 이 친군 네가 무섭다는 구나. 물러나 있어라."

"네, 삼촌."

조카의 목소리에는 크리스톨에 대한 경멸의 뜻이 담겨있었는지도 모른다.

하늘이 위에서부터 점점 짙어지고 있었다. 해질녘의 어스름한 빛깔에 증오의 그림자가 섞여 크리스톨의 눈은 이상한 색으로 변했다.

맹렬하게 내민 크리스톨의 검을 나는 몽둥이로 내쳤다. 동시에 크게 발을 내딛었다. 수렵용 칼이 땅거미를 갈랐지만, 크리스톨의 오른쪽 어깨에 닿기 직전에 그의 검이 막아냈다. 검과 칼이 격돌하며 불꽃이 튀었다.

크리스톨은 뒤로 우아하게 뛰어오르고 싶었을 것이다. 하지만 바닥상태가 너무 안 좋았고, 나도 그럴 틈을 주지 않았다. 크리스톨은 오른쪽, 왼쪽으로 검을 내질렀다. 범상치 않은 속도였지만 나한테는 통하지 않았다. 발라클라바에서 나는 러시아 병사들에게 둘러싸였고, 동시에 사방에서 찔러대는 전투용 칼과 총검을 상대했다. 크리스톨이 아무리 신속하고 변화무쌍하게 검을 휘두른다고 해도 한 자루밖에 없다. 하지만 그 움직임은 격렬했다. 아마도 크리스톨은 내 다섯 배 정도는 움직였을 것이다. 보기에는 틀림없이 내가 압도되어 있었을 것이다. 하지만 날카로운 검 끝이 내 피부에 닿는 일은 단 한순간도 없었다.

이윽고 크리스톨은 숨이 차서 발을 멈추었다. 아주 짧은 잠깐의 순간. 하지만 그것으로 충분했다.

둔탁한 소리가 났다. 내가 내지른 수렵용 칼이 크리스톨의 오른쪽 무릎을 파고 들어가 뼈를 박살낸 것이다.

IV

 크리스톨은 비명을 질렀다. 패배의 비명이면서 여러 가지 많은 의미가 포함되어 있었다. 고통, 경악, 굴욕 등 모든 것들이.

 오른쪽 무릎이 박살난 크리스톨은 서 있지 못하고 몸을 비틀 듯이 쓰러졌다. 그대로 쓰러졌다면 어깨를 부딪치고 말았을 것이다. 하지만 어설프게 손으로 몸을 지탱하려고 했고, 함몰된 돌바닥 때문에 손목이 기묘한 각도로 구부러졌다.

 고통을 견디지 못하고 크리스톨이 비명을 질렀다. 나는 왼발로 크리스톨의 검을 짓밟았다. 메이플이 소리쳤다.

"잘 하셨어요, 삼촌!"
"아쉽지만, 그쪽 기술도 완벽했어, 크리스톨 고든!"

 나는 과거형으로 크리스톨에게 말해주었다.

"아주 완벽하고 검술 교과서대로였어. 하지만 이를 어쩌나, 교과서대로 움직일 의무가 나한테는 없거든, 도련님."

 이 글을 읽는 분들은 나를 '이겼다고 잘난 척하는 재수 없는 녀석'이라고 생각할지 모른다. 부디 양해 바란다. 나는 크리스톨 고든에게 화가 머리끝까지 나 있었고, 메이플이 얼마나 위험에 처했었는지를 생각하면, 도저히, 도저히 신사답게 행동할 수 없었다.

 크리스톨은 나를 올려다봤다. 그 눈에는 증오도, 패배감도 없었다. 기묘하게 텅 빈 눈동자는 마치 자기 자신을 잃어버린 듯 흔들리고 있었다. 자신이 졌다는 사실이 믿을 수 없다기보다는 무슨 일이 일어났는지 이해하지 못하는 것 같았다.

왼발로 크리스톨의 검을 밟은 채, 나는 몸을 낮췄다.

"발라클라바 전장에서 정교하고 치밀하게 검을 휘두르는 인간은 한 사람도 없었어. 검으로 후려갈기고 무언가 닿는 순간 힘껏 앞으로 잡아끌지. 그러면 비로소 상대방을 베게 되는 거야."

나는 수렵용 칼을 크리스톨의 목덜미에 대고 날카롭게 외쳤다.

"아드님이 그런 꼴을 당하지 않기를 원한다면, 섣불리 행동하지 않는 게 좋을 겁니다, 고든 대령!"

"뭐, 뭣, 그 사람이 어디에 있는데요?"

안데르센이 기괴한 소리를 내며 당황하여 주변을 둘러봤다.

"저기에요!"

메이플이 가리키는 곳에 고든 대령의 당황한 얼굴이 보였다. 어느새 안뜰에 접한 건물의 창문이 하나 열려있었고, 고든 대령이 무시무시한 형상으로 우리에게 권총을 겨누고 있었다.

나는 살짝 수렵용 칼을 움직였다. 크리스톨의 목에 빨간 선이 가늘게 그려졌다. 피부표면에 약간 상처를 줬을 뿐이다. 그제야 제 정신이 들었는지 크리스톨이 허덕였다.

"아, 아버지, 녀석이 시키는 대로 하세요."

"자, 당신 아들이 이렇게 말하고 있소."

디킨스의 목소리에 내가 덧붙였다.

"수하들에게 무기를 버리라고 하십시오, 고든 대령. 아니, 당신의 권총을 이쪽으로 던지십시오. 꾸물거리지 마십시오! 아드님의 목숨을 구하고 싶지 않습니까?"

약간이나마 내가 폭군의 기분을 맛본 것은 사실이다. 고든 대령은 불을 내뿜는 듯한 눈으로 우리를 노려보았지만, 체념한 듯이 창문으로 권총을 내던졌다.

"메이플, 권총을 주워 와라."

"네!"

기운차게 대답을 하고 메이플은 작은 새가 날갯짓을 하듯 뛰어가서 권총을 주워들었다.

나는 수렵용 칼을 크리스톨에게 댄 채, 몽둥이를 디킨스에게 돌려주고 메이플한테 권총을 건네받았다. 크리스톨의 얼굴에는 고통으로 식은땀이 흐르고 있었다. 서둘러 의사에게 보이지 않으면 평생 지팡이에 의지해서 걸어야 한다.

나무문에 몰려서서 옴짝달싹 못하고 있는 사내들에게 나는 크리스톨을 넘기려고 했다. 하지만 내 목소리가 입에서 나온 순간, 어디론가 사라져버렸다.

천둥이 한꺼번에 친 것 같았다. 땅이 흔들리고, 벽이 흔들리며, 엄청난 소리가 울려 퍼졌다.

"무슨 일이지, 무슨 일이냐!"

잠시 후, 고든 대령의 목소리가 들렸다. 질문이라기보다는 화내는 소리였다. 하지만 아무도 대답할 수 없었다. 안데르센은 양쪽 귀를 막은 채 두리번거렸다. 그런데 메리 베이커가 달라붙어 있다는 사실을 깨닫고 한층 난감해하며 어쩔 줄을 몰라 했다.

또 다른 소리가 해질녘의 대기를 뒤흔들었고, 나무문 너머에서 안뜰로 폭풍이 흘러들어왔다.

그렇다. 무언가가 대폭발을 한 것이다.

"이 섬에 화약고라도 있었나."

디킨스가 망연자실한 모습으로 중얼거렸다.

나무문 근처에 한 사람이 나타났다. 고든 대령의 부하 가렛이다. 그는 놀라서 당황한 모습으로 거의 절규에 가까운 목소리로 외쳤다.

"대령님! 누가 화약을 썼습니다. 그 빙산을 폭파시켰습니다!"

"도대체 누가!"

"모르겠습니다."

"멍청한 놈 같으니! 당장 범인을 잡아오지 않고 뭐하는 거냐!"

고든 대령은 큰 소리로 외쳤다. 나는 총구를 그에게 겨누었다.

"잠깐, 맘대로 수하를 움직여도 된다고 누가 그랬습니까?"

"하, 하지만, 이건……."

"화약이라는 게 무슨 말이죠? 설명해보십시오."

창틀을 움켜쥔 채 고든 대령은 움직이지 못했다. 다시 한 번 설명을 요구하려다가 나는 뭔가 이상한 것을 알아차렸다. 고든 대령의 두 눈이 무언가를 응시하고 있었다. 공포로 얼어붙은 눈이었다. 그 시선은 무엇을 향하고 있는 걸까. 메이플, 디킨스, 안데르센까지 같은 방향을 보며, 눈과 입을 벌리고 있었다. 그리고 나도 보았다. 권총을 쥔 남자가 창가에 서 있는 모습을.

맥밀런 기자였다. 아니, 맥밀런 기자라고 했던 남자, 바로 랄프 고든. 월식도 영주의 장남이. 그는 안경을 벗고 있었다. 깊어가는 황혼녘 속에서 낯선 표정이 그의 얼굴에 서려 있었다.

고든 대령이 허덕이며 말했다.

"라, 랄프……냐?"

"아버지, 오랜만이네요."

그 목소리는 동생 크리스톨과 많이 비슷했다. 목소리까지 정체를 드러낸 것이다.

"5년만인가요? 그 폭풍이 몰아치던 밤 이후로 처음이군요. 아버지가 저와 도로시를 죽이고, 이천 일 정도의 낮과 밤이 지났어요……."

메이플이 나를 올려다봤다. 알고 있었냐고 묻는 듯한 표정이었다. 나는 고개를 끄떡였다.

"그래, 메이플, 나도 알고 있었단다. 맥밀런의 정체가 고든 대령의 장남이라는 걸."

이윽고 고든 대령이 신음 소리를 냈다.

"넌 죽었던 게……."

"아니죠, 저는 살아있습니다. 정확하게는 다시 살아났다고 해야겠지만. 아버지와 동생에게 쫓겨 절벽에서 떨어졌을 때 저는 머리를 부딪치고 코가 부러졌어요. 정신을 차리니, 옆에는 아내가 있었죠. 그런데 아내는 코가 아니라 목이 부러져 있었어요. 그래서 부부가 영원히 생이별을 하게 된 거죠."

고든 대령도 놀란 모습이었다. 대령은 우리가 궁금해 하던 것을 물었다.

"아내? 부부?"

"네, 그렇습니다. 도로시와 저는 결혼했습니다. 비밀결혼이라고 하지만, 인버네스 교회에서 제대로 부부 서약을 했으니까요. 신부님 앞에서요."

"그런 결혼을 내가 인정한다고 생각하느냐?"

"아버지가 인정해줄 필요는 없습니다."

랄프 고든은 차갑게 내뱉었다.

"저는 아내와 영원히 이 땅을 떠나려고 했죠. 가게 내버려 뒀으면 그걸로 끝났을 텐데, 아버지는 수하들을 데리고 우리를 쫓았어요. 저와 아내는 바위투성이 바닷가에 떨어졌죠. 그 빙산이 흘러들어온 곳과 같은 바닷가에 말이에요."

고든 대령은 아무 말도 하지 않았다. 하지만 그 표정으로 나는 그간의 사정을 알아차렸다. 고든 대령은 장남과 그 아내를 죽였다는 사실이 알려지는 것을 두려워했던 것이다!

랄프 고든과 도로시는 아버지와 수하들에게 쫓겨다 절벽에서 떨어졌다. 그리고 하필이면 그 절벽으로 범선을 가둔 기괴한 빙산이 흘러들어왔다. 신문기자와 과학자, 그리고 많은 구경꾼들이 몰려오면 장남 부부의 시신이 발견된다. 그러면 고든 대령의 악행이 백일하에 드러난다. 반드시 밝혀지는 것은 아니지만, 범죄자는 당연히 발각될까봐 두려워하기 마련이다. 그래서 대령은 월식도의 출입을 금지했던 것이다.

"제가 여기로 돌아온 건 아버지가 죄 값을 치르기를 바라서죠. 사람을 죽여 놓고 태평하게 살아있다는 걸 저는 용서할 수 없습니다."

V

'맥밀런 기자'가 처음에 "고든 대령이 납시네요"라고 말했을 때 말투가 평범하지 않았던 사실을 나는 떠올렸다. 평범할 리가 없다. 그건 친아버지를 살해하기로 결심한 남자의 목소리였다.

고든 가의 장남이 디킨스를 쳐다보았다.

"디킨스 선생님, 저는 외가에서 물려받은 재산이 좀 있습니다. 무기명 채권으로 2만 파운드 정도였는데, 그걸 현금화해서 복수를 하는데 필요한 자금으로 쓰기로 했어요. 우선 글래스고로 향했고 강제이주의 희생양이 된 가난한 사내에게 이름과 신분을 샀죠. 겨우 50파운드였지만 그 사내에게는 거금이었습니다."

"그 사람이 진짜 맥밀런이군. 그 사람은 도대체 어떻게 된 거요? 어떻게 한 거요?"

"안타깝게도 과로와 술로 완전히 만신창이가 된 상태여서 얼마 못가서 죽었죠. 당연히 의심하시겠지만 저는 아무 짓도 안했습니다. 그럴 필요도 없었으니까요."

"……그러고 나서?"

"에든버러에 가서 망해가는 작은 신문사를 샀어요. 사장은 그대로 두고 저는 신설된 애버딘 지국장이 된 거죠."

"〈북방통신〉이군."

"맞습니다. 저는 아버지와 동생이 죄 값을 치를 기회를 기다렸어요. 십 년이든, 이십 년이든, 기다릴 작정이었습니다. 그런데 5년 만에 그 날이 온 거죠. 자, 그럼 이제 슬슬 시작해 보죠."

맥밀런이라고 했던 남자는 음침한 미소를 지으며 아버지를 쳐다보았다.

"자, 아버지, 이 자리에서 디킨스와 안데르센을 죽이시죠."

"뭐, 뭐라고……!"

"잘 못 들으셨나요?"

너나 할 것 없이 망연자실해 서 있었다. 랄프 고든이 한 말의 의미를 아무도 이해하지 못한 것이다. 간신히 내가 반응을 보였다.

"장난하는 겁니까? 맥밀런, 아니, 랄프 고든. 내 조카와 선생님들에게 손끝 하나라도 다치게 하면 동생보다 더 험한 꼴을 당할 줄 아세요."

그 동안 맥밀런이라고 했던 남자는 미소를 지었다. '처참한 미소'라는 게 있다면 바로 그 미소를 가리킬 것이다.

"에드먼드 니담, 당신은 내 기분을 몰라요."

"그래, 몰라요. 알기를 바라오?"

"무리지. 어떻게 알겠어요? 당신은 크림 전쟁에서 고생을 엄청 했다지만, 고향으로 돌아오면 '어서 오세요'라며 반겨줄 가족이 있었어요. 귀여운 조카딸이 말이지. 하지만 나는? '어서 오세요'라고 맞아줄 사람은 아무도 없어요. 이미 5년 전에 살해되었으니까."

맥밀런은 나를 쳐다보았다. 하지만 나는 어떻게 대답해야 할 지 알 수 없었다.

내 바로 옆에 서 있던 메이플이 소리를 질렀다.

"부인이 살해된 건 유감이에요. 하지만 왜 디킨스 선생님과 안데르센 선생님에게 복수의 화살이 향하는 거죠? 이해가 안 가요."

"이해할 필요 없으니까, 방해하지 말아요."

"아뇨, 방해할 겁니다."

나는 랄프 고든을 노려보았다.

"당신이 아버지와 동생을 죽이고 싶다면, 맘대로 하세요. 상관 안합니다. 결과적으로 세상을 위한 게 될 테니까. 하지만 지금 조카가 말한 대로에요. 왜 디킨스 선생님과 안데르센 선생님을 살해하겠다는 거죠?"

생각 외의 상황에 아무 말도 못하고 있는 두 문호에게 랄프 고든은 야유의 시선을 보냈다.

"저 두 사람에게 해를 끼치는 일 자체는 목적이 아니죠. 하지만 필요하다면 끌어들이는데 주저할 생각은 없어요. 그런 거죠."

"그 필요라는 게 뭔데요?"

"말해도 몰라요."

비로소 문호들이 입을 열었다.

"나는 듣고 싶소."

"그, 그래요. 나도 알고 싶어요. 살해당하고 싶지 않지만, 이유를 모르는 건 더 싫어요."

"이유를 알면 얌전히 죽어줄 겁니까?"

"싫어요!"

"저런 저런, 제 멋대로인 사람들이군."

"당신이 그런 말을 할 처지는 아닌 거 같은데, 랄프 고든."

더 이상 참지 못하고 디킨스가 고함을 질렀다. 정말 맞는 말이다. 이때 랄프 고든은 마치 말귀를 못 알아듣는 어린 아이를 타이르듯이 말했다.

"타협의 산물이죠."

"무슨 타협?"

"이 정도로 적당히 타협을 하겠다는 거죠. 두 분 선생님께는 실례지만 저는 더 큰 거물을 노렸거든요. 예를 들면, 여왕 폐하 부부라든가, 파머스턴 총리를 말이죠. 하지만 기회가 없었어요."

"여왕폐하를……."

아연실색하여 디킨스는 랄프를 쳐다봤다. 고든 가의 장남이 하는 말은 과대망상의 산물로밖에 생각되지 않았지만 나는 랄프의 의도를 조금은 이해했다.

"다시 말해 아버지에게 오명을 뒤집어씌우겠다는 건가요?"

"그렇다고 할 수 있죠, 니담 씨. 나는 아버지와 동생을 편하게 죽게 할 생각은 없어요. 살인범이라는 오명을 쓰고 이 세상의 명예를 모두 잃고 교수대에 올라가기를 원하죠. 그게 내 유일한 바람입니다."

아버지와 남동생 못지않게 랄프 고든 역시 상상을 초월한 남자였다. 아내가 죽자 복수를 꾀하는 것은 당연하다 치자. 하지만 그 때문에 유명인사의 목숨을 노린다는 것은 처음 들어보는 이야기다.

"아버지, 당신은 앞으로 평생 살인범으로 지내게 될 겁니다. 별로 길지도 않겠지만, 적어도 지금 이 자리에서 죽는 것 보다는 오래 사시겠죠. 도망자의 운과 재주가 있다면 몇 년 동안은요."

랄프는 웃었다. 굶주린 호랑이의 웃음이다.

"어차피 체포되어 교수대에 오를 때까지지만 실컷 즐기시죠. 걱정 마세요. 당신들 둘이 문호를 죽인 범인이라는 증거는 모두 챙겨줄 테니까요."

랄프는 기괴할 정도로 붙임성 있게 나를 불렀다.

"니담 씨, 동생을 죽이고 싶으면 죽이세요. 크리스톨도 그게 행복할 거예요. 내 손에 당하는 것보다 편하게 죽을 수 있으니까."

"그런 계획이 맘대로 될 거라고 생각하는 건가요?"

"잘 안 될 거라는 건가요?"

"당연하죠. 목격자가 이렇게 있다고요."

"아니, 한 사람도 없을 겁니다."

나는 전율했다. 어떠한 방법을 쓰든 랄프 고든은 메이플과 나를 포함하여 목격자 모두를 없앨 생각이다.

그때 어디선가 낯선 목소리가 들렸다.

"랄프 고든."

나이든 여자의 목소리였다. 앞으로 나오는 노부인을 보고 랄프는 처음에 의아한 표정을 지었다. 그러다 '앗' 하며 몹시 놀랐다.

"당신은……."

"메리 베이커에요. 기억나요?"

"네……, 기억나요. 당신이 도로시를 만나게 했으니까요. 하지만……."

랄프가 말을 이으려고 했을 때다.

아무도 상상하지 못한 일이 일어났다.

우리는 너나 할 것 없이 눈에 보이지 않는 뭔가에 얻어맞았다. 휘청거리는 사람도 있었고, 비명을 지르는 사람도 있었다. 소리가 날 정도의 무서운 기세로 기온이 내려간다.

"뭐야, 이 냉기는……!"

돌바닥 위로 순식간에 서리가 내리고, 내뱉는 숨은 하얀 입김을 만들었다.

거대한 냉기 덩어리가 우리를 덮친 것이다. 북쪽의 여름 날씨가 30초도 지나지 않아 계절을 여섯 달이나 앞서갔고, 순식간에 겨울로 바뀌었다. 게다가 기온이 곤두박질쳐서 우리는 북극과 같은 혹독한 날씨 한가운데 있게 됐다. 눈 섞인 바람이 하늘과 땅을 뒤덮기 시작했다.

디킨스가 하얀 입김을 내뿜으며 랄프을 가리켰다.

"맥밀런, 아니, 랄프 고든. 당신은 도대체 무슨 짓을 한 거요?"

고든 가의 장남은 엷은 웃음으로 대답을 대신했다. 눈 때문에 머리가 순식간에 하얗게 변한다.

나는 오른손의 수렵용 칼을 내던지고 메이플의 어깨를 감싸 안았다. 메이플의 몸은 추위와 놀라움으로 떨고 있었다. 눈이 내리고 땅거미가 젖어들었다. 그리고 그와 함께 다가오는 공포를 견디면서, 나는 왼손의 권총으로 랄프 고든을 겨누었다.

제8장
섬을 떠도는 공포
벽에 걸린 기념품

I

 1852년, 월식도와 그 주변에서는 도대체 무슨 일이 일어난 걸까.
 왕후와 같은 권세를 자랑하는 영주 고든 대령. 그리고 그의 장남 랄프 고든. 둘 사이에는 어떤 일이 일어난 걸까?
 랄프 고든은 케임브리지 대학을 졸업한 뒤 고향으로 돌아와서 아버지의 사업을 도왔다. 그런데 어느 날 일에 신물이 났고, 외국으로 나갈 생각을 했다.
 어머니는 오래 전에 병으로 세상을 떠났다. 그 이후, 아버지는 한층 거칠고 난폭해졌으며 강제이주를 인정사정없이 밀어붙였다. 토지를 빼앗고, 집을 불태우며, 개를 풀어서 수만 명이나 되는 농민을 쫓아내어 사람들에게 증오의 대상이 됐다.
 하녀로 고든 가에 고용된 도로시 히긴스는 스코틀랜드로 흘러들어온 탄광노동자의 딸이었다. 벌꿀 색의 머리와 검은 눈동자. 사교계의 아름다운 꽃이라는 아가씨들에 비하면 미녀랄 것까지는 없었지만, 고용인의 다친 아이를 달래면서 약을 발라주는 모습에 랄프 고든은 가슴이 뭉클해졌다.
 처음에는 어떻게 다가갈지도 몰랐다. 이때 스코틀랜드로 흘러들어온 메리 베이커가 두 사람의 사이를 연결해 주었다. 그녀는 주방에서 허드렛일을 하고 있었는데 처음에는 랄프에게 사례금을 요구했다. 그러다가 도로시에게 정이 들었는지 고든 대령에게 들키지 않도록 열심히 두 사람을 지켰고 비밀 결혼의 증인이 됐다.

고든 대령은 눈치 채지 못했다. 눈치를 챈 사람은 동생인 크리스톨이다. 크리스톨은 도로시를 유혹했지만 거절당했다. 화가 난 크리스톨은 형이 아버지의 노여움을 사서 상속권이 없어지면 자신이 후계자가 된다고 생각했다. 크리스톨은 아버지에게 고자질하고 부추겼다.

월식도의 성에서 결정적인 다툼이 일어났다. 아버지가 랄프에게 폭력을 휘두르자, 랄프는 반격하여 아버지를 때려눕혔다. 그리고 도로시의 손을 잡아끌고 바닷가를 향했다. 고든 대령은 엽총을 들고 아들을 뒤쫓았다. 크리스톨은 사냥개를 몇 마리 풀었고, 엷은 웃음을 띠며 형을 추격했다. 이성을 잃은 고든 대령은 랄프와 도로시에게 엽총을 겨누었다. 총성이 울려 퍼졌고, 두 사람의 모습은 절벽에서 바다로 사라졌다.

그리고 5년이 흐른 1857년.

이제 두 시간이면 7월 2일이 끝난다. 길고 긴 낮이 마침내 밤에게 지배권을 넘겨주려고 하고 있었다. 하지만 밤보다 한 걸음 먼저 하얀 냉기의 구름과 바람이 흘러들었다.

디킨스의 추궁에 죽었다고만 생각했던 랄프 고든이 대답했다.

"전 그 빙산을 날려버렸을 뿐입니다. 무엇이 어떻게 되었는지 그런 건 알 바 아니죠."

순식간에 짙어지는 냉기 속에서도 랄프 고든의 두 눈은 불꽃이 이글거리며 타오르는 것처럼 보였다.

"크리스톨, 고통스럽나? 얻어지거나 베였을 때의 고통을 조금은 이해하겠어? 전쟁에 나간 적도 없는 주제에 천재 무사인 척하던 너한테는 좋은 약이 되었을 거다. 니담 씨에게 감사하거라. 어차피 얼마 못가겠지만."

크리스톨은 아무 대답도 하지 않았다. 땅에 엎드린 채 형을 올려다볼 뿐이다. 랄프는 말을 이었다.

"너는 어차피 아버지를 부추겨서 그 빙산과 범선을 좋지 않은 일에 이용할 작정이었잖아. 그래서 날려버린 건데, 그럴 필요도 없었던 거 같군."

내 권총은 고든 대령이 가지고 있던 것을 뺏은 것이다. 확실하진 않지만 프랑스제의 6연발 리볼버 같았다. 랄프 고든이 가지고 있는 것은 땅거미와 냉기가 소용돌이쳐서 잘 보이지 않았지만, 세련미가 조금 떨어지는 느낌으로 보아 아무래도 미국제 같았다.

어느 쪽이든 한 발 쏠 때마다 격철을 일으켜 세워야만 다음 탄환을 발사할 수 있다. 나는 랄프 고든, 랄프는 아버지에게 총구를 겨누고 있기는 하지만, 두 사람 모두 섣불리 방아쇠를 당길 수는 없는 상황이었다. 탄환이 빗나가서 메이플이 맞기라도 하면 후회해봐야 소용없는 일이다.

"그건 그렇고, 고든 가의 인간들이란……."

신사답지 않지만 혀를 차고 싶어졌다. 아버지 고든 대령보다 차남 크리스톨이 더 악랄하고 으스스하다고 생각했더니, 이번에는 장남까지 더 지독하게 굴었다. 아무리 사정이 있다고 해도 차남보다 장남이 훨씬 더 비정상에 가까웠다.

이미 밝혔듯이 디킨스와 안데르센은 전 세계적으로 유명한 사람들이다. 그래서 섣불리 해를 가하지는 않을 것이라고 생각했다. 그것이 상식이 아닌가.

그런데 랄프 고든은 나와 똑같은 생각에서 전혀 다른 결론을 이끌어냈다. 디킨스와 안데르센은 전 세계적인 유명인사다. 그래서 해를 가하여 그 죄를 아버지와 동생에게 뒤집어씌우겠다니. 하는 짓이 상상을 초월한다. 복수의 도구로 관련이 없는 사람을 끌어들이겠다는 것인데, 그러한 계획을 가만히 보고 있을 수만은 없었다. 어떻게든 막아야했다.

"아버지, 뭐 하시는 거죠?"

랄프의 목소리가 날카로웠다. 고든 대령의 표정이 굳어지며 창가에서 뒷걸음질을 쳤다. 랄프 고든은 고든 대령의 행동에 대해 물은 것인데, 고든 대령에게는 장남의 목소리가 들리지 않은 모양이었다. 굳은 표정으로 몸을 옆으로 돌렸다.

"뭐, 뭐냐, 이게………!"

고든 대령이 외쳤다. 누군가가 고든 대령이 있는 방에 들어가서 그에게 접근하려는 것 같았다. 그런데 '너'가 아니라, '이게'라고 했다. 어떻게 된 걸까.

"아버지!"

짜증이 난 듯이 랄프 고든이 큰 소리를 질렀다. 그 목소리를 지우려는 것처럼 고든 대령이 비명을 질렀다. 공포와 절망의 비명소리였다. 하지만 공포와 절망에 빠진 모습을 우리는 보지 못했다. 고든 대령이 있던 곳이 순식간에 새하얗게 변했기 때문이다.

이어서 견디기 어려운 하얀 냉기가 폭풍처럼 안뜰로 몰려들었다. 열려있던 창문도 경첩 채 날아가 버렸다.

반사적으로 메이플의 어깨를 감싸 안고 나는 바닥에 웅크렸다. 머리 위를 냉기가 망치처럼 후려치며 지나갔다. 내 모자는 일찌감치 사라지고 없었지만, 쓰고 있었다면 이 때 날아갔을 것이다.

"도망쳐!"

누군가가 지르는 소리를 나는 들었다. 고든 대령의 수하, 아마 가렛의 목소리였을 것이다. 이어서 총성이 울렸다. 한발, 두발, 세발.

내 발밑에 납작 엎드려있던 크리스톨 고든이 사라졌다. 하얀 냉기가 소용돌이치는 가운데 한쪽 다리를 질질 끌면서 멀어지는 사람의 그림자가 보였다. 순식간에 차가운 안개가 그 모습을 감쌌다. 또 다시 울려 퍼지는 총성. 어느새 랄프 고든의 모습도 사라지고 없었다.

"디킨스 선생님, 안데르센 선생님!"

"나, 여기 있어요. 그런데 너무 추워, 얼어 죽을 거 같아요."

"디킨스 선생님은요?"

"여기요. 그런데 정말 놀랐소. 랄프 고든은 나와 앤더슨 씨를 복수를 하는데 이용하려 했다니."

"그런 거 같네요."

"뭐, 아버지라는 사람은 가끔 죽여 버리고 싶은 존재이긴 하지만……."

디킨스가 막말을 했다. 이 문호가 아버지 때문에 얼마나 심한 곤혹을 치렀는지를 생각하면 책망할 마음은 들지 않았다. 한 번 헛기침을 하자, 정신을 차린 듯이 디킨스가 말했다.

"그렇다고 해서 우리가 랄프 고든한테 살해될 이유도 없지. 일단은 어떻게든 런던으로 무사히 돌아갑시다."

"현명하신 판단입니다."

나도 지옥에 떨어지기보다 런던의 작은 집의 따뜻한 침대 속으로 들어가고 싶었다. 메이플이 일어나서 메리 베이커의 손을 잡고 부축했다.

"부모, 자식은 역시 사이좋게 지내야 해. 부부도 마찬가지고."

안데르센이 말했다. 그는 디킨스 못지않게 가난한 집에서 태어났지만, 부모에게 사랑을 듬뿍 받으며 어리광을 부리며 성장했다. 그래서 가족 간의 애정을 곧이곧대로 믿고 있었다.

"저 녀석은 부모가 문제였던 거요. 자식은 부모를 선택할 수 없으니까."

디킨스가 대답했다. 그 동안에도 한층 추워졌고 차가운 안개는 짙어지는 것 같았다.

"우리 영국 왕실도 마찬가지였소. 사이가 좋았던 아버지와 아들은 한 명도 없었어요."

1727년에 즉위한 영국 왕 조지 2세는 아들 프레더릭 왕태자와 서로 미워했다. 조지 2세는 "너는 역사상 최고의 악당이다"라며 아들을 비난하였다고 한다. 프레더릭은 아버지보다 먼저 세상을 떠났기 때문에 영국은 역사상 최고의 악당을 국왕으로 맞이하는 불운을 피할 수 있었다. 참으로 다행스러운 일이라고 해두자.

그보다 문제는 우리가 직면한 상황이었다. 추위와 불안에 떨면서 기다시피하며 차가운 안개 속을 걸어갔다. 얼기 시작한 옷이 버석버석 소리를 냈고, 손가락이 곱아서 권총조차 제대로 쥘 수 없었다.

간신히 우리는 나무문 밖으로 빠져나갔다. 섬에 있어서는 살고 싶어도 살 수 없다. 배를 타고 본토로 돌아가야만 한다.

"선착장은 어디요?"

디킨스의 목소리에 새로운 총성과 비명소리가 몇 개 겹쳤다.

"뭘 쏘고 있는 걸까?"

불안하다는 듯이 안데르센이 말했다. 그때 안개가 걷히고 눈앞에 사람이 나타나서 우리를 깜짝 놀라게 했다. 랄프 고든. 머리는 헝클어지고, 손에 권총은 없었다. 탄환을 다 써버린 모양이었다.

"아, 여러분, 무사하셨군요."

일그러진 입가에 일그러진 웃음이 피어올랐다.

"아무래도 사태가 좀 이상하게 돌아간 거 같네요. 저는 그저 아내의 원수를 갚아주고 싶었을 뿐, 그 이상은 아니었는데……."

Ⅱ

나는 랄프 고든을 노려보며 내뱉듯이 딱 잘라 말했다.

"거짓말."

"뭐?"

"당신은 아내의 복수라는 구실로 사람을 죽이고 싶어 했어. 당신은 아버지와 동생을 비난하지만, 당신도 어엿한 고든 집안의 일원이 아닙니까?"

"내가…… 아버지와 동생과 같다는 건가요?"

"그래요."

"그건 모욕이야, 취소해요."

"취소? 웃기지 말아요. 목적을 위해서 수단과 방법을 가리지 않고, 다른 사람은 아무려면 상관없다고 생각하는 점에서 당신은 고든 가의 확실한 아들이에요. 조상님께서도 흡족하실 겁니다."

마지막까지는 말하지 못했다. 신음소리를 내며 랄프 고든의 주먹이 날아왔기 때문이다. 내 손에 아직 권총이 있다는 사실을 알면서도.

어쩌면 내가 총을 쏘기를 바랐는지도 모른다. 나는 그의 생각대로 움직일 생각은 없었다. 오른손을 당기고, 왼손으로 랄프의 오른손 주먹을 뿌리쳤다. 다음 순간 랄프의 몸이 크게 휘청했다. 균형을 잃고 무릎을 꿇더니 손으로 바닥을 짚었다. 옆에서 메이플이 힘껏 랄프를 차버린 것이다.

"그만 하세요! 두 사람이 싸우면 크리스톨만 좋아한다고요!"

몸을 일으킨 랄프 고든은 어이없다는 듯이 메이플을 비난했다.

"물론 맞는 말이지만, 아가씨, 그런 건 폭력을 휘두르기 전에 말해주시죠."

"말해도 들을 상황이 아니었잖아요!"

"그래요, 당신 삼촌한테 케이오 당할 뻔 했어요."

랄프 고든은 분하다는 듯이 내뱉었다.

"일어서도 되겠어요, 니담?"

"얼마든지요."

겨우 일어난 랄프는 그대로 옴짝달싹할 수 없게 되었다. 안데르센이 있는 힘껏 끌어안았기 때문이다.

"가여워라! 당신 부인은 아주 아주 좋은 사람이었나 봐요. 정말 많이 사랑했나 봐요. 사랑을 찾아서 떠도는 사람의 마음은 아주 잘 알아요."

랄프 고든의 표정은 그야말로 복잡했다. 그가 간접적으로 죽이려고 했던 상대방이 포옹을 하고 뺨을 비비며 동정을 하였으니까. 입을 열려다가 아무 말도 않고 다시 다물었다. '어때, 이제 항복이냐'라는 생각이 들었지만 왜 그런 생각이 들었는지 설명하기는 어렵다.

"아무튼 얼른 도망갑시다. 이렇게 다투고 있을 상황에 아니잖소. 배를 찾아야 해요."

디킨스의 말에 안데르센이 랄프를 안고 있던 팔을 풀며 몹시 불안한 목소리로 말했다.

"그런데 누가 배를 조정해요?"

"그런 건 배를 찾은 다음에 생각하기고 하고."

"디킨스 선생님 말씀이 맞습니다. 랄프 고든 씨에게도 협조를 요청해보죠. 그에게도 의외의 사태인 거 같으니까."

실컷 비아냥거렸다. 랄프 고든은 안데르센을 밀어내고 흐트러진 옷깃을 정리하더니 무뚝뚝하게 입을 열었다.

"이 섬은 고든 가의, 말하자면 성채였어요."

"성채?"

"런던탑과 바스티유 요새를 들먹이면 좀 과장이지만, 요새이면서 궁전, 무기고면서도 재화와 보물 창고, 그리고 감옥이라는 거죠."

나는 짚이는 것이 있어서 확인을 했다.

"대량의 화약도 비축해두었던 거군요."

"그렇죠."

"대단해. 재커바이트의 반란의 교훈인가?"

영국 내에서 마지막으로 무력반란이 일어난 것은 1745년이다. 영국인이라면 모두 아는 '재커바이트의 반란'이다. 재커바이트는 스코틀랜드 왕당파를 말한다. 명예혁명으로 왕위에서 쫓겨난 스튜어트 왕가는 왕위 탈환을 위하여 병사를 일으켰다. 아시다시피 실패로 끝났지만, 전쟁은 바로 이 일대에서 일어났다.

스튜어트 가의 젊은 찰스 에드워드는 정부군에 쫓겨서 각지로 도망 다녔다. 그러다가 플로라 맥도널드라는 여성의 도움으로 여장을 하여 탈출에 성공했다. 그리고 프랑스로 망명을 하였다. 플로라는 반역자의 도주를 도왔다는 죄로 체포되었지만 결국 재판도 없이 석방되어 목장주의 아내로 인생을 마감한다. 스카이 섬에 그녀의 근사한 묘지가 있다. 만약 플로라가 대량의 화약을 찰스 에드워드에게 제공을 하였다면 역사가 조금 바뀌었을지도 모른다.

우리 여섯 명은 랄프 고든을 앞세워 걸어갔다. 물론 나는 그를 믿지 않았지만 그가 지리에 가장 밝았다. 그가 뒤에 있으면 언제 공격을 할지 도망갈 지 알 수 없어서 제일 앞에 서게 했다.

"삼촌, 오른쪽에서 냉기가 흘러와요."

"왼쪽으로 가자."

"그러면 바닷가로 못갈 텐데요."

랄프 고든이 비웃었다. 문득 생각난 일이 있어서 나는 걸음을 멈추고 그에게 다가가서 손을 내밀었다.

"수첩 좀 줘 봐요."

"수첩? 무슨 말이죠?"

"시미치 떼긴. 애버딘에서 레르보르그 교수님이 준 수첩 말이에요."

"아아, 이거요."

"이리 주시죠. 무슨 대응책이 있을 지도 모르잖아요."

거절하면 힘으로라도 뺏으려고 했는데 랄프 고든은 의외로 순순히 수첩을 내밀었다. 낚아채서 수첩을 펼쳤지만 곧바로 화를 내며 랄프 고든을 노려봤다.

"노르웨이어잖아요, 이건!?"

"당연하죠. 노르웨인 사람이 쓴 거니까."

"……"

"모든 사람들이 영어를 쓴다고 생각했던 건가요? 영국 내에서도 게일어밖에 못하는 사람이 있는데."

나는 기분 나쁜 표정을 지으며 수첩을 주머니에 집어넣었다. 랄프보다 내 자신의 어리석음에 화가 났다. 메이플이 걱정스럽게 나를 보았기에 씁쓸하게 웃으며 고개를 끄떡였다.

갑자기 우리는 모두 걸음을 멈췄다. 안개가 걷힌 앞쪽으로 충격적인 광경이 펼쳐졌다. 우리의 바로 앞에 시체가 몇 구 뒹굴고 있었다.

발라클라바와 다른 전쟁터에서도 나는 시체를 많이 보았다. 머리가 없고 몸뚱이만 남은 시체, 양 팔을 잃은 시체, 다리가 잘린 시체, 가슴 중앙에 구멍이 뚫린 시체, 시커멓게 파리 떼가 달라붙은 시체……. 공통된 점은 구역질이 나는 피비린내였다.

하지만 이때 내 눈에 들어온 것은 얼어붙은 시신 3구였다. 서리가 뒤덮었고, 피는 한 방울도 흘리지 않았다. 표정도 얼어붙어 있었다. 공포로 눈과 입을 벌린 채 영원히 얼어붙어 있었다. 메이플이 내 팔을 잡고 시체에서 시선을 돌렸다.

"저, 저건 뭐죠?"

안데르센이 허덕이며 말했다. 그의 눈은 정면을 바라보고 있었다. 엷은 안개 너머로 무언가 커다란 그림자가 이동하고 있었다. 우리는 거칠게 쌓아올린 석벽 뒤에 몸을 숨겼다. 숨을 죽이고 관찰했다.

그것은 마치 해초 덩어리처럼 보였다. 아니, 젖은 모피일까. 미끈미끈하고 촉촉한 광택을 띠는 괴물은 어린 인도코끼리 정도의 크기였다. 형태는 바다코끼리나 바다사자 같았다. 하지만 기괴하게 늘었다 줄었다 하면서 흔들거렸기에 분명하지 않았다. 가끔 어둠 한 구석에서 하얀 구름이 생기는 것은, 커다란 괴물의 어딘가에 입이나 배기공이 있어서 강렬한 냉기를 뿜어내고 있기 때문일 것이다. 냉기를 쐬면 무엇이든 하얗게 얼어붙었고, 괴물의 몸에 닿으면 맥없이 깨지고 부서졌다.

아편중독자의 망상에도 나오지 않을 법한 추악한 생물이었다. 단테가 『신곡』에서 표현한 지옥 가장 아래층의 얼음을 깨고 지상으로 올라온 괴물이라고 생각할 수밖에 없었다.

괴물이 시체를 하나 덮치는 모습이 보였다. 사각사각하는 마른 소리가 들렸다. 나는 그 의미를 알아차렸다.

이 그로테스크한 초록색 모피 덩어리는 얼어붙은 시체를 먹고 있던 것이다!

분노와 혐오감이 용암처럼 솟구쳤다. 나는 구역질을 참으며 랄프 고든을 노려봤다.

"어때, 이제야 만족하나? 녀석을 빙산에서 꺼낸 건 당신이라고!"

랄프 고든은 창백해져서 아무 대답도 하지 않았다. 그때 괴물이 얼굴을 들었다. 얼굴이라고 생각한 이유는 빨갛게 빛나는 눈이 여섯 개 있었기 때문이다. 세로로 2열, 가로로 3열. 그것이 독기를 띠며 사람들을 노려봤다.

"도망쳐!"

소리침과 동시에 나는 권총을 거머쥐었다. 붉은 눈을 겨냥해서 발포했다. 방아쇠를 당긴 다음에 격철을 일으켜 세웠고 연달아 세 발을 쐈다.

괴물은 비틀거리지도 않고 나에게 접근해왔다. 계속해서 세 발. 결국 탄환이 떨어졌다. 나는 욕설을 퍼부으며 권총을 내던졌다. 바로 돌아서서 도망치기 시작했다.

"삼촌, 이쪽이에요!"

돌담 끝에서 메이플이 불렀다. 나는 그곳으로 뛰어들었다. 메이플과 함께 돌담을 따라 뛰어갔고 금방 앞서가던 사람들을 따라잡았다.

디킨스, 안데르센, 메리 베이커, 세 사람은 본래 잘 뛰지 못한다. 나머지 한 사람, 랄프 고든 역시 그리 멀리 가지는 못했다. 약간 높은 언덕을 올라가자 바다를 접한 절벽이 나타났다.

해가 지고 빛은 이미 사라졌지만 북쪽의 여름밤은 완전히 어둠에 잠기지 않았다. 게다가 고위도 지역의 백야처럼은 아니지만 어딘지 어슴푸레한 어둠이 지루하게 이어졌다. 구름 위에는 달도 떠 있는 것 같았다.

절벽 아래에 펼쳐진 광경은 황량하기 그지없었다. 랄프 고든이 폭파한 빙산과 범선의 잔해가 어두운 바다 위를 떠 다녔고, 파도가 부서지는 해안에서 바다표범들이 시끄럽게 울고 있었다.

"배는 없는데. 있더라도 이 절벽은 내려가지 못해요."

디킨스가 고개를 저으며 몸을 돌렸다. 그리고 그대로 멈췄다. 다른 다섯 명도 꼼짝할 수 없었다. 누군지 정체를 알 수 없는 그림자가 어느새 우리 곁에 나타났다.

"형, 친구가 생겼나봐."

냉기가 아니라 증오감이 끓어오르는 목소리였다. 그곳에는 크리스톨 고든이 서 있었다. 왼손은 축 쳐진 상태였지만, 겨드랑이에 지팡이 용도로 몽둥이를 끼어서 몸을 지탱하고 있었다. 오른손에는 권총을 쥐고 있었다. 조금 전까지 내가 가지고 있던 것과 같은 종류였다.

처음으로 나는 크리스톨에게 감탄했다. 박살난 오른쪽 무릎과 뻔 왼손은 물론 치료하지 못했다. 엄청난 고통이 느껴질 것이다. 그런데도 이마에 식은땀을 흘리면서 일어나 우리를 해치려고 했다. 일그러진 분노 때문이기도 하겠지만 크리스톨의 기력은 보통이 아니었다. 올바른 방향으로 사용했다면 그는 분명 어떠한 공적이라도 역사에 남겼을 것이다.

"탄환은 여섯 발…… 한 사람에게 한 발 씩, 공평하게 쏴 드리지."

사악한 승리감에 크리스톨의 얼굴은 상기됐다. 그리고 그의 발 뒤쪽으로 초록색의 그 무언가가 소리 없이 스멀스멀 올라가는 광경이 보였다.

III

"엎드려!"

나는 메이플의 어깨를 안고 바닥에 엎드렸다. 디킨스와 랄프 고든도 나를 따라 했다. 조금 늦었지만, 안데르센과 메리 베이커도 똑같이.

하지만 불운한 크리스톨은 곧바로 움직일 수 없었다. 오른손에 권총을 쥐고, 왼쪽 겨드랑이에 지팡이를 대신할 몽둥이를 끼었으며, 오른쪽 다리는 상처가 깊었기 때문이다. 그래도 그는 어떻게 해서든 움직여야 했다. 권총과 몽둥이를 버리고 바닥에 몸을 내던졌더라면 조금 더 오래 살았을 것이다.

냉기를 품은 하얀 구름이 뒤에서 크리스톨의 윗몸을 순식간에 감쌌다.

그 구름이 몰려들기까지 5초 정도 걸렸을까. 그 사이에 나는 메이플의 어깨를 감싼 채 바닥을 기어 필사적으로 냉기에서 멀어졌다.

내가 본 것을 어떻게 표현해야 할까. 크리스톨의 상체는 은백색으로 반짝반짝 빛나는 얼음 조각이었다. 허리 아랫부분은 죽었든 살았든 간에 사람의 모습이었지만.

권총을 쥔 오른손은 완전히 얼음으로 변했다. 축 처진 왼손은 어깨에서 팔꿈치 바로 아래까지 얼어붙었고, 그 아래는 그대로 남아 있었다.

바닥에 엎드린 채 소리도 내지 못하고 우리는 기괴한 얼음 조각상을 올려다봤다. 그 얼음 조각상이 쓰러져서 무참히 부서지는 것과 동시에 그 뒤쪽의 초록색 형상이 부풀어 올랐다.

불쾌한 초록색 괴물은 경사면의 아래에서 위로 냉기를 내뿜었다. 엎드려 있던 우리는 무사할 수 있었지만, 서 있었던 크리스톨은 상체가 얼어붙고 만 것이다.

괴물은 크리스톨이었던 얼음 덩어리 위를 뒤덮었다. 그 틈에 우리는 벌떡 일어나 자세를 낮춘 채 달렸다. 바닷가와의 사이를 괴물이 막아버려서 다시 성으로 도망갈 수밖에 없었다. 크리스톨이 죽는 모습에 연민을 품고 있을 여유 따윈 없었다.

디킨스는 헐떡거리면서도 혼자서 뛸 수 있었지만, 안데르센은 내가 잡아끌어야만 했다. 메리 베이커는 메이플이 손을 잡아주었다. 랄프 고든은 우리를 도와줄 생각은 없는 것 같았지만, 방해할 생각도 없어 보였다. 악전고투하고 있는 우리에게 가끔 싸늘한 시선을 던지고는 가장 먼저 성으로 뛰어들었다.

차갑고 희끄무레한 얼음이 현관홀의 절반 정도에 펼쳐져 있었다. 우리는 일단 멈춰 서서 호흡을 가다듬었다.

"이제 어떻게 해요? 괴물이 오면 숨바꼭질을 하는 거예요?"

누구에게랄 것도 없이 안데르센이 슬픈 듯이 질문을 했다. 나는 랄프를 보았다.

"맥밀런, 아니, 랄프 고든이라고 해야 하나. 아무튼 이 궁지에서 벗어나기 위해서 힘을 합치지 않겠어요?"

비꼬는 듯한 눈빛과 목소리가 돌아왔다.

"왜 내가 그래야하는데요?"

"당신 아버지와 동생도 죽었어요. 편하게 죽었는지는 몰라요. 아무튼 산 채로 교수대에 올라갈 일은 이제 없어요."

"무슨 말이 하고 싶은 거죠, 니담?"

"이제 디킨스 선생님과 안데르센 선생님을 죽일 이유가 없다는 거죠."

그 말에 무언가를 깨달았다는 듯이 랄프 고든은 두 문호를 쳐다봤다. 안데르센은 슬픈 표정으로, 디킨스는 화난 표정으로 그를 바라봤다. 랄프 고든은 짧게 자조적인 웃음을 띠었다.

"흠, 아까보다 더 묘한 사태에 빠진 건 분명하군. 아버지와 동생도 죽어서 이젠 그 인간들한테 유명인사 살해 죄를 뒤집어씌울 필요도 없어졌고."

"그래요, 그러면……."

"잠깐, 니담. 그렇다고 해서 고생하며 당신들을 구할 생각도 없어요. 이렇게 되었으니 이제 누가 어떻게 되든 내가 알 바 아니에요. 나도 무리해서 살고 싶은 생각도 없고……."

"한심하긴, 랄프 고든……."

엄한 목소리가 들리며 메리 베이커가 앞으로 나왔다. 랄프는 그녀를 보고 기가 꺾인 모습이었다.

"당신이군, 베이커 씨. 괜한 참견은 하지 말아요."

"내 성격상 그렇게 못해요. 그래서 당신과 도로시의 밀회를 도왔고, 결혼식 증인까지 섰거든요."

"당신을 고맙게 생각하고 있어요."

"그렇다면 여기 있는 사람들을 좀 도와줘요. 어디서 어떻게 삐뚤어졌는지 모르겠지만, 여기 있는 사람들을 끌어들여놓고 천국에서 도로시 얼굴을 똑바로 볼 수 있겠어요?"

"굳이 천국에 가고 싶은 생각도 없어요."

"아이처럼, 뭘 삐쳐서 그러는지. 어이가 없네. 도로시가 이런 남자한테 반했다니."

메리 베이커는 우리를 바라보았다.

"신문에서 월식도의 기사를 읽고 신경이 쓰여서 5년 만에 스코틀랜드에 왔어요. 살아 있는 랄프 고든의 모습을 봤을 때에는 놀라 자빠질 뻔했지 뭐예요. 무슨 생각을 하나 싶어서 섬까지 왔더니, 이런 거였네요. 자, 이런 인간을 상대하는 건 시간 낭비예요. 어서 가요."

"잠깐만요."

나는 손을 들어서 사람들을 불러 세웠다.

"랄프 고든, 여기서 헤어져도 좋은데 한 가지 물어보고 싶은 게 있어요."

"뭐요?"

"월식도로 올 때, 디킨스 선생님이 '얼마나 걸리오?'라고 물으셨어요. 그때 '배로 가면'이라고 굳이 말했던 거 기억납니까?"

랄프 고든만이 아니라 메이플과 메리 베이커도 의아한 표정을 지었다. 탑 안에서 나눈 대화를 모르기 때문에 당연한 일이다. 나는 개의치 않고 계속했다.

"당신은 본토와 월식도를 왕복하는 데 배 이외에 다른 방식으로 오갈 수 있는 걸 알고 있어요. 그래서 그만 그렇게 말을 한 거죠."

랄프는 일부러 한숨을 쉬는 것 같았다.

"정말 묘하게 날카로운 남자군. 그래서 결론은 뭐지?"

"당신은 말했어요, 이 섬은 고든 가의 성채라고. 성채라면 당연히 탈출구가 갖춰져 있는 거 아닙니까?"

랄프 고든이 대답을 하지 않았다. 나는 혼자 단정 지었다.

"월식도와 본토를 연결하는 해저 터널이 있어요. 그렇죠?"

"아아!"

감탄사를 내뱉은 사람은 메이플이었다. 랄프 고든은 입가를 살짝 일그러뜨렸을 뿐이다. 하지만 그 표정으로 나는 확신을 했다.

"그 해저 터널의 입구를 가르쳐줘요."

"갑자기 상당히 저자세네요, 니담."

"이 사람들을 살리고 싶기 때문이에요. 솔직히 배가 있어도 돛을 조종할 자신이 없습니다."

"흠, 해군에 있었으면 좋았겠군."

그때 메이플이 끼어들었다.

"삼촌, 제가 짚이는 게 있어요."

"네가?"

"해저 터널의 출입구는 여기 지하에 있어요. 아니, 더 정확히 말하면 해저 터널의 출입구 바로 위에 고든 가의 조상님이 성을 세운 거죠."

"있을 수 있는 일이긴 한데, 왜 그런 생각을 한 거니?"

"크리스톨은 저를 여기 지하에 데려가려고 했어요. 저는 죽을힘을 다해서 거부했지만. 과연 그게 진심이었을까요? 오히려 제가 지하로 가는 걸 싫어하게 만든 건지도 모른다는 생각이 들었어요."

메이플의 시선을 받은 랄프는 무표정한 얼굴로 생각에 잠긴 것 같았다. 그런데 갑자기 걸어가기 시작했다.

"니담, 당신의 조카는 눈치가 아주 빠르군요. 따라와요, 이쪽이에요."

나머지 다섯 명은 서로 얼굴을 마주 봤다. 지금으로서는 선택의 여지가 없다. 이번에도 내가 가장 마지막을 지키면서 홀의 안쪽으로 들어갔다.

현관문이 밖에서 울렸다. 쿵쿵하는 소리가 홀의 천장과 벽을 흔들었다. 무언가 무거운 것이 문에 부딪혔다. 그 불길한 울림은 마치 발라클라바의 들판을 뒤덮은 러시아군의 대포 소리 같았다.

Ⅳ

홀의 한구석에 있는 무거운 떡갈나무 문을 열자 지하로 가는 계단이 나타났다. 아무런 장식도 없는 회색 돌계단이 나선을 그리면서 어둠 속으로 사라지고 있었다. 계단 하나의 높이가 거의 30센티미터에 달했다.

불을 켠 촛대를 손에 들고 랄프 고든이 앞장을 섰다. 메리 베이커, 안데르센, 또 다른 촛대를 든 디킨스, 메이플의 순서였고, 마지막은 나였다. 생각해보면 이런 멤버 구성도 쉬운 일은 아니다.

문을 닫으려고 할 때 소리가 들리는 듯한 기세로 냉기가 흘러들어왔다. 닫기 직전 5센티미터 정도의 틈에 불쾌한 초록색의 형체가 덮쳐왔다. 그 기분 나쁜 괴물이 현관홀에 침입을 한 것이다.

"벌써 왔어요. 서둘러요!"

문을 닫고 나는 아래를 향해서 고함을 쳤다. 당황하여 발이라도 잘못 디디면 비참한 일이 발생하지만, 그렇다고 고함을 치지 않을 수도 없다.

유별나고 특이한 사람들로 가득한 우리 일행은 허둥지둥 계속 내려갔다. 가장 왜소하고 다리가 짧은 메리 베이커, 가장 큰 체격에 다리가 긴 안데르센, 이 두 사람이 앞뒤로 나란히 붙어서 내려가는 바람에 시간이 많이 걸렸다. 내려가기 시작한 다음에야 그 사실을 깨달았지만 이미 어쩔 수 없는 일이었다.

내 머리 위에서 격렬하게 무거운 소리가 울렸고, 나무파편이 쏟아져내렸다. 차가운 바람이 덮쳤다. 괴물이 문을 부수고 비좁은 계단으로 거대한 몸을 들이민 것이다.

다시 "서둘러요" 하고 소리치려 했다. 다행히 바로 그때 나는 계단을 다 내려갔다. 신발은 돌이 아니라 나무 바닥을 울리며 물을 튀겼다.

촛불 빛에 여섯 명의 그림자가 흔들거렸다.

"여기부터는 거의 일직선으로 되어 있습니다. 본토까지 이어져 있고요. 몇 만 년 전에 자연적으로 생긴 굴인데, 10대쯤 전의 선조가 발견해서 몰래 사용했었죠. 판자가 깔려서 통로로 사용할 수 있으니까 이 길을 그대로 따라서 뛰어가면 됩니다."

랄프 고든은 손을 들어 앞을 가리켰다.

"먼저 가시죠, 디킨스 선생님, 안데르센 선생님. 실례가 많 았습니다. 늦었지만, 사죄드립니다."

랄프 고든은 머리를 숙였다. 신사의 모습을 되찾은 것 같 았다. 두 문호가 서로 얼굴을 마주 봤다. 디킨스는 천천히 크 게 한 번, 안데르센은 작게 세 번 고개를 끄떡였다. 메리 베이 커는 말없이 그를 바라봤다.

"니담, 당신은 좀 남아줘요."

랄프 고든의 말에 메이플이 무슨 말을 하려는 것을 나는 제지 하고 먼저 가라고 재촉했다. 디킨스가 들고 있는 촛불의 빛이 어 둠 속으로 점차 사라졌고, 삐꺽거리는 소리가 이어졌.

랄프 고든은 내 얼굴을 보면서 촛대를 치켜들었다. 오래된 문이 계단 바로 옆에 있었다.

"여기가 바로 화약고입니다. 남은 화약을 폭발시켜서 녀석 을 막을 테니 도와주세요."

'녀석'은 물론 냉기를 뿜어내는 녹색 괴물을 가리킨다. 우 리는 서둘러서 화약통 세 개를 계단 아래에 늘어놓았다. 도 화선을 잡고 랄프 고든이 조용히 말했다.

"이제 저 혼자 할 수 있어요. 당신은 이제 가세요, 니담."

"남을 생각인가요?"

"이렇게 될 거라고는 생각도 안 했어요. 일단 책임을 져야죠."

"그런 소리 말아요, 함께 갑시다."

"저, 아버지 그리고 동생이 죽었다고 해서 슬퍼할 사람은 없어요. 하지만 니담, 당신은 달라요."

"당신은 살아야 해요, 랄프 고든. 살아남아서 아버지와 동생이 어떠한 악행을 저질러왔는지 증언하세요. 고백서를 출간한다면 돕겠습니다."

"그렇게까지 말씀하시니, 좀 괴로운데요."

랄프 고든은 씁쓸한 웃음을 지어 보였다. 나는 온몸이 전율했다. 멀지 않은 곳에서 냉기가 쏟아졌다. '녀석'이 점차 다가오고 있다.

"고든 가가 저질러온 일들은 세상에 밝히고 기록하는 건 다른 사람에게 맡기겠어요. 잘 모르는 일은 조사를 하면 돼요. 그 정도의 수고는 해줬으면 싶고, 아마 조사할 만한 가치는 있을 거예요."

촛대를 도화선으로 가져갔다.

"자, 불을 붙일 테니 어서 가요."

그래도 나는 주저했다.

"삼촌, 빨리요, 빨리!"

메이플의 목소리가 가까이에서 들렸다. 내가 걱정되어 돌아온 것이다. 결국 나는 결단을 내렸다. 랄프 고든은 아내 곁으로 가고 싶을 것이다. 그리고 절대로 메이플을 휘말리게 해서는 안 된다.

"행운을 빌어요!"

남는 자와 떠나는 자가 서로 같은 말을 던졌다. 순간 랄프 고든이 웃음을 슬쩍 보인 것 같았다. 나는 뒤를 돌아 메이플의 손을 잡았다.

"뛰어!"

우리는 뛰었다. 해저 터널이 길이는 800미터. 내가 전력질주하면 2분 정도 걸린다. 하지만 메리 베이커도 있으니 5분은 걸릴 것이다.

발밑에서 삐걱거리는 판자 소리가 울려 퍼졌고, 머리 위에서는 끊임없이 물이 떨어졌다. 물론 비가 아니라 해저 암반의 미세한 틈에서 흘러나오는 바닷물이다. 대량의 화약고가 폭발하면 터널 전체가 단숨에 붕괴한다.

얼마나 시간이 흘렀을까. 촛대를 치켜 올리며 디킨스가 소리를 질렀다.

"계단이 있소."

"올라가세요!"

옷은 땀과 바닷물 범벅이 되었고, 우리는 숨을 헐떡이면서 계단을 올라갔다. 내려갈 때와 똑같은 나선 돌계단이었다.

계단을 올라가자 문이 보였다. 잠겨 있어서 남자 셋이서 몸을 부딪쳐야 했다. 한 번, 두 번. 세 번째에 경첩이 날아가면서 문이 떨어졌다. 그 너머에 젊은 사내가 은접시를 들고 서 있었다.

"뭐, 뭐야, 당신들은?"

유니폼 차림의 사내는 식료저장실 담당 같았다. 그로서는 당연한 질문이지만 나는 예의와 상식에 얽매여 있을 수 없었다. 그의 목덜미를 붙잡고 고함쳤다.

"여기가 어디냐?"

"어, 어디라니, 그런 걸 왜……."

"대답해!"

"고든 대령의 저택인데요. 식료저장실이에요!"

젊은 사내는 소리를 질렀다.

"당신들, 이런 짓을 저질러놓고, 무사할 줄 알아요? 고든 대령이 화나면……."

"도망쳐!"

"옛?"

"대폭발이 일어날 거야. 고든 대령은 이미 죽었어. 얼른 도망가!"

더 이상 자세히 설명할 여유는 없었다. 우리 다섯 명의 침입자는 넓은 주방을 빠져나가 출입구를 차 부수듯이 밖으로 나갔다. 반 지하에서 지상으로 돌계단 여섯 개 정도를 뛰어 올라가자, 마차를 서른 대 정도 세울 수 있는 옆 마당이 나타났다. 뒤를 돌아보았다. 고용인들이 죽을힘을 다해서 뛰어나오고 있었다.

돌길이 끝나고 흙길을 열 걸음 정도 뛰었을 때, 나는 땅이 붉게 번쩍이고 내 그림자가 짙어지는 것을 보았다.

잠시 후 무시무시한 굉음과 폭풍.

고든 저택의 근처에 있던 사람은 날아갔다. 멀리 있던 사람들도 풍압으로 쓰러졌다. 두 팔을 들어 머리를 감싸면서 세 번, 네 번 땅을 굴렀다. 고개를 들자 소용돌이치는 불길과 연기가 고든 저택을 감싸는 광경이 눈에 들어왔다.

해저 터널은 불길과 폭풍, 그리고 굉음의 통로가 되었을 것이다.

해협 건너편에서도 불길이 공중에 솟아오르는 광경이 보였다.

온통 짙은 회색으로 칠해진 거대한 캔버스, 그 중앙에 진홍색 물감을 한 덩어리 내리친 것 같았다. 대폭발에 이어 연달아 작은 폭발이 일어났고, 그때마다 새로운 불길과 굉음이 터져 나왔다.

"월식도의 성이 무너진다."

간신이 일어나서 디킨스가 신음했다. 그를 중심으로 우리 다섯 명은 높은 곳에 서서 추위도 잊고 불길을 바라보았다. 마치 연옥(煉獄) 가장자리에 서서 펄펄 끓어오르는 지옥의 용암을 바라보듯이.

절벽 아래에 펼쳐진 클레이모어 항의 작은 거리는 어둠 속에서 고요히 잠들어 있었다. 하지만 여기저기에 불이 켜지고 사람들이 밖으로 뛰어나왔다. 이런 변두리 지역에서는 경찰뿐 아니라, 근대적인 소방기구도 아직 존재하지 않았다. 절대적인 지배권을 쥔 고든 대령 부자가 사라진 이상 사람들은 아무것도 하지 못한 채 갈팡질팡하며 떠들 수밖에 없었을 것이다.

우리 다섯 명이라고 했지만, 허리를 펴고 두 다리로 서 있을 수 있는 사람은 디킨스뿐이었다. 메이플은 나에게 매달려 있었고, 안데르센은……

"으앗, 혼잡한 틈에 지금 뭐하는 거예요, 저리 가요!"

이 비명에서 알 수 있듯이 메리 베이커가 매달려 있었다.

"왜 그래, 자기가 먼저 달라붙어놓고."

"그, 그럴 리가 없어요."

"정말이야. 비명을 지르면서."

"아니에요!"

나는 전혀 움직일 수가 없었다. 솔직히 화약이 든 나무통 몇 개에 불을 붙였다고 해서 이렇게 커다란 폭발이 일어나리라고는 생각하지 않았다. 나는 정신을 차리고 디킨스에게 속삭였다.

"도망갑시다, 디킨스 선생님. 오래 있을 필요 없습니다."

"음, 그게 좋겠소."

디킨스와 나는 다른 세 명을 불러서 허둥지둥 도망쳤다. 열 명 정도 되는 고든 가의 고용인들이 근처에 있었지만, 해협 건너편에서 전개되는 엄청난 불길을 구경하는 데 정신을 뺏겨서 뒤를 좇아오는 사람은 없었다.

불길의 빛에 의지하여 고갯길을 10분쯤 뛰고 걷고 하면서 마을로 내려갔다. 집집마다 사람들이 뛰어나와서 월식도와 고든 저택을 바라보고 있었다. 교회 종이 미친 듯이 울리는 가운데 우리는 '붉은 까마귀 여관'으로 뛰어들었다.

멍하니 서 있는 주인에게 "급한 일이 생겨서 갑니다"라고 말하고 방에 들어가 짐을 챙겨 나왔다. 메이플은 자신의 가방에서 치마를 꺼내 승마바지 위에 재빨리 입었다.

V

월식도에서 발생한 대참사에 두 문호가 관련이 있다는 사실은 비밀에 붙여 두는 것이 좋다. 어차피 숙박명부에는 가명으로 기입해두었지만 주의에 주의를 기울여야 한다. 먼저 메이플이 여관 주인에게 말을 걸어서 주의를 끈다. 그 사이 나는 태연한 얼굴로 숙박장부의 해당 페이지를 찢어버리고, 그 자리에 1파운드 지폐를 끼워 넣었다.

마차를 불러달라고 했다. 밤길이어서 차비를 듬뿍 줬다. 다섯 명의 사람이 올라타고 짐을 싣고 마차가 달리기 시작했다. 나는 찢어버린 숙박장부의 페이지를 잘게 찢어서 창밖으로 날려 버렸다.

이렇게 해서 1857년 7월 2일 밤에 디킨스와 안데르센이 클레이모어 항에 있었다는 증거는 인멸되었다.

월식도에서 일어난 사태는 결국 40킬로미터 떨어진 스콜리에 마을에서 군대가 달려와서 수습했다. 그때는 이미 날이 밝았고, 우리가 탄 마차는 동쪽으로 48킬로미터나 떨어져 있었다.

7월 3일 오전 10시, 녹초가 되어 인버네스에 도착했다.

"당신들과는 여기서 작별이에요."

메리 베이커가 마차에서 내려 말했다.

"나는 성격상 한곳에 오래 있지 못하고, 다른 사람들과 무리를 지어 다니는 것도 좋아하지 않거든요. 만약 아주 약간이라도 나에게 호감이 있다면 날 내버려둬요."

우리는 그녀를 붙잡지 않았다. 진심이라는 점은 의심의 여지가 없었기 때문에. 메리 베이커는 디킨스가 내민 6실링 은화 여섯 닢을 사양하지 않고 당당하게 받았고 메이플과 포옹했다. 안데르센에게는 뜨거운 윙크를 보내고, 디킨스와 나에게는 손을 흔들고 발길을 돌려 멀어져갔다. 초라한 복장인데도 메리 베이커처럼 당당한 노부인을 나는 아직까지 본 적이 없다. 메이플도 동의했다.

그 뒤 메리 베이커를 다시 만나는 일은 없었다. 그녀는 방랑생활을 계속하다가 1865년 1월에 브리스틀에서 숨을 거뒀다. 나와 메이플은 이듬해가 되어서야 그 사실을 알았다. 기회를 봐서 적어도 성묘라도 가고 싶다는 마음에 브리스틀의 관청에 전보로 문의를 했다. 하지만 '시내의 어느 묘지에 매장되었는지 불명'이라는 대답이 돌아왔을 뿐이다. 나와 메이플은 관청 업무를 비난할 생각보다 "죽어도 베이커 씨 답다"는 생각이 들었다.

1907년이 되어도 나와 메이플은 메리 베이커를 잊지 않고, 일 년에 몇 번은 추억을 이야기한다. 그것이 그녀에게 어울리는 애도의 표현이며 형식은 아무런 의미가 없다는 생각이 들기 때문이다.

7월 3일이 되었어도, 신문은 월식도의 참극에 대해 아직 떠들지 않았다.

결국 1857년 7월 2일 밤에 북스코틀랜드의 유력인사 고든 대령 부자의 저택에 화재가 발생한 것은 불행한 사고였다며 마무리됐다. 대참사로 부자의 시신은 발견되지 않았다. 섬 주민들 중에서 사망한 사람은 없었다. 행인지 불행인지 모두 고든 대령의 명령으로 섬에서 추방되었기 때문이다. 한편 대량의 화약을 비축하고 있었던 사실이 밝혀졌다.

 성은 날아가고 해저 터널은 붕괴되어 조사도 하지 못했다. 군대가 늦게 출동했다는 비판이 나왔지만, 고든 부자가 죽은 사실을 슬퍼하는 사람은 거의 없었다. 오히려 환영하는 사람들뿐이었다. 디킨스 식으로 말하면 "인망과 연이 없는 권세야말로 불쌍한 것"이 되는 결말이었다.

 그건 그렇고, 메이플이 크리스톨 고든에게 들은 말은 사실일까. 그는 대량 살인범이었던 걸까.

 그 점에 대해서 디킨스와 이야기를 나누었다. 필시 크리스톨이 서른 명이나 되는 여자를 살해했다는 것은 과장이다. 삐뚤어진 허영심으로 메이플을 겁주어서 저항하지 못하게 하려는 속셈이 아니었을까. 단 많은 여성을 학대하고 그중 몇 명은 죽음에 이르게 한 것은 틀림없을 것이다. 살짝 조사해봤는데도 고든 가의 영지에서 젊은 여성 몇 명이 행방불명이 되고, 강제로 그 땅을 떠났다는 것을 알 수 있었다.

 아버지인 고든 대령은 작은아들의 악행을 알면서도 제지하지도, 벌할 수도 없었다. 장남과 그 애인을 죽게-장남은 살아 있었지만-만들었다는 자신의 떳떳치 못한 비밀을 작은아들이 쥐고 있기 때문이다. 작은아들의 악행은 점점 심해졌고 아버지는 작은아들에게 무기력하게 끌려가기만 했다.

 디킨스의 의견은 다음과 같다.

"고든 대령은 크리스톨을 옹호하기 위해서라기보다 오히려 정신적으로 지배됐을 거요. 증거는 없지만, 월식도를 유형지로 만든다는 계획도 크리스톨이 생각해낸 건지도 모를 일이지요. 그 부자의 만행이 북극에서 괴물을 불러왔다는 생각이 들 정도요."

북극에서 온 월식도의 마물. 그 정체에 대해서는 역시 짚고 넘어가야겠다.

인버네스에서 철도를 타고 우리는 애버딘에 도착했다. 7월 3일 저녁이었다. 호텔을 예약하고 우리는 노르웨이인 학자 레르보르그 교수를 방문했다. 그리고 '여기서만 하는 이야기'란 단서를 달고 모든 사실을 이야기했다. 교수는 열심히 들으며 간혹 탄성을 질렀다. 그 냉기를 뿜는 괴물은 무엇이었을까 하는 메이플의 질문에 교수는 이렇게 대답했다.

"괴물이 뭔지 이름을 붙이는 건 쉽지 않아요. 같은 괴물이라도 지역에 따라서 다른 이름으로 부르기도 하죠. 예를 들면 캐나다 동부에서 '애들렛'이라고 부르는 걸 그린란드에서는 '애로키그드릿'이라고 불러요. 모두 강렬한 붉은 개의 형상을 하고 사람을 습격하여 피를 빨아먹죠. 여기 스코틀랜드에서도 고래를 삼켜버릴 정도로 거대한 바다뱀을 '키레인 크로인'이라고 부르지만, '킬타그 무홀 아파인'이라고도 하고, '미얼 볼 아파인'이라고 부르고, 또 '위레 베이스드 아추아인'

이라고도······."

이야기를 듣던 네 사람이 일제히 헛기침을 했다. 레르보르그 박사는 어깨를 움츠리고 식어버린 커피 잔을 들었다.

"그래서 월식도에 출현한 괴물 말인데, 아아, 아가씨, 거기 책상 위에 지도가 있는데, 좀 가져다줄래요?"

교수는 커다란 지도를 테이블 위에 펼쳤다.

"이건 플랑드르의 지도 제작자 헤르하르뒤스 메르카토르가 1569년에 제작한 지도를 일부 모사한 겁니다. 거의 300년이나 옛날 거지만 북극에 관해서는 지금도 지식이 많아지지는 않았죠. 자, 여기가 영국, 그 북서쪽이 아이슬란드. 그리고 더 북서쪽에······."

메이플이 교수의 손끝을 들여다본다.

"Groenlant······. 이건 그린란드네요."

"이 정도는 알아야겠죠. 자, 그럼 더 북서쪽으로, 북극에 더 가까운 해역에 섬이 그려져 있죠?"

"Groclant······ 이런 섬이 있어요?"

"그걸 확인하기 위해서 프랭클린 대령도 떠난 거예요."

1907년 현재도 인류는 아직 북극점에 도달하지 못했다.

말없이 듣고 있던 디킨스가 메이플의 옆에서 지도를 들여다보면서 물었다.

"그런데 그 수수께끼의 섬이 어쨌다는 거요?"

"원주민들에게는 이 섬에 여섯 개의 붉은 눈을 가진 위험한 생물이 있다는 전설이 있어요. 그 이름은……"

교수가 수첩을 폈다. 내가 랄프 고든한테 받아서 교수에게 돌려준 것이다.

"Kiwahkw……"

"키와…… 코우?"

어렵다는 듯이 메이플이 발음했다. 이어서 교수의 손가락이 움직였다.

"……Nooksiwae……"

"누크시와에……?"

"키와코우 누크시와에."

노르웨이인 학자가 엄숙하게 말했다.

"대략 '기어다니는 공포'라는 뜻입니다. 북극에 거대한 구멍이 있는데 바닥 깊이 통하고 있다고 하죠. 역시 전설이지만 그곳에서 기어 나온다고 하고요. 몸속에 빙설의 집이 있어서 입으로 무시무시한 냉기를 뿜어내고 생물을 얼게 만들어서 그걸 먹는다고 하죠. 냉동된 피와 내장을 아주 좋아한다나."

디킨스가 눈썹을 찌푸리고, 안데르센이 어깨를 움츠리며, 메이플은 살짝 몸을 떨었다. 나는 어떠한 반응을 보였는지 잘 기억나지 않는다. 무시무시한 마물의 먹이가 되지 않은 행운에 감사할 뿐이었다.

"유감스럽게도, 실물을 보지는 못했지만……."

레르보르그 교수는 신사였지만 이때만큼은 목소리에 원망의 빛이 담겨 있었다. 하긴 무리도 아니다.

"이렇게 되면 그린란드의 노르웨이 사람들을 멸망시킨 한 요인으로 키와코우 누쿠시와에가 존재했다는 가능성을 고려해도 되겠죠. 학문적인 검증은 이제부터지만……."

마음속에 걸리는 게 있어서 나는 입을 열었다.

"실제로 체험을 했지만 아직 저는 믿을 수가 없습니다. 키와코우인가 하는 존재를 전설이 아니라 과학적으로 설명할 수 없을까요?"

"과학적으로."

레르보르그 박사는 약간 비웃는 듯이 웃었다.

"뭐든지 과학적으로 설명하지 않으면 직성이 풀리지 않는 게 19세기의 정신인가요. 그렇게 해서 얻는 것도 많지만, 잃는 것도 많을 거예요. 내 임무가 아니네요. 논리적으로 따지고 싶으면 직접 생각해보세요."

지난 사흘 동안, 우리가 계속 레르보르그 교수의 따님 집에 머무른 것으로 약속을 하고, 우리는 레르보르그 교수와 헤어졌다. 호텔로 돌아와서 이튿날, 에든버러로 출발했다.

사건 후 딱 20년이 지난 1877년에 프랑스와 스위스의 화학자가 공기를 냉각하여 액체화하는 데 성공했다. 1895년에는 독일의 화학자가 실용적인 공기액화장치를 발명했다.

이 사실들에서 나는 월식도에 출현한 북극의 마물은, 말하자면 살아있는 액체공기 봄베(고압 상태의 기체를 저장하는 데 쓰는, 두꺼운 강철로 만든 원통형 용기-옮긴이)로 몸속에 현저히 낮은 온도의 액체를 채워서 기화시켜 입으로 내뿜은 것은 아닌가 하고 생각했다. 액화된 공기, 특히 산소는 기름과 섞이면 쉽게 폭발하고 지극히 위험하다고 한다. 이 역시 월식도의 마물이 대폭발을 하여 날아간 일과도 부합된다.

그래서 나는 일단 대답을 얻었다고 생각한다. 단 그러한 생물이 어떠한 진화 과정을 거쳐서 지상에 출현하였는지는 전혀 모르겠다. 지금부터 9년 전, 1898년에 H.G. 웰즈가 『우주전쟁』이라는 작품을 발표하여 화성에 사는 기괴한 생물을 등장시켰다. 그런 식으로 생각해보면 다른 한랭한 혹성에서 날아온 생물인지도 모른다.

아니, 정확한 지식도 없으면서 가정과 상상으로 적당히 결론짓는 행위는 신사가 할 짓이 아니기에 이 정도로 해두자.

애버딘에서 에든버러를 경유하여 7월 6일, 우리 네 사람은 마침내 런던에 돌아왔다. 일단 디킨스와 안데르센을 시내의 타비스톡 하우스에 바래다주고, 보고를 하기 위해서 뮤저 양서 클럽으로 갔다. 이미 전보를 보냈기 때문에 뮤저 사장은 우리를 기다리고 있었다.

"수고했네, 그럭저럭 지옥행은 면한 거 같구먼, 니담 씨."

"입구까지는 갔습니다. 거기에서 쫓겨났지만요."

뮤저 사장은 크게 웃었다. 바로 월급을 올려주지는 않았지만, 나와 메이플에게 8일 동안의 출장 수당으로 3파운드 4실링을 지급했다. 고마웠던 것은 다음 날 7월 7일 유급휴가를 준 일이다.

그날 저녁, 나와 메이플은 1811년에 창업된 영국 최초의 인도요리전문점에서 약간 사치스러운 식사를 한 뒤, 집으로 돌아가서 줄곧 잠만 잤다. 다음 날 점심때가 지나서 마샤가 참다못해 깨우러 왔다. 그녀는 복도에 서서 나와 메이플의 방문을 번갈아 노크하면서 소리쳤다.

"두 사람 모두, 이제 그만 일어나세요. 오후 차 시간이라고 사람을 깨우는 일은 정말 처음이에요!"

Ⅵ

1857년 7월 15일.

덴마크의 위대한 동화작가 한스 크리스티안 안데르센은 영국을 떠나 귀국길에 올랐다. 디킨스와 메이플, 그리고 나는 메이드스톤 역까지 안데르센을 배웅했다. 이 역에서 도버 근처의 포크스톤까지 직통 급행열차가 출발한다. 안데르센은 포크스톤에서 배를 타고 프랑스의 칼레로 건너가는 것이다.

안데르센은 눈물과 콧물을 흘리면서 디킨스를 포옹하고 이마에 키스를 했다. 나와는 힘차게 악수를 나누었다. 메이플에게는 역 앞 꽃가게에서 산 장미꽃다발을 줬다. 빨간색과 흰색의 빛깔이 아름다웠다. 고맙다는 인사를 하고 메이플이 뺨에 감사의 키스를 하자 안데르센은 작은 눈에 자애로운 빛을 띠었다.

"항상 건강해요, 영국의 작은 장미."

"안데르센 선생님도 건강하세요."

기적 소리가 울리고 열차가 출발했다. 창문에 꽉 눌린 안데르센의 눈물과 콧물에 젖은 얼굴도 더 이상 보이지 않았다.

플랫폼을 걸어가면서 나는 아무렇지 않게 말했다.

"결국 안데르센 선생님은 5주나 계셨네요."

그러자 디킨스는 지팡이로 자신의 어깨를 두드리며 나를 힐끗 쳐다보았다.

"5주라고? 그럴 리가 없어요."

"에, 하지만……."

"나는 5세기처럼 생각되었소. 아이구, 이제 겨우 평온한 날로 돌아갈 수 있겠어."

나와 메이플은 말없이 서로 시선을 건넸다. 디킨스는 어깨를 치켜 올리고 지팡이를 휘두르며 마차를 향했다. 우리는 그 뒤를 따라갔다.

메이드스톤에서 갯즈 힐 플레이스까지 에메랄드 색으로 반짝이는 전원을 달리는 마차 속에서 나는 맘먹고 물어봤다.

"이번에 디킨스 선생님은 스코틀랜드에서 여러 가지 경험을 하셨습니다. 그 일을 소설로 쓰실 생각은 없으신가요?"

"그럴 생각은 없소."

바로 대답이 나왔다.

"이유는 두 가지요. 하나는 있던 사실을 그대로 기록하는 건 작가의 일이 아니기 때문이오. 월식도의 일은 내가 이야기를 만들 게 없어요."

나와 메이플이 고개를 끄덕였다. 디킨스는 창밖을 바라보며 잠시 침묵한 다음 입을 열었다.

"또 하나, 나는 눈에 보이는 괴물에는 흥미가 없소. 정확히는 작가로서의 흥미지만."

마차가 도착했고, 디킨스 가의 아이들이 아버지를 맞으러 뛰어나왔다.

"사람의 마음에 살면서 사람을 해치는 마물. 마물에 조종당해서 모든 걸 잃는 사람. 이게 내 흥미를 끄는 것들이오. 내가 쓰고 싶은 건 사람의 마음이 일으키는 괴물이라오. 사람은 자신의 안에 사는 마물을 길들여야하는 거요."

나와 메이플은 디킨스를 현관까지 배웅하고 물러났다. 3

주간에 걸쳐서 안데르센와 디킨스의 시중을 든 우리의 임무도 이제 끝이 났다.

고든 부자가 죽고 막대한 재산이 남겨졌다. 백만 에이커의 토지와 저택. 별장, 주식, 그리고 채권…… 당연히 상속 다툼이 일어났고, 먼 혈족과 인척 등 120명이나 되는 남녀가 상속인 후보라며 나섰다. 캐나다와 미국에서도 말이다.

소송과 말다툼, 서로 치고 박고 결투하며, 아주 오래된 증서와 위조된 가계도. 유력 후보가 재판소에서 심장발작을 일으켜 급사하고, 토지 관리인이 많은 액수의 차지료를 가지고 도망치기도 했다. 사람 사는 세상에서 생각할 수 있는 모든 문제가 속출한 셈이다.

1877년이 되어서야 겨우 열여섯 명이 상속 권리를 인정받았고, 고든 가의 재산이 분할되었다. 이제 왕후와 같은 권세는 사라졌지만 개개인은 충분히 자산가가 되었을 것이다. 그런데 법적인 절차를 밟던 중 상속인 한 명이 병사하고, 또 다른 한 명이 철도 사고로 사망했다. 새로운 상속 다툼이 다시 발생했다. 그 결과…… 20세기가 되어도 아직 완전히 종결되지 못한 채, 간혹 신문에 조그마한 기사가 실린다.

'아직도 계속되는 고든 가의 유산 분쟁.'

그동안에 세상은 변했다. 얌전하며 인내심 강한 북부 스코틀랜드의 농민들도 마침내 분노가 폭발하여 각지에서 쟁의와 재판을 일으켰다. 1886년, 강제이주는 비합법이 되었고 농민들의 정당한 권리가 회복되었다. 영국이라는 나라는 지상 천국은 아니지만, 조금씩이라도 상식이 통용되는 나라가 된다는 것은 기쁜 일이다. 고든 대령 이후 북쪽 섬들을 유형지로 하려는 터무니없는 생각을 하려는 사람도 없어졌다.

고든 부자 중에서 아버지 리처드 폴과 차남 크리스톨이 죽었다는 사실에는 의심의 여지가 없다. 그렇다면 장남 랄프, 처음에 우리 앞에 맥밀런이라며 나타난 남자는 어떻게 되었을까.

상식적으로는 틀림없이 그도 죽었다. 그 대폭발이 일어났을 때 해저 터널 속에서 살아남았을 리가 없었다.

그런데 그 뒤 나는 약간 마음에 걸리는 일을 목격했다.

사건이 있은 지 9년이 지난 1866년, 나와 메이플은 파리에 있었다. 우리는 파리 지점을 개설하는 준비를 맡고 있었다. 본래 파리 지점이 있었지만 아주 작았고, 파리 시장의 시가지 대개조 정책으로 장소를 옮겨야만 했다. 더구나 이듬해 1867년에는 파리 만국박람회가 개최되어 많은 영국인들이 파리를 방문한다. 양국 간에 평화가 계속되어 프랑스에 거주하는 영국인도 증가했다. 이래저래 맘먹고 대규모 지점을 개설하게 되었는데 우리가 그 조사와 협상을 맡게 되었다.

우리는 새로운 지점의 후보지 몇 곳을 돌아보며 토지임대료와 건물 인테리어 비용 등을 협상했다. 또 영어가 가능한 프랑스인 직원을 모집하여 면접도 보았다. 하루하루 이루 말할 수 없이 바빠서 열흘이나 지나서 간신히 파리 시내를 구경할 여유가 생겼다.

에펠탑이 건설되기 20년 이상이나 전의 일이다. 넓디넓은 파리의 가을 하늘 아래에서 나와 메이플은 루브르 미술관과 노트르담 성당을 구경하고, 카페에서 샹젤리제 거리를 바라보면서 느긋하게 쉬고 있었다.

그런데 한순간 우리 시선이 창밖에 고정되었다. 한 사내가 카페의 바로 바깥 보도를 빠른 걸음으로 걸어갔다. 얼굴 생김새도 그렇지만, 마음이 굶주린 표정은 본 기억이 있었다. 나는 뛰어가서 문을 열었다. 하지만 사내의 모습은 이미 사람들 속에 섞여서 다시 볼 수 없었다.

그 사람은 살아남은 랄프 고든이었을까. 아니면 단순히 모습만 비슷한 사람이었을까.

아마도 후자일 것이다. 카페를 나와서 메이플과 나란히 걸으며 그 이야기를 했다. 도저히 랄프 고든이 살아 있을 것 같지는 않았다.

그래도 나는 간혹 생각한다. 랄프 고든은 그 대폭발에서 살아남아서 다른 나라의 혼잡한 대도시의 거리를 고독하게 걸어가고 있을지도 모른다고. 죽었다고 믿었던 사람이 살아 있었다는 경험을 이미 해봤기에.

디킨스는 말했다. "사람은 자신의 내면에 사는 마물을 길들여야 한다"고. 만약 살아 있다면 랄프 고든은 마음속의 마물을 길들일 수 있었던 걸까. 함께 마물을 길들일 여자를 찾은 걸까……

그 뒤 디킨스는 안데르센이 귀국한 직후 젊은 여배우 엘렌 터넌을 만나서 사랑에 빠진다. 이듬해 1858년에는 마침내 부인과 이혼을 한다. 사생활에서는 파란만장했지만, 1859년에는 『두 도시 이야기』, 1861년에는 『위대한 유산』을 발표하며 작가로서의 명성은 계속 높아졌다. 하지만 1865년에 철도사고로 부상을 입고, 그 무렵부터 건강이 안 좋아지기 시작했다. 그래도 여전히 집필과 강연, 자작 낭독 등의 활동을 계속했다. 하지만 1869년에는 병상에 눕게 되었고, 1870년에 세상을 떠났다. 그때 디킨스의 나이는 쉰여덟 살이었다. 장례는 웨스트민스터 사원에서 성대하게 치러졌고, 나와 메이플도 장례의 끝머리에 줄을 섰다.

안데르센은 디킨스보다 오래 살았다. 자신보다 어린 디킨스가 일찍 죽었다는 사실을 들었을 때 눈물을 뚝뚝 흘렸다고 한다. 여행을 좋아하는 안데르센도 나이가 들자 역시 건강이 나빠졌다. 그래도 매년 새로운 동화집을 내며 파리의 만국박람회도 보러 갔다. 덴마크의 국왕폐하에게 왕실고문관의 칭호를 받고, 대부호 멜피얼 가의 훌륭한 별장의 손님이 되어 평온하고 불편할 것 없는 만년을 보냈다.

1875년, 안데르센은 일흔 살로 숨을 거두었다. 장례는 덴마크의 국장으로 거행되었고, 왕세자도 참석하였다. 나와 메이플은 참석하지 못했지만 런던에서 뮤저 양서 클럽 주최로 안데르센 추모회를 열었다. 많은 사람들이 참석하였다.

이렇게 두 사람의 위대한 문호와 나, 그리고 메이플의 인연은 이 세상에서는 끝을 맺게 되었다.

내가 서툴게나마 이야기한 체험담도 이제 마무리할 때가 되었다. 나는 펜을 멈추고 서재의 벽을 응시한다. 그곳에는 액자가 몇 개 걸려 있다. 가장 작은 액자 속에는 그림이 아니라, 가로로 긴 한 장의 종이가 끼어 있다. 그 종이에는 이렇게 적혀 있다.

'저는 살아 있습니다. 땅에 묻지 마세요.'

안데르센이 월식도의 탑에서 디킨스와 나에게 보여준 종이이다. 그 뒤 바로 탈출을 시도하였기에, 나는 종이를 윗주머니에 집어넣은 채 안데르센에게 돌려주는 것을 잊어버렸다.

마샤가 세탁을 할 때 발견하고 나에게 주었는데, 다시 주머니에 넣어 두었다가 잊어버리고 돌려줄 기회를 놓쳐버렸다. 변명 같지만, 틀림없이 안데르센도 잊고 있을 것이다. 그는 분명히 또다시 종이에 같은 문장을 적어서 가지고 다니지 않았을까.

이렇게 하여 그 종이는 액자에 들어가 니담 가의 보물로 50년의 세월을 보내게 되었다.

'저는 살아 있습니다.'

이 글자에는 안데르센만이 아니라 디킨스의 목소리와 모습도 함께 겹친다. 그리고 나는 한없는 그리움에 빠져든다. 1907년은 디킨스의 사후 37년, 안데르센의 사후 32년이다. 그들의 이름과 작품은 잊히지 않았다. 잊히기는커녕 시대와 국경을 초월하여 더욱 널리 퍼져나갔다. 안데르센과 디킨스는 사람들 마음속에 아직도 살아 있으며 그 존재가 묻히는 일은 없을 것이다.

"삼촌, 차 드세요."

문밖에서 메이플의 목소리가 들린다.

"그래, 지금 가마."

"오늘은 어디까지 쓰셨는지 가르쳐주세요."

"덕분에 아주 순조롭단다."

책상 위를 대강 정리하고 나는 일어섰다. 이제 젊은 시절처럼 활동적으로 움직이지는 못한다. 지팡이를 짚고 천천히 문으로 다가가서 전등 스위치를 끈다. 문을 열고 복도로 나간다.

내 과거는 어둠 속에 누워서 내가 조카의 재촉에 다음 체험담을 이야기하기 시작할 때까지 고요히 잠에 빠져든다.

후기

 이 작품은 에드먼드 니담을 화자로 하는 '빅토리아 시대 괴기 모험담' 3부작의 제1부입니다. 각 작품의 제목은 다음과 같습니다.

 제1부 월식도의 마물
 제2부 촉루성의 신부
 제3부 수정궁의 사신

 제목은 모두 '한자어 세 글자 + 한자어 두 글자'로 통일했습니다. 신부가 마물과 사신 사이에 있는 것이 특색입니다. 이밖에도 『흑십자의 환영』, 『역적문의 악령』, 『백골탑의 늑대인간』 등을 생각하고 있지만, 지금 상황에서 모두 제목뿐입니다. 스스로의 목을 조이는 즐거움은 적당히 해야 합니다.
 이 작품은 물론 픽션이지만 배경에는 다양한 역사적 사실이 들어 있습니다.
 1857년에 안데르센이 디킨스 저택에 머물렀던 일. 그의 작품이 잡지에서 혹평을 받자 디킨스 저택의 잔디 위에서 운 일. 디킨스가 "신경 쓸 거 없다니까요"라고 위로한 일. 안데르센이 돼지고기를 싫어한 일. 또 그가 여행을 하면서 긴급탈출용 밧줄과 '저는 살아 있습니다'라고 적힌 메모를 항상 가지고 다닌 일. 안데르센이 "5주가 5세기처럼 느껴졌다"고 중얼거린 일……. 모두 사실입니다.

고든 대령의 모델이 된 인물은 실제로 스코틀랜드의 섬들을 죄수들의 유형지로 만들려고 했습니다. 메리 베이커와 '카라부 공주' 사건도 실재했습니다. 프랭클린 탐험대의 전멸, 그린란드의 노르웨이인 주민들의 소멸도 말입니다. 그렇다면 다른 것들은 어떨까요? 궁금한 분들은 직접 확인해보십시오. 후후후.

또 하나, 이 작품의 배경으로 '단위'가 중요합니다. 통화와 길이, 면적 등의 단위인데, 현재의 일본과 비교해둘 필요도 있기 때문에 간단히 설명하겠습니다.

당시 영국 통화의 기본단위는 '파운드'입니다. 1파운드는 20실링입니다. 1실링은 12펜스. 다시 말해, 1파운드는 240펜스가 됩니다. 펜스는 페니의 복수형이므로, 1펜스라고 하지 않고 1페니라고 불러야 합니다(아아, 복잡해).

통화 가치가 어느 정도인지도 중요합니다. 시대의 변화와 물가 변동이 있기 때문에 정확히 말하기는 어렵지만, 이 작품 속에서는 1파운드가 대략 3만 엔 정도라고 생각해주시면 크게 어긋나지 않습니다. 1실링이 약 1,500엔, 1페니가 약 125

엔 정도 됩니다. 1페니로 신문을 한 부 살 수 있기 때문에 그 정도의 감각으로 이야기를 즐기면 무리가 없을 겁니다.

1파운드의 절반은 10실링, 1실링의 절반은 6펜스가 되지만, 영국 소설에도 '반 파운드'라든가 '반 실링'이라고 써져 있기에 너무 엄밀하게 생각할 필요는 없습니다. 또 6펜스 은화 다섯 닢이면 2실링 반이 되지만, "팁을 30펜스나 받았어"라는 대화도 나오는 걸 보면, 적당히 나누어 사용했던 모양입니다.

다음은 길이와 면적의 단위입니다.

가장 기본적인 길이의 단위는 '인치'로, 1인치는 2.54센티입니다. 1피트는 12인치, 즉 30.48센티. 1야드는 3피트로 91.44센티가 됩니다. 1마일은 훨씬 길어서 1.609킬로미터입니다.

덧붙여서 에드먼드 니담은 키가 5피트 11인치, 메이플 콘웨이는 5피트 4인치라는 설정입니다. 몇 센티가 될까요?

면적의 단위는 '에이커'로, 1에이커는 약 4047제곱미터. 고든 대령의 영지는 백만 에이커이므로, 4,047제곱킬로가 됩니다. 도쿄와 오사카를 합친 정도의 넓이이네요. 그래도 영국 제일은 아니었습니다. 보퍼트 공작의 영지 내에는 중요한 철도 노선이 지나갔고, 공작 집안 전용의 역이 세워졌다는 실화도 있습니다.

이 작품은 역사 교과서나 수험참고서가 아니라 엔터테인먼트이지만, 약간의 배경을 알아서 더 재미있게 읽었으면 합니다. '리론샤 미스터리 YA!' 시리즈의 한 권이기에, 주요 독자대상은 일단 10대로 되어있는 것 같지만, 집필을 하면서는 별로 염두에 두지 않았습니다. 본래 열 살부터 여든 살 분들이 작품을 읽고 계시니까요. 등장인물도 메이플 콘웨이는 열일곱 살이지만, 에드먼드 니담은 서른한 살, 나머지는 대체로 아저씨이고, 할머니도 있습니다. 아무래도 어른답지 못한 어른들이 많은 것 같지만, 그들의 모험 또 모험, 실패 또 실패, 위기 또 위기가 계속되는 이야기를 즐겁게 읽었으면 합니다.

이번에 이 책이 나오기까지 많은 분들이 도움을 주셨습니다. 처음에 기획을 하신 고미야마 다미토(小宮山民人) 리론샤 편집부장님. 직접 작가를 담당하여 동기부여를 해주셔서 세상에서 가장 즐겁게 일 할 수 있게 해주신 미쓰모리 유코(光森優子) 씨. 애정 넘치는 삽화로 등장인물들에게 생명을 불어넣어주신 고토 게이스케(後藤啓介) 씨. 보물처럼 근사한 장정을 만들어주신 이와고 주료쿠(岩鄕重力) 씨. 진심으로 감사드립니다. 제2부에서도 부디 잘 부탁드립니다.

또 '미스터리 YA!' 응원단장인 가네하라 미즈히토(金原瑞人) 선생님께는 따뜻한 격려의 말씀을 듣고 덕분에 그럭저럭 완성할 수 있었습니다. 감사합니다. 내용이 합격점에 달했는지는 잘 모르겠습니다만······.

마지막으로 10대 독자 여러분에게 살짝 알려드리는데, 어른이 된다는 것은 그렇게 나쁘지 않답니다. 진심으로 책을 좋아하는 친구들과 함께 책을 만드는 세상에서 가장 근사한 일도 어른이 되면 할 수 있는 일이니까요.

에드먼드 니담 씨가 수기를 집필한 지 정확히 100년이 지난 4월 19일

다나카 요시키

(참고로 작품에 나오는 「애니로리」의 가사와 「경기병의 돌격」 및 「이노니」의 시구의 일본어 역은 저, 다나카가 하였습니다. 가당찮은 일입니다만, 원작자분들, 특히 테니슨 선생님, 부디 용서해주시기를.)

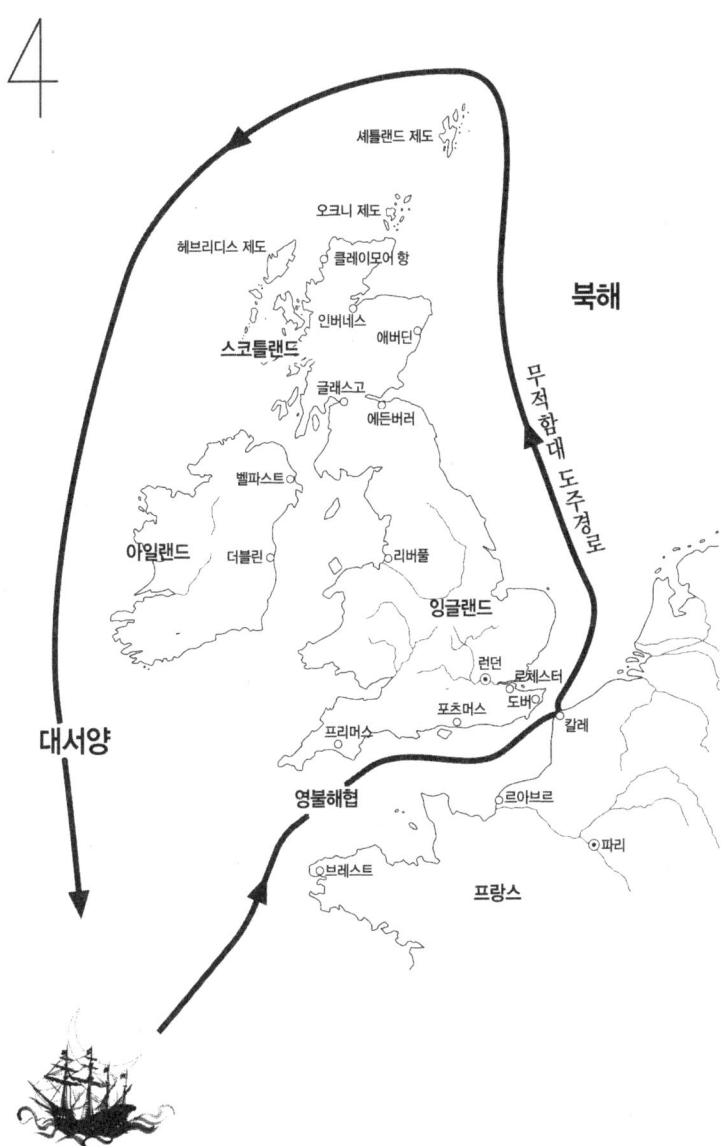

※관계연표

1789 프랑스 혁명 시작.

1793 루이16세와 마리 앙투아네트 처형. 프랑스에서 미터법 도입.

1796 제너, 종두 발견.

1797 이 무렵, 메리 베이커 출생.

1799 이집트에서 로제타석 발견. 나폴레옹, 프랑스의 독재자가 됨.

1801 베토벤, 피아노 소나타 14번 「월광」. 하이든 「사계」. 그레이트 브리튼 아일랜드 연합왕국이 성립(아일랜드 병합). 국기 '유니온 잭' 제정.

1803 탐험가 플린더스, 남태평양 대륙을 '오스트레일리아'로 명명.

1804 나폴레옹, 프랑스 황제 즉위.

1805 한스 크리스티안 안데르센 출생. 트라팔가르 해전.

1807 런던, 가스로 불을 붙이기 시작. 터너 「안개 속의 해돋이」. 베토벤, 교향악 제5번 「운명」. 풀턴, 증기선 시운전. 노예무역금지법.

1808 괴테 「파우스트」제1부 발표.

1809 마미야 린조(間宮林藏), 마미야 해협 발견. 짓펜샤 잇쿠(十返舍一九) 「도카이도 중 도보여행(東海道中膝栗毛)」완결.

1811 래트클리프 하이웨이 살인사건('살인마 잭'이전에 발생한 가장 유명한 흉악범죄).

1812 찰스 디킨스 출생. 바이런 「차일드 헤럴드의 편력」. 그림 형제의 제1 동화집 간행. 나폴레옹, 러시아 원정 실패. 미영전쟁 발발(~14).

1813	오스틴 『오만과 편견』.
1814	증기기관차 실용화. 나폴레옹, 엘바 섬으로 귀양. 빈 회의.
1815	슈베르트 「마왕」, 「들장미」 작곡. 워털루 전투. 나폴레옹, 세인트 헬레나로 유형.
1817	독일에서 드라이지네, 두 바퀴 자전거 제조. '카라부 공주 사건'으로 영국 전체가 떠들썩함.
1818	메리 셸리 『프랑켄슈타인』.
1819	월터 스콧 『아이반호』.
1820	밀로 섬에서 「밀로의 비너스」 발굴. 조지 4세 즉위.
1821	나폴레옹 사망. 베버 「마탄의 사수」 초연.
1824	베토벤, 제9교향곡 초연. 바이런, 그리스에서 사망.
1826	에드먼드 니덤 출생. 멘델스존 「한 여름 밤의 꿈」 서곡.
1827	하이네 『노래의 책』.
1828	카스파르 하우저 출현(1833 사망). 일본에서 시볼트 사건. 런던 동물원 개원.
1829	스코틀랜드 야드(런던 경시청) 창설.
1830	프랑스 7월 혁명. 스탕달 『적과 흑』. 들라크루아 「민중을 이끄는 자유의 여신」. 맨체스터와 리버풀 사이에 정기운행 철도 개통.
1831	비글호, 전 세계를 항해하기 위하여 출발.
1832	제1차 선거법 개정.
1833	찰스 디킨스, 처녀작 발표, 작가 데뷔. 영국과 식민지 모든 지역에서

노예제도 전면폐지.

1835 안데르센 『즉흥시인』. 마담 튀소가 메릴리본에 밀랍인형박물관 개장

1837 찰스 디킨스 『올리버 트위스트』. 일본에서 오오시 헤이하치로(大塩平八郞)의 난. 빅토리아 여왕 즉위. 버킹엄 궁전 완성. 괴물 '스프링힐드 잭'이 런던에 출현. 모스, 유선전신 실험에 성공.

1838 차티스트 운동 시작.

1839 영국군, 아프간 침공. 프랑스 정부, 사진 발명을 공식선언하고 기술을 일반에게 공개.

1840 아편전쟁(~42). 빅토리아 여왕 결혼. 1페니 우편제도 시작. 메이플 콘웨이 출생. 상류층에서 '애프터눈 티' 유행 시작.

1842 디킨스, 첫 미국 도항. 에테르를 마취에 처음 사용(미국). 고골리 『외투』. 저작권법 제정.

1843 디킨스 『크리스마스 캐롤』. 템스 강에 세계 최초의 해저터널 개통.

1845 프랭클린 경, 북극탐험 출발. 뒤마 『몽테크리스토 백작』. 새커리 『허영의 시장』.

1846 스코틀랜드에서 대기근, 이후 10년 동안 100만 명이 아사. 곡물법 폐지. 어느 잔혹한 이발사 『스위니 토드』 출판.

1847 안데르센 처음으로 영국에 가서 디킨스와 만남. 해왕성 발견. 에밀리 브론테 『폭풍의 언덕』. 샬롯 브론테 『제인 에어』. 메리메 『카르멘』.

1848 마르크스 및 엥겔스 『공산당 선언』. 프랑스 2월 혁명. 오스트리아 3월 혁명. 메테르니히 추방. 독일에서 안전성냥 제조.

1849	영국에서 판초콜릿 출시. 콜레라 대유행. 디킨스 『데이비드 코퍼필드』.
1850	호손 『주홍글씨』. 제11대 계관시인 워즈워드 사망. 테니슨이 제12대로 취임.
1851	재봉틀 생산 시작. 이 무렵 영국 각지에서 비소를 사용한 독살사건이 속출. 런던에서 만국박람회, 수정궁 건설. 중국에서 태평천국의 난 발생. 존 만지로, 일본에 귀국. 오스트레일리아에서 금광 발견, 골드러시 발생. 멜빌 『백경』.
1852	스토 부인 『톰 아저씨의 오두막』. 나폴레옹 3세 즉위. 웰링턴 공작 사망. 리빙스턴, 아프리카에서 빅토리아 폭포 발견.
1853	크림 전쟁 발발. 주세페 베르디 『춘희』.
1854	에드먼드 니담, 기병으로 출정. 페리, 우라가(浦賀)에 내항. 셜록 홈즈 출생(이설 있음). 수정궁에 공룡 전시장 오픈.
1856	제2차 아편전쟁(에로호 사건). 크림전쟁 종결. 에드먼드 니담 귀국하고 뮤저 양서클럽에 취직. 플로베르 『보바리 부인』. 지방경찰법 제정.
1857	밀레 『만종』. 대영도서관 개설. 안데르센, 디킨스 집에 체재. 인도 대반란(세포이의 항쟁, 혹은 인도독립전쟁). 보들레르 『악의 꽃』.
1858	인도 통치법 제정. 동인도회사 해산. 템스 강 대정화계획.
1859	다윈의 『종의 기원』이 대논쟁을 불러일으킴. 국회의사당에 시계탑(빅벤) 완성.
1860	나이팅게일, 간호사 양성소 창설. 사쿠라다몬(櫻田門)의 변, 다이로(大老, 요즘의 수상 격—옮긴이) 이이 나오스케(井伊直弼) 암살.

1861　위고 『레미제라블』. 빅토리아 여왕의 남편 엘버트 전하 사망. 미국에서 남북전쟁 발발(~64). 이탈리아 왕국 수립. 러시아에서 노예해방령. 영국에서 일기예보 시작.

1863　런던에서 사상 최초 지하철 개통. 마네 『풀밭 위의 식사』.

1864　국제적십자사 창립. 신센구미(新選組), 이케다야(池田屋) 습격. 영국 첫 철도에서 살인사건 발생. 태평천국 멸망.

1865　링컨 암살. 미국 노예제폐지. 멘델, 유전의 법칙을 발표. 메리 베이커 사망. 윌리엄 글래드스턴 자유당 당수가 됨. 톨스토이 『전쟁과 평화』(~69). 루이스 캐롤 『이상한 나라의 앨리스』.

1866　도스토예프스키 『죄와 벌』. 대서양 횡단 해저전선 부설로 미영 간에 직접통화 가능.

1867　지멘스, 발전기 발명. 노벨, 다이너마이트 발명. 남아프리카에서 다이아몬드광 발견. 도쿠가와 요시노부(德川慶喜), 대정봉환. 사카모토 료마(坂本龍馬) 암살. 마르크스 『자본론』 제1권. 멕시코에서 막시밀리언 황제 처형.

1868　영국에서 공개처형 폐지. 윌키 콜린스 『월장석』.

1969　수에즈 운하 개통.

1870　보불전쟁 발발. 디킨스 사망. 초등교육법으로 공립초등학교 제도 제정.

1871　슐리만, 트로이 발굴 개시. 나폴레옹 3세 즉위. 독일 통일. 파리 코뮌.

1872　메리 셀레스테 호 사건(선장 이하 10명이 해상에서 행방불명. 무인의 배만 확인).

1874	차이코프스키, 피아노협주곡 제1번. 모네 「인상·일출(日出)」, 이것으로 '인상파'의 호칭이 생김.
1875	안데르센 사망.
1876	타자기 실용화. 바그너 「니벨룽의 반지」 바이로이트에서 상연.
1877	런던 경시청에서 부정사건 빈번, 커다란 스캔들로 발전. 빅토리아 여왕, 인도 황제 겸직. 일본 세이난(西南) 전쟁. 러시아-투르크 전쟁.
1878	영국군, 아프간 침공. 런던 대학에 여성 입학 인정.
1879	백열전등 발명. 영국에 전화기 등장. 입센 「인형의 집」.
1880	에베르트, 장티푸스균 발견. 라브랑, 말라리아 병원체 발견. 로댕 「생각하는 사람」 제작.
1881	러시아 황제 알렉산드르 2세 암살. 벤저민 디즈레일리 사망.
1882	다임러, 자동차 발명.
1883	디프테리아균 발견. 동인도 제도의 크라카타우 섬에서 세계 역사상 가장 유명한 대분화, 사망자 36,000명. 니체 「차라투스트라는 이렇게 말했다」. 모파상 「여자의 일생」. 스티븐슨 「보물섬」.
1884	마크 트웨인 「허클베리 핀의 모험」. 수단의 카르툼에서 반란군이 영국군을 포위. 그리니치 표준시 제정.
1885	카르툼 함락.
1886	바이에른 왕 루트비히 2세 의문의 죽음. 농민법 성립, 강제이주 금지.
1887	코난 도일 「주홍색 연구」. 홈즈 등장. 에드먼드 니담, 뮤저 양서클럽 퇴직.
1888	살인마 잭 사건.

1889 마이엘링 사건(오스트리아 황태자 루돌프, 의문의 죽음).

1890 코흐, 투베르클린 발명. 메이플 콘웨이, 뮤저 양서클럽을 퇴직하고, 영국여성작가연맹의 사무국장으로 취임.

1891 의무교육 무료화. 토머스 하디 『테스』. 오스카 와일드 『도리안 그레이의 초상』.

1892 미국에서 리지 보던 사건(노래로까지 만들어진 유명한 살인사건).

1893 디젤 엔진 발명. 차이코프스키 『신세계』.

1894 키플링 『정글북』. 청일 전쟁. 프랑스에서 드레퓌스 사건. 템스 강에 타워 브리지 완성. 페스트균 발견.

1895 뤼미에르, 영사기 발명. 마르코니, 무선전신기 발명. 오스카 와일드, 재판에서 패배투옥. 내셔널 트러스트 설립.

1896 체호프 『갈매기』.

1897 브램 스토커 『드라큘라』. 이질균 발견.

1898 퀴리 부인, 라듐 발견. 글래드스턴 사망. 미국-스페인 전쟁. 미국이 하와이 병합. 오스트리아 황후 엘리자베스, 암살. 웰즈 『우주전쟁』. '차보의 식인사자' 사건(동아프리카의 철도공사현장에서 노동자 135명이 사자에게 살해됨).

1899 보어 전쟁(~1902).

1900 나쓰메 소세키, 런던 유학(~02). 체펠린, 경식비행선 발명. 아이린 모어 섬의 등대지기 실종 사건.

1901 토마스 만 『부덴브로크 가의 사람들』. 빅토리아 여왕 붕어, 에드워

드 7세 즉위.

1902 고리키 『밑바닥에서』. 프랑스의 에밀 졸라 부부 괴사 사건(우익에 의한 암살로 추정).

1903 런던 『황야의 부르짖음』. 라이트 형제, 비행 성공.

1904 러일 전쟁 발발. 파나마 운하 건설 시작. 「피터팬」 초연.

1905 포츠머스 조약. 나쓰메 소세키 『나는 고양이로소이다』 연재 개시. 아인슈타인, 특수상대성이론 발표.

1907 최초의 랠리 자동차 경주(베이징-파리) 시작. 에드먼드 니담, 수기 집필.

※주요 참고자료

영국을 알기 위한 65장	아카시서방
영국 왕비들 이야기	아사히신문사
항구 세계사	아사히신문사
미국 기행	이와나미서점
안데르센	이와나미서점
테니슨 시집	이와나미서점
보즈의 스케치 단편소설편 (상)	이와나미서점
빅토리아 왕조의 하인들	에이호샤
엠마 빅토리안 가이드	엔터브레인
빅토리아 왕조의 사람과 사상	오토와서방 쓰루미서점
영국 기상정보	가와데서방신사
인도 카레 전(伝)	가와데서방신사
영국왕실 스캔들사(史)	가와데서방신사
영국 왕과 애인들	가와데서방신사
도해 영국의 역사	가와데서방신사
도해 영국 귀족의 저택	가와데서방신사
도해 이상한 나라의 엘리스	가와데서방신사
전장의 역사	가와데서방신사
초콜릿의 역사	가와데서방신사

퍼브의 간판	가와데서방신사
세계의 민화 24	교세이
여왕폐하의 시대	연구사출판
세기말의 영국	연구사출판
대영제국의 삼류작가들	연구사출판
디킨스 소사전	연구사출판
제국사회의 제상(諸相)	연구사출판
매혹적인 여자	연구사출판
민중 문화사	연구사출판
영국 귀족	강담사
영국 홍차 논쟁	강담사
여성들의 대영제국	강담사
괴제(怪帝) 나폴레옹3세	강담사
대영제국	강담사
팍스 브리타니카	강담사
퍼브 대영제국의 사교장	강담사
래트클리프 하이웨이 살인사건	국서간행회
런던을 뺀 영국 여행	사이마루출판회
영국 빅토리아 왕조의 주방	사이류샤
영국 컨트리 하우스 이야기	사이류샤
스코틀랜드 '켈트'기행	사이류샤

디킨스와 아메리카	사이류샤
피의 삼각형 세계괴기실화	사회사상사
스코틀랜드 야드 이야기	쇼분샤
영국 문학 산책	소학관
안데르센의 생애	신조사
빅토리아 왕조 만화경	신조사
어른을 위한 위인전	신조사
셜록 홈즈가 태어난 집	신조사
블러디 머더	신조사
브론테 자매와 그 세계	신조사
도해 메이드	신키겐샤
세계 미해결 사건	신진부쓰오라이샤
영국사 중요인물 101	신서관
캐롤라인 왕비 사건	인문서원
마이 패스포트 켈트 여행	JTB
세계의 역	JTB
요괴 마신 정령의 세계	자유국민사
영국 기인전(伝)	세이도샤
사기와 속임수 대백과	세이도샤
세계 추문(醜聞)극장	세이도샤
세계 불가사의 백과	세이도샤

요괴와 정령 사전	세이도샤
영국 근대 출판의 양상	세계사상사
영국 계관시인	세계사상사
19세기 런던 생활의 빛과 그림자	세계사상사
디킨스와 디너를	성운사
문명 붕괴	소시샤
세계에서 가장 재미있는 영미 문학강의	소시샤
페노메나	소린샤
도해 바다의 괴수	대륙서방
영국의 신사복	다이슈칸서점
영국의 귀족	다이슈칸서점
구미문학 등장인물 사전	다이슈칸서점
스코틀랜드 왕국사화	다이슈칸서점
스코틀랜드 이야기	다이슈칸서점
잉글랜드 사회사	지쿠마서방
빅토리아 왕조 공상과학 소설	지쿠마서방
열쇠구멍으로 들여다본 런던	지쿠마서방
공포의 도시 런던	지쿠마서방
수정궁 이야기	지쿠마서방
괘씸하기 짝이 없는 런던사	지쿠마서방
유쾌하기 짝이 없는 영국사	지쿠마서방

아시아와 구미세계	중앙공론사
인도 대반란 1857년	중앙공론사
빅토리아 여왕(상)	중앙공론사
커피가 돌고 세계사가 돈다	중앙공론사
이야기 대영박물관	중앙공론사
스코틀랜드 서방제도 여행	주오대학 출판부
영국제국 역사지도	도쿄서적
영국역사지도	도쿄서적
영국 홍차 이야기	도쿄서적
켈트의 잔광	도쿄서적
켈트 역사지도	도쿄서적
런던 역사지도	도쿄서적
회보 제8호	도쿄대학 전쟁사연구회
하늘의 사냥개	도쿄도서
세계문학 감상 사전 I	도쿄당출판
영국 수제 생활지	동양서림
영국 전원생활지	동양서림
템스 강 이야기	동양서림
대도시의 밤	조에이샤
여성들의 영국 소설	남운당
찰스 디킨스 연구	남운당 피닉스

북쪽 끝의 미궁	나고야대학 출판회
세계 고지도	일본 브리태니커
사자는 왜 '사람을 먹게' 되었는가	NESCO
세계의 명가집	노바라샤
런던 음식 역사 이야기	하쿠스이샤
기괴 동물백과	하쿠힌샤
크라카토아 대분화	하야카와서방
서재의 여행자	하야카와서방
영국 해군의 역사	하라서방
빅토리아 왕조 희귀사건부	하라서방
스페인 무적함대	하라서방
세계전쟁사8 서양근세사편2	하라서방
세계의 괴물·신수 사전	하라서방
유럽 괴물 문화지 사전	하라서방
런던 어느 도시 이야기	하라서방
런던 천일 밤 하룻밤	하라서방
영국 괴기탐방	PHP연구소
국민서양역사	후잔보
거짓의 역사 박물관	문예춘추
세계의 도시 이야기	문예춘추
잠자는 사자 대세계사20	문예춘추

영국의 대귀족	헤이본샤
귀족의 풍경	헤이본샤
티룸의 탄생	헤이본샤
마차의 역사	헤이본샤
뒷골목의 대영제국	헤이본샤
런던 악의 계보	호쿠세이도
세계전기 대사전	호루프출판
무기	마르샤
런던 횡단	마루젠 주식회사
인테리어로 읽는 영국 소설	미네르바서방
대영제국의 아시아 이미지	미네르바서방
영국 사회사2	미스즈서방
런던 서민생활사	미스즈서방
대영도서관	뮤지엄도서
런던의 괴기전설	미디어팩토리
세계 군함 이야기	유잔카쿠
세계의 불가사의한 이야기	리더스다이제스트사
런던 유령신사록	리브로포트